茅盾研究
八十年書系

錢振綱・鍾桂松◎主編

丁柏銓◎著

32

茅盾早期思想新探

（下）

花木蘭文化出版社

國家圖書館出版品預行編目資料

茅盾早期思想新探（下）／丁柏銓 著 — 初版 — 新北市：花
木蘭文化出版社，2014〔民 103〕

目 10+158 面；19×26 公分

（茅盾研究八十年書系：第 32 冊）

ISBN：978-986-322-722-9（精裝）

1. 沈德鴻 2. 中國當代文學 3. 文學評論

820.908   103010439

中國茅盾研究會《茅盾研究八十年書系》編委會

主　編：錢振綱 鍾桂松

副主編：許建輝 王中忱 李　玲

特邀顧問：

邵伯周 孫中田 莊鍾慶 丁爾綱 萬樹玉 李　岫

王嘉良 李廣德 翟德耀 李庶長 高利克 唐金海

ISBN-978-986-322-722-9

9 789863 227229

茅盾研究八十年書系
第三二冊

ISBN：978-986-322-722-9

茅盾早期思想新探（下）

本書據廈門大學出版社 1993 年 12 月版重印

作　　　者 丁柏銓
主　　　編 錢振綱　鍾桂松
總 編 輯 杜潔祥
副總編輯 楊嘉樂
編　　　輯 許郁翎
出　　　版 花木蘭文化出版社
社　　　長 高小娟
聯絡地址 235 新北市中和區中安街七二號十三樓
　　　　　 電話：02-2923-1455／傳真：02-2923-1452
網　　　址 http://www.huamulan.tw 信箱 hml810518@gmail.com
印　　　刷 普羅文化出版廣告事業
初　　　版 2014 年 7 月
定　　　價 60 冊（精裝）新台幣 120,000 元

茅盾早期思想新探（下）

丁柏銓　著

目
次

中卷・卷首語

　　本卷旨在探討茅盾早期的文藝思想和美學思想。茅盾早期不是創作家，而是批評家、翻譯家；不是美學研究的專門家，卻又是成就斐然的美學家。他的文藝思想和美學思想豐富浩繁，令人目不暇接，嘆爲觀止。茅盾對文學基本問題的理論探討，達到了當時的人們所難以企及的高度。或揭示了眞理，或接近於眞理，或提出了值得思考的問題。早期茅盾在探索的道路上，留下了艱難跋涉的足跡。而以往的茅盾早期思想研究，對跋涉者的足跡的探究甚少。早期茅盾的文學業績突出地表現在文學批評方面。對此，必須足夠充分地予以肯定。但我們仍然需要作兩面觀。茅盾早期，在最能表現他的文學成就的文學批評領域，不是沒有留下過遺憾。時代的局限性和個人思想方法的局限性清晰可見。對此，本卷將有所觸及，並將安排較大篇幅。對茅盾早期思想的局限性和不足方面的正視和剖析（不只是輕描淡寫地提及），將構成本卷以至本書的鮮明特點。對茅盾早期美學思想的探究，將在考察茅盾早期美學思想的豐富內涵、考察其早期美學思想的衍變發展和考察其與早期或同時期魯迅美學思想的異同的過程中完成。

第四章 由進退和升降構成的曲線
——茅盾早期對文學基本問題的探討

一

茅盾早期將自己的觸角伸向了文學研究的各個領域。探討了文學的一系列基本問題。達到了在當時的條件下難以達到的高度。這實在是難能可貴的。

茅盾早期處於「五四」新文化運動的高潮時期和高潮後的退潮時期。在這樣一個時代中，他乘著八面來風，將自己的觸角伸向了文學研究的各個領域，探討了文學的一系列基本問題。這一時期他的文學思想，內容是豐富的，同時又是複雜的，不夠穩定的，有時甚至給人以難於把握的感覺。但我認為，憑藉著認真細緻的考察，也還是可以從紛繁複雜的狀況中理出一點頭緒來。

茅盾早期著意探索了一系列文學基本問題。其中主要的是：文學是什麼？文學有什麼用？文學是如何發展的？他對這些問題的探討，或是在時間上早於同期的其他研究者，或是達到了在當時情況下較難達到的高度。當然，這些理論探討所取得的成果，用現在的眼光看也許只是對 ABC 的闡述，但在當時的條件下卻是難能可貴的，體現了茅盾所具有的用宏取精的特點。

二

茅盾著意探討了「文學是什麼」的問題。從「描摹」說到「鏡子」

說。又從「鏡子」說到「外物投射於意識鏡」說、「審美先生整理」說。其間思想層次有升降、觀點有進退。最終達到了對「文學是什麼」問題的眞理性認識。

文學是什麼？這似乎是一個簡單到無需回答的問題。然而實際上，問題又並不如此簡單。而且，對這個問題的探討其實也就是對文學本質問題的探討。因此，探討「文學是什麼」的問題是一件頗有意義而又並不輕鬆的事情。

正如茅盾所說，中國向來講「文學是什麼」這一問題的書是很少的。何止是書少，其實論述也不多見。對於「文學是什麼」的問題，胡適從正面作過回答：

我嘗說：「語言文字都是人類達意表情的工具；達意達的好，表情表的妙，便是文學。」

但是怎樣才是「好」與「妙」呢？這就很難說了。我曾用最淺近的話說明如下：「文學有三個要件：第一要明白清楚，第二要有力能動人，第三要美。」〔註1〕

這也許是「五四」前夕人們對「文學是什麼」的問題的最完整的回答。但在這裡，胡適所提供的，並不是關於文學定義。前一段話採用了一個取巧的辦法，只是在他對文字所作「文學」和「非文學」的分類的基礎上，將在表情達意方面顯得不佳的「非文學」類文字加以排除。而後一段話則規定了文學所必須具備的條件。其中第二、第三兩個要件確實是文學所必須具備的；而第一個要件，則不一定是文學必備的。文學作品當然並不絕然排斥明白清楚，但在更多的情況下，它要求含蓄，耐咀嚼。因此，胡適對「文學是什麼」的問題的思考和回答，既是獨到的，然而又並不圓滿。

茅盾正是在這種情況下開始理論探索的。茅盾在開始文學生涯以後，「文學是什麼」的問題曾不止一次地縈繞於他的腦際。早在 1920 年，他就從思想和藝術兩個側面論述過文學：「文學是思想一面的東西，這話是不錯的。然而文學的構成，卻全靠藝術。」〔註2〕這是茅盾對「文學是什麼」的問題的最初思索。爲了強調藝術對於文學構成的重要性，他又寫道：「同是一個對象，自

〔註1〕《什麼是文學》，《中國新文學大系・建設理論集》第 214 頁，上海文藝出版社 1981 年影印出版。

〔註2〕見《「小說新潮」欄宣言》，《小說月報》第 11 卷第 1 號。

然派（Natural）去描摹便成自然主義的文學，神秘派去描摹便成神秘主義的文學；由此可知欲創造新文學，思想固然要緊，藝術更不容忽視。」〔註3〕在思想和藝術兩大構成要素中，茅盾在這兒似乎更強調藝術。他在同期對文學功能的闡發中，一再強調文學的功利性。因此上面兩段話出自茅盾之口，特別地表明了注重藝術功利性的茅盾對文學的藝術性的注重，應當格外引起我們的注意。不過仔細琢磨一下，似乎不難發現論述中尚有明顯的漏洞。在茅盾看來，自然派和神秘派描摹同一個對象，就會各自造成自然主義文學和神秘主義文學。茅盾所說的這種現象，可以用來說明藝術對於文學構成的極端重要性。他所想要說明的觀點也是有一定道理的。然而遺憾的是，他所使用的論據，並不能證明他的觀點。即使以下說法可以成立：描摹同一對象，自然派描摹了成為自然主義的文學，神秘派描摹了成為神秘主義的文學；但之所以如此，在整個過程中起作用的，除了藝術的因素外，也還有思想的因素。對對象的理解、認識，對對象的特點和本質的把握，無論如何是與思想的一面有關的。或許這樣表述更好：自然派和神秘派描摹同一對象而獲得不同結果，這是由於思想和藝術兩種因素共同作用所致。

在上面所引的第二段論述中，還有一個值得注意的地方，那就是茅盾對文學成因的理解。他在論及自然主義文學和神秘主義文學的時候，都緊緊扣住了兩個字：「描摹」。他認為，文學也就是對對象的描摹。當然，這一層意思只是在論述別的問題時順帶提到，並未正面展開，也沒有將探討深入下去。但我們可以看到茅盾涉足文壇的最初階段對文學本質所作的把握。我們知道，對於脫胎於「摹仿」說的「描摹」一詞，可以作兩種理解：既可以是亞里士多德所說的「摹仿」，也可以是柏拉圖所說的「摹仿」。兩種「摹仿」說由於對摹仿的對象的迥然不同的解釋而大相徑庭。前者屬唯物論的範疇，而後者卻只能是客觀唯心主義的。茅盾在行文中沒有對文學所描摹的對象作出必要的界定，因而對他所持的「描摹」說的哲學基礎，似乎不能妄加評論。但結合茅盾同期所寫的其他文章，結合他對文學提出的表現人生的要求來看，他所說的描摹的對象，毫無疑問是客觀對象物。因此他所提及的「描摹」，與柏拉圖的建立在理念基礎上的「摹仿」說，顯然並不是一回事。說他的「描摹」說體現的是唯物論的反映論的基本精神當是可以的。

茅盾苦苦思索著、不懈探討著「文學是什麼」這個問題的答案。1921 年

〔註 3〕見《「小說新潮」欄宣言》，《小說月報》第 11 卷第 1 號。

5 月，他提出了這樣的意見：「淺近一點說，文學是表現人生的東西；不論他是客觀的描寫事物，或是主觀的描寫理想，總須以人生爲對象……絕不能把離開了人生的東西算做文學。」〔註4〕很明顯，在這裡，茅盾並不是從文學的本源著眼的，他注重的是文學的內容。他意在提倡爲人生的文學，是在擯斥遠離人生的文學。其見解在當時體現出一種激濁揚清的意義。然而應該說，表現人生還是離開人生，可以是衡量優秀文學和非優秀文學的一個標準，卻不能作爲區分文學與非文學的依據。誰能否認主張「爲藝術而藝術」的創造社成員，創作而成的許多作品也確實應當叫做文學？1923 年，茅盾對 1921 年的論述作了進一步的發揮。在《文學與人生》中，他寫道：「西洋研究文學者有一句最普通的標語：是『文學是人生的反映（Reflection）』，人們怎樣生活，社會怎樣情形，文學就把那種種反映出來。譬如人生是個杯子，文學就是杯子在鏡子裡的影子」，「從這兩句話上，大概可以知道文學是什麼」。〔註5〕茅盾據此對文學與人生的關係進行了論述，並借鑒引用了泰納的著名的「三要素」論。在此基礎上，從人種、環境、時代、作家的人格等四個方面，對文學與人生的關係作了考察。關於這一點，研究者們的論述已經很多，故不贅述。在這裡，我只想將「鏡子」說和「描摹」（摹仿）說作一簡單的比較。作爲闡明文學的本質的理論觀點，「鏡子」說和「摹仿」說都源於西方，在文論史上都有相當的意義。「鏡子」說和亞里士多德的「摹仿」說的價值在於堅持了反映論，都把社會生活中的客觀對象物作爲文學的本源。說文學是「鏡子」也好，說文學是描摹也好，文學總是表現客觀對象物的。因而它們都與唯心論劃清了界限。而柏拉圖的「摹仿」說，則屬於客觀唯心主義的範疇。但西洋研究文學者的「鏡子」說所體現的，又是不徹底的唯物論，或者說是機械唯物論（它與列寧在談及托爾斯泰時所提出的「鏡子」說當有著重要的區別）。如果依了西洋研究文學者的「鏡子」說，那麼，文學反映社會生活，只能是一種被動的反映。對象物和反映對象物的文學之間的關係，是杯子和杯在鏡中之影的關係。這裡強調的文學反映對象物過程中的純客觀性和純紀錄性。這符合自然主義的理論主張，也與泰納的文學思想相吻。「鏡子」說的致命傷是否定了文學作品的作者——創作主體——的能動作用。創作主體是客觀對

〔註 4〕 玄珠：《中國文學不發達的原因》，《時事新報·文學旬刊》第 1 期（1921 年 5 月 10 日）。

〔註 5〕 見松江暑期演講會《學術演講錄》第 1 期（1923 年出版）。

象物與文學之間的必不可少的中介。沒有這個中介，就無法實現客觀對象物
向文學轉變。文學作為對客觀對象物的反映，必然攝入創作主體的主觀因素，
總是一種帶有主體的思想意識的折光的反映。相比較而言，把文學說成是對
客觀對象物的「描摹」，這倒沒有太多的機械唯物論的局限。從某種意義上確
實可以說，文學是對對象物的描摹。描摹不能離開客觀對象物，然而描摹的
操作過程又是由主體實現的。由於主體主觀上存在的各種差別，描摹而得的
結果也會顯得異彩紛呈。雖然茅盾對描摹的理解還有待於闡發和深化，但他
所理解的「描摹」說顯然要比他後來所接受的「鏡子」說優勝一些，這卻是
毋庸置疑的事實。可見，茅盾在廣泛接觸西方的各種文學主張的過程中，在
汲取精華的同時，也難免接受了某些不怎麼經得起推敲的東西。他當時確實
不可能具有無可挑剔的判斷能力和選擇能力。由於泰納以及自然主義理論主
張的影響，茅盾在對「文學是什麼」的問題的理解和闡述上，出現了某種倒
退現象。事實上，茅盾早期的文學思想，是在「進」——「退」——「進」
所構成的曲線中發展的，往往呈現出螺旋形發展的趨向。這完全是正常現象。
只是以往的研究者更樂意提「進」而較少提「退」罷了。

　　茅盾並沒有滿足於自己 1923 年對「文學是什麼」的問題所作的思考與解
答。僅僅相隔兩年，1925 年，他再次正面回答「文學是什麼」的問題時，認
識有了長足的進步。他依然堅持了反映論，但他又分明十分注重主體的作用。
他的完整的論述見於《告有志研究文學者》一文。本文和茅盾的另一篇著名
論文《論無產階級藝術》的寫作時間非常接近。這兩篇文章體現了茅盾文學
觀以至世界觀的一系列轉變。對於「文學是什麼」所作的全新的解釋，僅僅
是一系列轉變中的一個轉變。茅盾這一次探討「文學是什麼」的問題，依然
是從探討文學構成的原素入手的。他認為：「我們知道了文學之從何而成—
—就是構成的原素，自然可以分別凡寫在紙上的何者是文學何者非文學了。」
〔註6〕從表面上看，茅盾似乎是又回到 1920 年的起點上了（1920 年時茅盾
認為「文學的構成」「全靠藝術」），然而實際上已是不可同日而語了。關於這
一點，容後再加細述。茅盾在文中列舉了諸多作家、文論家的見解，然後力
排眾議，將自來作家對於「文學是什麼」這一問題的答案中的弊病歸納成以
下三點：「一、他們大都是在描寫『文學』的面孔，不是為『文學』下定義。
他們只講文學『能做』什麼，並不講文學『是』什麼。二、他們大都只描寫

〔註6〕見《學生雜誌》第 12 卷第 12 號。

了文學所有能事之一部，他們只說出了一部分的眞理。三、他們的見解都偏於一端，不是說文學包括了一切用文字組成的作品，就是說文學惟爲供人娛樂，降爲形象藝術了。」〔註7〕根據以上三點，茅盾得出了「妥當的文學的定義竟不曾有過」的結論。茅盾正是在這樣的情況下，從文學所從構成的原素切入，開始對「文學是什麼」的問題的再探討的。他提出：「文學所從構成的原素有二：一、我們意識界所生的不斷常新而且極活躍的意象；二、我們意識界所起的要調諧要整理一切的審美觀念。」特別値得注意的是他對意象所作的解釋：「意象可說是外物（有質的或抽象的）投射於我們的意識鏡上所起的影子；只要我們的意識鏡是對著外物，而外物又是不息的在流轉在變動，則我們意識界內的意象亦必不斷的生出來，而且自在地結合，自在地消散。」〔註8〕在茅盾看來，文學是由意象構成的，而意象又是由外物投射於意識鏡而形成的。雖說它也是一種影子，但它又明顯地不同於「鏡子」說中所說的那種影子。它是經意識鏡的折光作用後形成的。由「鏡子」說到「外物投射於意識鏡」說，這就實現了由機械唯物論向能動的反映論的飛躍。同樣値得注意的是：茅盾在解答「文學是什麼」的問題時，還引入了一位「審美先生」。茅盾這樣寫道：「當這些意象在吾人意識界裡方生方滅，忽起忽落的時候，我們意識界裡卻有一位『審美』先生便將它們（意象）捉住了，要整理它們，要使它們互相和諧；於是那些可以整理可以和諧的意象便被留起來編製好了，那些不受整理無法和諧的，便被擯斥了。將編製好的和諧的意象用文字表現出來，就成了文學」。〔註9〕在這裡，茅盾所採用的論述方法，顯然要比1920年時所採用的方法高明得多。1920年時，茅盾將文學的構成說成是全靠藝術，而藝術又是怎麼回事則沒有論及。回答問題時，似乎是兜了一個圈。1925年考察文學的構成，由外物到意象，再由審美先生對意象進行加工，大體道出了按照美的法則進行創造的眞諦。因此，1925年的「審美先生整理」說，比1920年時所持的「描摹」說明顯地高出了一個層次。再說文學反映社會生活和人生內容，既必須是眞實的反映，又必須是審美的反映。假定人生是杯子，那麼提供一個杯子在鏡子裡的影子，這就能叫文學了嗎？缺乏美感地描摹杯子，也能叫什麼文學嗎？茅盾在論述中將審美先生請出，讓他按調

〔註7〕見《學生雜誌》第12卷第7號。
〔註8〕同上。
〔註9〕同上。

諧的原則對意象進行整理（使它們互相和諧）或加以擯斥（擯斥那些不受整理無法和諧的意象），表明他對文學本質的認識，終於達到了審美的深層結構。正是在這樣的基礎上，茅盾找到了「文學是什麼」的答案：「文學是我們的意象的集團之藉文字而表現者，這種意象是先經過了我們的審美觀念的整理與調諧（即自己批評）而保存下來的。」〔註10〕這是茅盾經過反覆探索對「文學是什麼」問題所作的最圓滿的回答。說它是最圓滿的回答，首先是因爲它圓滿地解決了文學的來源問題，源泉問題。文學來自於意象，而意象並不是作家頭腦裡所固有的。意象來自於外物，意象是客觀世界（外物）的主觀（作家的意識鏡）反映。這就和主觀唯心主義劃清了界限。其次是因爲它在堅持反映論的時候，十分注重作者的主觀作用。以意識鏡去接受外物從而形成意象，這是作者主觀作用的一個體現；對意象進行藝術加工，這是作者主觀作用的又一體現。由此，又同機械唯物論劃清了界限。說它是最圓滿的回答，再次是因爲它充分注意到了文學所必須具有的美的品格。對意象的加工和整理，必須遵循美的法則。這就又劃清了文學和非文學的界限。茅盾對文學所作的界定和闡述，即使用今天的眼光看也是完全正確的。

就這樣，茅盾早期經歷了諸多曲折，在一番跋涉之後，最終達到了「文學是什麼」問題上的最高點。

三

> 茅盾早期對文學功能問題的探索。最初的與人道主義思想緊密聯繫的文學功能觀。茅盾早期文學功能觀的巨大轉變。轉變的動力。轉變的具體內涵。轉變的最終完成。對茅盾早期文學觀的轉變的簡單評價。

在探索「文學是什麼」的問題的同時，早期茅盾幾乎一直沒有停止這對「文學有什麼用」這樣一個問題的探討。

對於這樣一個問題的思考的成果，最早見於《新舊文學平議之評議》一文。該文是針對主張新舊文學平議的折衷派而發的，提出了新文學作爲進化的文學的三件要素。其中第二、三件要素爲：有表現人生指導人生的能力；爲平民的非爲一般特殊階級的人的。這兩件要素之間存在著內在的聯繫。毫無疑問，新

〔註10〕見《學生雜誌》第 12 卷第 7 號。

文學對平民的人生更爲關切，更有著表現、指導的熱情和責任。而對平民的人生的表現、指導和關切，實際上體現了茅盾最早所倡導的「爲人生」的文學主張所包含的人道主義內容。不過這時茅盾還沒有將「文學爲人生」作爲旗幟正式樹起來，也還沒有將「爲人生」明確地直接地解釋爲「爲平民的人生」。但茅盾這裡就「文學有什麼用」這一問題所提出的基本思想，後來將得到闡發。由周作人起草的《文學研究會宣言》提到文學的功能時，這樣寫道：「將文藝當作高興時的遊戲或失意時的消遣的時候，現在已經過去了。我們相信文學是一種工作，而且又是於人生很切要的一種工作」。〔註 11〕雖然對文學爲人生的思想的闡發不見得深入，但這一段話在兩點上值得我們注意：一是明確地否定將文學純粹看作遊戲和消遣的文學觀，確實有一種「宣言」的性質；二是舉起了「爲人生」的文學的大旗，以此集結同仁，「結成一個文學中心的團體」。比較集中地探討「文學有什麼用」的問題的，是茅盾發表於 1921 年 1 月的《文學和人的關係及中國古來對於文學者身份的誤認》一文。茅盾在文中考察了「文人把文學當作一件什麼東西」這樣一個問題。茅盾認爲，中國古來只是將文學作兩種用；一是將文學作爲載道的工具，以此替古哲聖賢宣傳大道，替聖君賢相歌功頌德；二是與此相反，將文學只是當作消遣品。茅盾左右開弓，同時反對以上兩種傾向，相對於《文學研究會宣言》中僅僅否定將文學當作遊戲和消遣的提法，似乎是一種必要的補充，思想顯得比前全面了。也就是在這篇重要文章中，茅盾第一次明確地作出了這樣的表述：「文學的目的是綜合地表現人生」。這是對前面所說的「文學……是於人生很切要的一種工作」的命題所作的注腳。所謂爲人生，也就是表現人生。茅盾曾經在《中國文學不發達的原因》一文中說到過這樣一層意思：「淺近一點說，文學是表現人生的東西；不論他是客觀的描寫事物，或是主觀地描寫理想，總須以人生爲對象；讚美罷，也須是讚美人類生活全體中可讚美的每動作每思想每情緒；感傷罷，也須感傷人類生活全體中可感傷的每動作每思想每情緒；絕不能把離開了人生的東西算做文學。」〔註 12〕人生是文學表現的對象；脫離了人生，文學也就因失去對象而失去了自身。茅盾在闡述文學的功能和發揮文學爲人生的思想方面，似乎又向前跨了一大步。也就在同一篇文章中，茅盾爲「表現人生的文學不被認爲文學」的現象而嘆息。他認爲，問題的癥結就在於：「中國人的文學定義一向是沒有

〔註 11〕 見《小說月報》第 12 卷第 1 號。
〔註 12〕 見《時事新報・文學旬刊》第 1 期（1921 年 5 月 10 日）。

弄清」。〔註 13〕對於文學的定義都沒有弄清的人，又怎麼去談文學和文學功能這些問題呢？茅盾已經把話說到底了。兩年以後，茅盾察覺了「文學以人生為對象」提法上的含混之處。當時的新文學運動，正如他所說，「好像已有了由社會的傾向轉入個人的傾向這一種形勢」。具體表現是：「現在的小說，十篇裡總有九篇是作者發自己的牢騷」。〔註 14〕這就提出了一個問題：文學是人生的反映，而個人的牢騷則也是人生中所常有的事，那麼，發個人牢騷的作品也是表現人生、為人生的了。茅盾並不否定發個人牢騷的作品也表現了人生，但同時又指出：「以為非如此便不能算是文學作品，把其餘不關個人牢騷的作品一概視為功利主義，在深惡痛恨之列：這種傾向是很危險的」，〔註 15〕「我們大家應該防鼠疫似的嚴防這『文以發牢騷』的毒菌再蔓延開來」！〔註 16〕從這段論述來看，茅盾所堅持的文學功能觀，雖然仍是文學為人生、表現人生，但對文學表現人生的問題則有了更全面的考慮和更具體的分析，從而由自己彌補了以往在表述上的不足。

我們還可以發現茅盾在文學功能問題上的另一條思想軌跡：伴隨著早期人道主義思想因素的增長，茅盾將人生與人道主義越來越緊密地聯繫了起來。在《文學和人的關係及中國古來對於文學者身份的誤認》一文中，茅盾明確表示：「文學者表現的人生應該是全人類的生活」。〔註 17〕很顯然，他將文學的功用，由表現和指導平民的人生，擴大到了表現全人類的人生。毫無疑問，全人類的人生要比平民的人生寬泛得多，它甚至要包括非平民的人生。茅盾的這一步所留下的腳印是進了還是退了，我們似乎很難作出簡單的判斷。但有一點是可以肯定的：這是茅盾早期文學觀發展過程中的一個段落，符合茅盾思想發展的邏輯。茅盾是尊重現實的。他當然知道平民與非平民之間存在的差別、隔膜和對立。正因為如此，他更強調文學的特殊功能：「文學作品不是消遣品，是溝通人類感情代全人類呼籲的唯一工具，從此，世界上不同色的人種可以融化可以調和。」〔註 18〕茅盾運用人道主義思想對文學功

〔註 13〕見《時事新報・文學旬刊》第 1 期（1921 年 5 月 10 日）。
〔註 14〕茅盾：《雜感》，《時事新報・文學旬刊》第 74 期（1923 年 5 月 22 日）。
〔註 15〕同上。
〔註 16〕同上。
〔註 17〕見《小說月報》第 12 卷第 1 號。
〔註 18〕雁冰：《文學和人的關係及中國古來對於文學者身份的誤認》，《小說月報》第 12 卷第 1 號。

能問題的闡述，至此達到了極致。稍後，茅盾以及他所在的文學研究會，與郭沫若及創造社發生了論戰。論戰涉及到諸多問題。其中的一個重要問題是藝術的目的論和功利性問題。創造社同仁主張為藝術而藝術，堅持藝術的非功利性，與文學研究會，與茅盾的藝術主張發生了尖銳的衝突。在論爭中，茅盾發表了這樣的意見：「雖則現在對於『藝術為藝術呢，藝術為人生』的問題尚沒有完全解決，然而以文學為純藝術的藝術我們應是不承認的」。大約是1922 年左右，茅盾的文學功能觀發生了某些轉變。這時，在政治上他已接受了馬克思的社會主義，原先所有的人道主義思想受到了猛烈的衝擊，階級論的觀點開始在頭腦裡萌生。正因為如此，他在《文學與人生》一文中寫道：「革命的人，一定做革命的文學。」〔註 19〕他在「文學」兩字前面，特意加上了「革命的」這樣一個修飾詞。雖然他對「革命的文學」的概念並未詳加闡述，雖然這篇文章中有著泰納思想影響的印痕，但它預示著茅盾的文學功能觀即將發生巨大的轉變。果然，稍後他就將目光轉向對文學與政治社會的關係的考察。他在《文學與政治社會》一文中理直氣壯地揭示了這樣一條真理：文學作品是趨向於政治的或社會的。他反對將帶有政治意味與社會色彩的作品都摒出藝術之宮的門外。他堅持認為，趨於政治的或社會的，這並不是新文學的墮落。至此，茅盾在「文學有什麼用」的問題上，已經越出了為人生的樊籬，開始用政治的眼光來考察文學的功能問題了。然而，人道主義思想的慣性力量不可能立即消失。在反對他所痛恨的名士派的過程中，針對「名士派的文學作品，叫人看了只覺得人生是虛空的」這樣一種現象，茅盾提出：「文學的最最大功用，在充實人生的空泛」。〔註 20〕這樣一層意思，在茅盾早些時候寫的一篇《雜感》中表述得十分清晰：

> 我們想起「文學是最好思想的記錄」那句話，想起文學所負的「充實人生」的使命，便不由自主地要詛咒那些美而有毒的曼陀羅花。請恕我的偏見，我要詛咒那些盛描空幻之美的文學，因為這些文學只像嗎啡一樣，叫人麻醉，叫人忘卻身體上以及精神上的痛苦，甘心處於污泥之中而不思奮作；我又詛咒那些侈誇羲皇時代的極樂世界的文學，因為這些文學叫人忘記了眼前的苦痛，眼前的卑賤，叫人不向前奮鬥以求幸福，而無聊地想像過去的幸福以自解

〔註 19〕見松江暑期演講會《學術演講錄》第 1 期（1923 年出版）。
〔註 20〕見《什麼是文學》，載松江暑期演講會《學術演講錄》第 2 期（1924 年出版）。

嘲。〔註21〕

顯然，茅盾認爲他所詛咒的文學，都是與「充實人生」的使命背道而馳的。
而「人生」，仍然是籠統的人生。也就在同一篇文章中，茅盾更加明確地規定
了文學的使命：「我相信文學是批評人生的，文學是要指出現人生的缺點並提
示一個補救此缺憾的理想的。」看來，茅盾所理解的「充實人生」，也就是通
過「批評人生」來完善人生。辦法是：一、揭示人生的缺點，二、提示理想
以克服缺點。至於說人生的缺點是些什麼，補求缺憾的理想又是什麼，茅盾
沒有說。因此，我們只能認爲他對於「人生」的理解，依然保留了原先的人
道主義內容，而尚未出現根本性的變化。茅盾所倡導的「充實人生的空泛」
的文學，即使是抒寫個人的情感，「那一定是全人類共有的真情感的一部分，
一定能和人共鳴的」。〔註22〕可見，由於論爭對象的不同，由於所要強調的重
點的不同，茅盾可能亮出不同的觀點：在醉心於「藝術獨立」的「藝術派」
前面，他強調文學趨於政治或社會，表現出很強的政治觀念；而在於實際社
會毫無用處的名士派面前，他又強調文學對充實空泛的人生這方面的作用，
更多地流露出人道主義思想的因素。而政治觀念和人道主義思想，都是茅盾
的真實思想，兩者同時矛盾地存在於茅盾的頭腦中。

　　促使茅盾在文學功能觀問題上向前跨出一大步的巨大動力，當來自刊登
鄧中夏、蕭楚女和惲代英等早期共產黨人闡述和倡導新文學的一系列宏論的
《中國青年》雜誌。鄧中夏的《貢獻於新詩人之前》、《新詩人的棒喝》，蕭楚
女的《詩的方式與方程式的生活》等文，都強調文學應發揮喚醒人心的作用，
而對高歌「爲藝術而藝術」的創造社痛下針砭。1923 年，惲代英在《中國青
年》上發表了題爲《八股》的文章。在國內文壇上頹廢主義的文學趨於盛行
之時，惲代英抨擊對人生不但沒有用、「反轉還要發生一定消極頹廢的思想」
的文學。他認爲：「現在的新文學若是能激發國民的精神，使他們從事於民族
獨立與民主革命的運動，自然應當受一般人的尊敬」。〔註23〕在否定唯美主義
和頹廢主義文學方面，茅盾和惲代英的思想是完全合拍的；但惲代英所提出
的文學的使命，比茅盾此前的一貫論述立足點要高。茅盾寫了《雜感——讀

〔註21〕茅盾：《雜感》，《時事新報・文學旬刊》第 76 期（1923 年 6 月 12 日）。
〔註22〕見《什麼是文學》，載松江暑期演講會《學術演講錄》第 2 期（1924 年出版）。
〔註23〕轉引自茅盾《雜感——讀代英的〈八股〉》，載《文學》週報第 101 期（1923
　　　　年 12 月 17 日出版）。

代英的〈八股〉一文，對惲代英的意見表示讚同。幾乎是同時，他又撰寫了《「大轉變時期」何時來呢？》一文，深化了反對唯美和反對頹廢的主題。他在文中希望文學「能夠擔當喚醒民眾而給他們力量的重大責任」。這是惲代英上述思想的延伸。茅盾對文壇大轉變時期的呼喚，這何嘗不是他自身思想出現大轉變的一種徵兆呢？1925 年，「大轉變」終於來到了。這一年茅盾所寫的著名論文《論無產階級藝術》，標誌著他的文學思想以至整個世界觀，都已經發生了重大的變化。在這裡，「全民眾」的概念遭到了徹底的否定。其中，當然也包括了對自己以往的人道主義思想的自我否定。「民眾藝術」的口號被「無產階級藝術」所取代。同時寫成的《告有志研究文學者》一文，用相當的篇幅探討和回答了「文學能替人群做什麼事？」的問題。茅盾評說了以下五種闡述文學功能的命題：一、文學是溝通情感的最適宜的工具；二、文學對於人類盡的最大力，便是解釋高尚的理想；三、文學是疲勞痛苦的人類的慰安；四、文學對於人群的最大貢獻是創造美；五、文學對於人群的功用在於解釋時代精神。茅盾認為，「以上五說，都有缺點」。說文學解釋高尚的理想吧，而理想之高尚常依時代而轉變，決沒有確定性。因此，文學解釋高尚理想云云，亦不過是句空話。把文學當作溝通情感的最適宜的工具，把文學當作和平天使，未免是夢想。把「給予慰安」視作文學的功能，先得問問這「慰安」是誰領受了去的。現實生活中，文學所給予慰安的，不過是社會中極少數的人。所以，茅盾認為，說「給予慰安」是文學對於人類的貢獻，並不算不對，就可惜此說所謂的「人類」不是人類全體。言下之意，如果領受到慰安的是人類全體，原先的命題就可算是無懈可擊了。然而這又引出了另一個問題：文學所給予的慰安，領受的對象能是人類全體嗎？如果對此予以認可，不又回到了原先的人道主義的立場上去了嗎？至於說文學的功用是解釋時代精神，茅盾認為這與把文學的使命看作解釋高尚理想、高尚思想正同。既然以文學解釋高尚思想、高尚理想，由於上面所說的原因而不可取，那末，以文學解釋時代精神自然也就有流弊。不過依我看，茅盾所說的問題固然存在，而更為緊要的問題是在「解釋」兩字上。文學如果所起的一種解釋作用，而解釋又與圖解無異，這還能叫文學嗎？這不就成了時代精神的傳聲筒了嗎？

茅盾對「文學對於人群的最大貢獻是創造美」這樣一種文學功能觀的評析，值得我們單獨地提出加以討論。他明確表示：對把「創造美」看作文學的最大貢獻，原則上並不反對。茅盾所特別關心的是：什麼是「美」？是不

是合於特權階級的脾胃的，才算美？茅盾的話鋒是針對唯美論者的。唯美論者無視階級對立和階級壓迫的現實，一味鼓吹「美」，在談到文學的功能時，只是一味地強調「美」。他們所說的「美」，合於特權階級的審美情趣和思想方式，為特權階級所樂於接受。具有這樣一種「美」的文學作品，不能鼓舞被壓迫階級和被壓迫人民的鬥爭意志，理所當然地要受到茅盾的強烈抵制。這種抵制是正常的、必要的。但是茅盾在抵制唯美論者的論調時，只注意強調文學不應該唯美這樣一個方面，而忘了強調文學不可不美這另一個方面。客觀上給人的印像是：文學作為工具（幫助完成階級的政治使命）的功能是極端重要的，而文學是否具有美的品格，是否能給人以美的欣賞是次要的。這能否說是一種傾向掩蓋了另一種傾向呢？何況，文學幫助完成階級的使命的功能，與給人帶來美的享受的功能，也並不絕然排斥。魯迅的一篇篇小說，文學的審美功能還能強化其幫助完成階級使命的功能。人們之所以在標語、口號和宣傳品之外還需要文學，就因為文學有著標語、口號和宣傳品所不具備的特殊功能。這特殊功能就是審美功能，也就是給讀者帶來美感享受的功能。像唯美論者那樣強調美，無疑有著很大偏頗；但因唯美論者強調美因而不將美放到文學的重要位置上來，同樣也是很大的偏頗。再則，美和美感是極為複雜的問題。只把合於特權階級的脾胃的，立足在他們的思想方式的，算作美，這當然是沒有道理的。但是反過來，誰能說合於特權階級的脾胃的、立足在他們的思想方式的東西中，就絕對沒有美的因素？兩個相對立的階級之間，在審美方面就是絕對地對立的嗎？我以為，茅盾的表述並不是最好的表述。當然，我們不應當用今天的眼光去苛求他。

　　既然以上五說都有缺點，那麼，關於文學的功能應當怎樣表述才好呢？茅盾指出：「文學這個東西，雖然很有人替它辯護，說是人類至高尚至超然的精神活動之表現，而按其實，還不是等於政制法律，只是一時代的治者階級用以自保其特權的一種工具罷了。」〔註24〕這段論述有一種洞穿的力量。用史的眼光看，統治者總是將文學當作鞏固和加強自身統治的工具。正因為如此，文學想要超然也超然不起來。茅盾悟出了文學的實質以後說出的一番話表明：他已從籠統的為人生、為全人類的人生的文學功能觀中最終走了出來。這是一個引人注目的思想變動。其主要方面是應予肯定的。但茅盾的論述並不是毫無缺陷的。文學與政制法律都屬於上層建築，都是在一定的經濟基礎上生成的，又都反作

〔註24〕見《學生雜誌》第 12 卷第 7 號。

用於經濟基礎，這是它們的相同之處。政制法律，無疑具有鮮明的工具性。統治階級總是通過一定的政制法律來維護自身的統治。說到底，政制法律是由統治者建立和制定的。當然統治階級也不會放棄文學、文藝，它會迫使文學、文藝為其統治服務。但一定要說文學是什麼工具的話，這工具與彼工具（例如政制、法律）不一樣。它是不帶強制性的，是潛移默化的，是接受者喜聞樂見的。它給人以美感，寓教於樂。把文學當作像政制法律那樣的治者階級用以自保其特權的工具，至少可以說是只注意到了共性，而忽視了個性。至此，可以認為，茅盾在強調文學的階級功利性和政治功利性的同時，對「文學的功能是給人類創造美」這個命題過多地進行了否定（至少是表述上尚存在欠妥之處），從而將文學的功利性推向了極端。茅盾還忽視了被統治階級也有屬於自己的文學這樣一種事實。我認為這種文學是客觀存在的。民間文學不就是這樣的文學嗎？當然，這樣的文學在整個文學史上不可能佔有統治地位、正宗地位，也不可能得到統治者的認可。但它是確實存在的，在民眾中也頗有市場。這種文學表達的往往是被統治階級的要求和願望。無疑，它常常又被打上了統治階級的思想的烙印。如果要說工具，這當是另一種工具。顯然，茅盾對文學作為工具的功能，尚缺乏分析。無形之中，文學的另一種工具的功能，被他取消了。這不能不是一個疏漏。如此看來，茅盾的上述論述中存在著局部性的偏頗。

在稍後寫成的《文學者的新使命》一文中，茅盾正面探討了文學者和新文學的使命。此文行文頗多曲折。先從「文學是人生的真實的反映」這一命題說起，引進有人對此所提出的抗議：「如果文學的職務只在反映出現實人生來，則豈非等於一面鏡子？文學絕不可僅僅是一面鏡子，應該是一個指南針。」〔註25〕順便說一下，許多論者常常將這一段話當作茅盾的意見加以直接引用，其實這是不恰當的。茅盾要求文學關心現實的人生，又要用未來社會的理想來照耀。按照茅盾的意見：「我們心中不可不有一個將來社會的理想，而我們的題材卻離不了現實人生。」〔註26〕他反對「離開了現實的人生，專去謳歌去描寫將來的理想世界」。〔註27〕文學的使命和功能，應當是表現被壓迫民族與階級的革命運動的精神，用以激發更偉大更熱烈的革命運動，這是一個方面；另一方面，它還必須認同被壓迫的無產階級的思想方式，為

〔註25〕見《文學》週報第 190 期（1925 年 9 月 13 日）。

〔註26〕同上。

〔註27〕同上。

無產階級文化盡宣揚之力。這樣的文學，方才稱得上是既如實地表現了現實的人生，又指示人生向美善的將來。至此，茅盾更為自覺地將文學納入了為被壓迫民族與階級所進行的革命鬥爭服務的軌道。這一文學功能觀，與《論無產階級藝術》相貫通。相對於此前而言，他的文學功能觀又是有所發展的，那就是要求文學既表現現實，又指示將來。而將來，中產階級將走完他的歷史的路程，新鮮的無產階級精神將開闢一新的時代。在這一點上，茅盾的預言是完全準確的。我們不能不佩服他的預見力。

四

　　「文學是如何發展的？」茅盾早期探討的又一個文學基本問題。
運用進化觀所作的考察。以哲學角度對文學發展所作的具體解
釋。轉換一個角度，從內容與形式的關係入手，對問題進行再考
察。簡析茅盾早期文學發展觀的得與失。

　　茅盾早期所專力探討的又一個文學基本問題是：「文學是如何發展的？」對於這個問題，他曾從幾個角度進行過考察。比如，從進化的角度切入，從哲學上主客觀關係切入，從內容形式的矛盾運動切入。每一種考察，都緊緊圍繞文學的發展而展開，都取得了令人矚目和不可互相取代的思維成果。而如果將它們綜合起來，又可以收到立體式考察之效。

　　茅盾早期解釋文學的發展，常常運用進化的觀點。早在 1920 年，在《文學上的古典主義浪漫主義和寫實主義》一文中，他就說過這樣的話：「古典主義浪漫主義寫實主義新浪漫主義這四件東西，是依著順序下來，造成文學進化的。」〔註28〕他在闡述文學進化時，強調進化的順序性和漸進性。他認為：「進化的次序不是一步可以上天的。」〔註29〕從西洋文學的發展情況來看，茅盾的上述觀點和概括是大體正確的，是頗有道理的。

　　下面我們來看看茅盾是如何用進化的原理來闡述文學的衍變的。在茅盾看來，古典主義之所以被浪漫主義取代，是因為進化在起作用。「束縛個人自由思想是古典文學的特色，而個人自由思想實是人群進化之原素，所以人群不進化也罷，人群若進化，則古典文學自然立不住腳。」〔註30〕茅盾將文學進化與人

〔註28〕見《學生雜誌》第 7 卷第 9 號。
〔註29〕見《「小說新潮」欄宣言》，《小說月報》第 11 卷第 1 號。
〔註30〕雁冰：《文學上的古典主義浪漫主義和寫實主義》，《學生雜誌》第 7 卷第 9 號。

群的進化緊密地聯繫在一起加以考察。並論定文學的進化是人群的進化的必然結果；束縛個人自由思想的古典文學之所以被拋棄，其原因在於阻礙了人群的進化。在當時情況下，文學進化觀並非茅盾所獨有的思想。然而茅盾的「人群進化」──「文學進化」的思路，顯然又提供了胡適的和別的什麼人的文學進化觀所不具備的東西，因而具有自身的價值。可是，嚴格說來，「人群進化」又是一個含混的、不確定的概念。人群如何進化？人群的進化究竟是如何影響和制約文學進化的？在這些應該闡述得十分清楚的問題上，茅盾都未加闡發，而是打了「馬虎眼」。再則，將人群進化說成是文學進化的全部原因，實際上是缺乏科學性的。姑且不說文學的進化與諸多因素有關，就說人群的進化吧，情況也極為複雜。人群的進化程度是參差不齊的。此群與彼群就很可能不一樣，就是一個群體中也會情況各異。甚至可能出現這樣的現象：在進化的過程中，相伴而來的，是某種退化。這種退化，在某類人身上表現得特別明顯。隨著時間長河的流動，也有的人會在「束縛個人自由思想」方面越陷越深。這種束縛，既可能是他縛，也可能是自縛。因此，人在類的意義上的進化，作為一種總的發展趨勢，它是一種客觀的存在。但「群」和「類」的概念並不是等同的。況且，實際情況也並不是越進化，人類的所有成員的個人思想越自由。由此看來，「人群不進化也罷，人群若進化，則古典文學自然立不住腳」（之所以立不住腳是因為它束縛個人自由思想）的說法本身能不能立得住腳，倒也成了問題。那末，反抗古典文學而起的浪漫文學，又是怎樣衰落、怎樣被寫實主義取代的呢？茅盾認為，思想自由、創造自由──這是浪漫主義文學的特色。然而末流的浪漫主義太不切實際。因此，「文學經過科學的洗禮，俾自由發展不至於太落空際，這原也是文學進化中必經的一條路，沒有什麼了不得」。〔註31〕寫實主義之後，怎麼又會有新浪漫主義的興起的呢？「浪漫思想之所以復活，也是本著進化的原理進行，不關循環的道理。」〔註32〕整個的文學發展，都被茅盾納入到了進化的軌道。茅盾的文學進化觀，是從生物進化論和社會進化論借鑒而來的，體現了文學運動發展的基本思想。列寧曾經說過：「必須更確切地理解進化，把它看做一切事物的產生和消滅、互相轉化。」〔註33〕從這個角度說，茅盾的文學進化觀有其不可低估的意義。另外，茅盾就浪漫主義的復活而對進化和循環所

〔註31〕雁冰：《文學上的古典主義浪漫主義和寫實主義》，《學生雜誌》第 7 卷第 9 號。

〔註32〕同上。

〔註33〕見《列寧全集》第 38 卷第 280 頁，人民出版社 1955 年出版。

作的區別，也是富於啓迪意義的。進化是一種螺旋形的發展，是否定之否定。正如茅盾自己所寫的那樣：「黑格爾說：正反等於合；現在的新浪漫主義與舊浪漫主義和寫實主義的關係，正也是如此。」〔註34〕而循環則是由原點出發又回到原點，是重複，雖然也是運動發展，但它並不包含層次上的遞進。因此，我認爲，茅盾對進化和循環所作的區分，體現了他的辯證法思想，閃爍著燁燁的光華。但茅盾的文學進化觀也有著比較明顯的弊端。首先，這種理論以西洋文學的發展軌跡爲依據，然後以此爲模式來審視中國文學的發展順序，並且預言這樣的發展順序是不可改變的，西洋文學中「已演過的主義」「我們也有演一過的必要」。〔註35〕茅盾似乎是完全忽視了東西方由於社會歷史條件的不同因而文學的發展過程也並不相同這樣一個基本事實。實際情況是，在中國文學發展史上，並不曾有過古典主義、浪漫主義、寫實主義、新浪漫主義這幾個文學階段的漸次更替或曰進化過程。因此，茅盾對於文學進化過程的描述，用來指西洋文學，大體是符合歷史原貌的；若用來概括中國文學，則與實際情況相去甚遠。其次，即使在西洋文學發展史上，文學運動的更替，居主導地位的創作方法的變換，原因相當複雜。文學的發展，固然與人類的進化有著十分密切的關係；但人類的進化只是影響文學進化的一個重要原因，然而並不是唯一的或全部的原因。因此，用進化的原理來解釋文學的發展，並不能達到無懈可擊和令人信服的地步。是否可以說：茅盾的文學進化觀，既是生物進化觀和社會進化觀在文學史研究中的延伸和活用，又不免流露出簡單移植的痕跡。

　　當然，茅盾還曾用哲學的觀點來解釋過文學的發展。單純用進化觀考察文學的發展，有它的不足。哲學的考察，彌補了這種不足。茅盾是這樣表述哲學考察的成果的：「西洋古典主義的文學到盧騷方才打破，浪漫主義到易卜生告終，自然主義從左拉起，表象主義是梅德林開起頭來，一直到現在的新浪漫派；先是局促於前人的範圍內，後來解放（盧騷是文學解放時代），注重主觀的描寫，從主觀變到客觀，又從客觀變回主觀，卻已不是從前的主觀」。〔註36〕

　　「先是局促於前人的範圍內」，說的是古典主義文學。茅盾認爲：「古典

〔註34〕雁冰：《文學上的古典主義浪漫主義和寫實主義》，《學生雜誌》第 7 卷第 9 號。
〔註35〕雁冰：《文學作品中有主義與無主義的討論——覆周贊襄》，《小說月報》第 13 卷第 2 號。
〔註36〕見《「小說新潮」欄宣言》，《小說月報》第 11 卷第 1 號。

派對於文學不重情意而偏重理，而這個理字，又是專一崇奉古希臘羅馬文學家的作品，並沒有什麼旁的意義。」〔註 37〕那麼，何謂合於「理」呢？古典派以「反自然的」、「強制的」、「方正中庸」為合於理。崇奉這樣的「理」，就必然扼殺作家的主觀感情、個人色彩。從這個意義上可以說，古典主義是排斥主觀的。再則，專一崇奉古希臘羅馬的作品，以此為經典，這一「局促於前人的範圍內」的舉動，實際上將時人的情感、作者的情感，都作為不合經典的東西予以取消了。

「後來解放……注重主觀的描寫」，說的是浪漫主義文學的興起。鑒於古典主義偏重於理性的弊端，浪漫主義反過來注重主觀想像；鑒於古典主義過分受拘於古人的思想、徒然做古人奴隸的事實，浪漫主義反過來提倡自由、創造和個性。想像、自由、創造、個性，都通向主觀。浪漫主義無疑是極大地發揮了這些主觀因素的作用。茅盾還注意到這樣的事實：「浪漫主義也和古典文學一樣與當時的思想——哲學——大有關係。」〔註 38〕茅盾這裡所說的古典文學，其實是十七世紀興起的古典主義，或稱新古典主義。它既是創作方法，又是文學運動。從其代表人物布瓦洛和拉辛的理論與實踐來看，他們的哲學基礎就是笛卡爾的理性主義。在認識論上，笛卡爾主張唯理論，認為認識並不起源於感覺經驗，而是來自理性本身，主張用「理性」的尺度重新審查以往的一切知識。布瓦洛在對古典主義文學理論進行總結時，則將理性作為文學創作和評論的最高標準。這就不難看出古典主義和當時流行的唯理論哲學之間的緊密聯繫。而浪漫主義在古典主義之後興起，確實也與當時的哲學思潮大有關係。康德的主觀唯心主義為浪漫主義文學運動奠定了哲學基礎。集德國古典唯心主義哲學之大成的黑格爾，他的哲學思想，更是使浪漫主義文學如虎添翼。

「從主觀變到客觀」，說的是浪漫主義文學運動的衰落，並最終為寫實主義所取代。末流的浪漫主義把主觀的描寫抬得過分高了。一味地向壁虛造和空想，以消極的態度背對現實，結果將浪漫主義引向了末路。但我認為，促成寫實主義的興盛的，似乎還有更其重要的原因。這就是：由於歷史的發展，寫實主義作家身處其中的資本主義社會，內部矛盾加劇，制度的腐朽性和社會醜惡現象暴露得越來越充分；科學的昌明和實證主義哲學的興起及廣為傳

〔註 37〕雁冰：《文學上的古典主義浪漫主義和寫實主義》，《學生雜誌》第 7 卷第 9 號。
〔註 38〕同上。

播，使客觀的描寫和合於對象物原貌的表現得以推行，得到提倡。當然茅盾所作的，只是一種哲學考察，而非全面的、綜合的考察；但忽視哲學思潮與特定社會歷史條件之間的聯繫，似乎不能不是一個疏漏。話說回來，將浪漫主義到寫實主義的更迭，從哲學上解釋為「從主觀變到客觀」，當還是可以成立的。茅盾早期在論述寫實主義的時候，常常將它與自然主義視為一物，時有互相牴牾處，但無疑也有過很精闢的見解和精彩的表述。他的《文學上的古典主義浪漫主義和寫實主義》一文，既對寫實主義作了充分的肯定，同時又指出了它的毛病：一是太重客觀的描寫，二是太重批評而不加主觀的見解。請看他從主、客觀關係方面所作的分析評論：「講到藝術方面呢，本來不能專重客觀，也不能專重主觀。專重主觀，其弊在不切實；專重客觀，其弊在枯澀而乏輕靈活潑之致。」〔註39〕既然藝術不能專重主觀，也不能專重客觀，那末最佳的選擇就只能是將主觀與客觀相統一了。如此說來，茅盾是在 1920 年就已經露出了主客觀統一的思想的端倪了。這在當時，無疑是一種一般人難以達到的哲學高度了。不言而喻，既然是端倪，也就談不上成熟的、系統的思想。「主客觀統一」論趨於成熟，大約是 1925 年和 1925 年以後的事（限於篇幅，這裡無法加以展開）。而在早期，在「主客觀相統一」的思想一閃而過以後，他又傾斜到了對自然主義的所謂純客觀的觀察和描寫的讚美上去了。這樣做，客觀上有著對於中國現代的舊派小說「只知主觀的向壁虛造」、「不知道客觀的觀察」的錯誤的糾偏作用。然而就其實質而言，卻只能算是以偏糾偏。

　　「又從客觀變回主觀，卻已不是從前的主觀」，這是對寫實主義後新浪漫主義興起過程的哲學概括。新浪漫主義重理想、重主觀，是對「揭穿社會黑幕而不出主觀的見解」，「使讀者感著沉悶煩擾的痛苦，終於失望」的自然主義（寫實主義）的反撥。這種浪漫主義與寫實主義之前的浪漫主義的相同之處，在於它們都重主觀；而前者將理想做骨子，後者往往多幻想、空想，則是兩者之間的明顯不同。因此，茅盾說「變回主觀」，卻又不是「以前的主觀」，這實在是很有道理的。

　　以上可說是茅盾運用某種哲學原理，特別是運用主觀、客觀的對立統一法則對文學發展所作的考察和解釋。

　　茅盾在《近代文學體系的研究》中，還試圖將文學運動的更迭與當時哲

〔註39〕雁冰：《文學上的古典主義浪漫主義和寫實主義》，《學生雜誌》第 7 卷第 9 號。

學思潮的起落聯繫起來考察。他給人們提供了這樣一條思路：

> 至於近代，哲學上的思想普化到文學上，更是顯而易見，證據確實。因為近代文學側重在表現人生，而近代哲學又格外的有系統，不必再藉重文學了，所以近代文學只能跟著哲學走，不能包含一種新生的哲學。我們明白這一層，然後可知近代文學和近代思想的關係。近代思想是由唯物主義轉到新理想主義，所以文學也是由自然主義轉到新理想——即浪漫主義，近代思想又側重到唯理主義，所以文學上也出了唯智主義，像蕭伯納，近代思想復由唯實主義轉到新唯實主義，所以文學上也由寫實主義轉到新寫實主義。這種趨勢，在研究文學時最為重要，應得留意。倘使不明白這種趨勢而貿然去談文學，一生一世談不出什麼意思來，倘使不明白這種趨勢，而貿然去創作文學，作出來的反正不成東西。〔註40〕

這段論述的可貴之點，在於揭示了文學發展與哲學思潮的緊密聯繫。事實也是這樣：一個文學運動，一種文學思潮，往往以某種哲學思想為其基礎，為其先導。古典主義崇尚唯理主義，浪漫主義從唯心主義哲學中找到依據，而寫實主義則尊奉實證哲學。更不必說薩特的存在主義哲學在現代派的發展中產生了多大影響了。茅盾考察文學發展所體現的上述思路，足以證明：茅盾思考問題所運用的思維方法是開放的，眼光也是開放的。他找到了來自文學以外而又確實影響、制約著文學發展的因素。正是在這個意義上，我認為茅盾所說的離開了時代思想去談文學，「一生一世談不出什麼意思來」的話，實在是金玉良言。

但是，茅盾的見解中也有不盡如人意的地方。首先，文學與哲學同屬於上層建築中的意識形態，它們之間的關係是互相影響的關係。哲學固然給文學以重大影響，然而反過來，文學又何嘗不影響哲學？茅盾的《近代文學體系研究》一文，固然側重於考察哲學影響文學的情況，文學影響哲學的情況似乎可以不說。但我認為，茅盾在意識的較深層次恐怕也未必想到了這層意思。其次，茅盾將「哲學」和「思想」兩個概念完全等同起來了。而其實，「思想」是比哲學更大、更寬泛的一個概念。「思想」可以是哲學，也可以是其他什麼，比如宗教、倫理、法學等等。如果談近代文學和近代思想的關係，那就不能僅僅論述哲學如何施影響於文學。再次，對近代哲學和近代文學發展

〔註40〕此書由上海新文化書社 1921 年 12 月出版。

軌跡的描述、概括都欠準確。依茅盾之見，近代哲學的發展軌跡為：唯物主義 —— 新理想主義 —— 唯理主義 —— 唯實主義 —— 新唯實主義；與之相對應的，近代文學的發展軌跡是：自然主義 —— 浪漫主義 —— 唯智主義 —— 寫實主義 —— 新寫實主義。把新理想主義歸結為一種哲學思想，這是否恰當，值得考慮。近代文學中的唯智主義，究竟具有什麼樣的確實的內涵，也不得而知。可以肯定的一點是：在近代文學史上，並未出現過「唯智主義」這樣一種文學運動。哲學上的唯實主義，大抵可以理解為實證主義，那末，新唯實主義也許就是指馬克思恩格斯的辯證唯物主義了。然而茅盾並沒有說得很明瞭，我們只能按其思路推測。文學上的寫實主義和新寫實主義，當是指現在人們所說批判現實主義和社會主義現實主義。寫實主義和新寫實主義，無疑是不難區分的文學發展的兩個階段。問題在於：寫實主義和自然主義，難道中間隔著浪漫主義和唯智主義兩個毫不相干的文學發展階段嗎？這樣考察和論述問題，固然避免了將寫實主義與自然主義混為一談的概念混淆、邏輯混亂，然而分明又造成另一種失誤，這就是在兩個並不存在層遞關係的概念之間，故意造成了層遞關係。最後，我認為，說一種文學潮流，一種文學運動，與某種哲學思想相對應，這是大體正確的。但這決計不是說，活躍於某個文學運動或某種文學潮流中的具體作家，在他的世界觀中就只存在一種哲學思想。一位作家同時受幾種哲學思想的影響，這是常有的事。幾種哲學觀互滲、交融，最後形成一種支配作家創作的思想。這種思想或許與當時流行的哲學完全合拍，或許只是在深層次暗合。再則，同一作家創作的作品，情況也可能迥異。有的作品較多的表現的是這一種哲學思想，而另一些作品較多表現的是別一種哲學思想。當然，綜觀其一生，該作家的作品的主旋律，是某種對其終生發生影響的哲學思想。總之，情況非常複雜，而茅盾的概括卻過於簡單。他憑藉了一個蕭伯納，就撐起了一個叫做「唯智主義」的文學運動。即使蕭伯納崇尚唯理主義的哲學觀，也並不能推導出當時的文學中已形成了唯智主義運動的結論。

話說回來，「智者千慮，必有一失。」茅盾對文學發展從哲學的角度加以考察，這本身已比同時代的論者多了一慮。他比智者更多了些智。這「一失」，是難以避免的，因而是不必苛求的。

在這裡需要補上一筆的，是茅盾就文學觀對文學發展的影響所作的考察。觀念本身是一種理性化的意識。文學觀念則是在文學的一系列問題上所

體現的理性意識。文學觀念常常與哲學觀念有著緊密的聯繫。這兩種觀念之間的一般關係，並不是我們所要討論的範圍。現在讓我們來看一看茅盾對文學觀念與文學發展兩者關係的考察。茅盾很早就重視文學觀念對文學發展的影響。文學「為人生」，既是一種文學主張，同時又是一種文學觀念。這一文學觀念一旦形成，不僅動員和聚集了力量和隊伍，而且發揮了摧垮腐朽的文學觀的作用。以後，在有意識地探尋「文學是如何發展的」這個問題的答案時，茅盾越來越感到觀念的重要。他意識到：前後更迭的諸多流派，它們的變換也就表現為觀念的更迭以及受觀念支配的表現方法的更迭。他在《藝術的人生觀》中寫道：

> ……藝術家若要做成他的藝術品，該用什麼方法呢？
>
> 講到這一點，我們不免先要略說一說藝術品的派別。原來所謂美的觀念，各派是不大一致的，譬如崇古派，總是拿勻稱，有節，方正，等等為美的說明，簡言之，即是不喜歡變化流動而喜歡整齊劃一。……
>
> 論到浪漫派的觀念便又不同。他是專注重主觀方面和情緒方面。所以這派的藝術作品務以超然物表，不受習慣風化以及一切傳說的思想的拘束為目的；藝術家的嗜好在趣味，不在完全。
>
> ……
>
> 再講到寫實派的觀念，更自不同。他們主張照著物體的真相，老老實實描寫出來；所以很反對浪漫派的作品，以為是過分。〔註41〕

茅盾從觀念切入，將依次更迭的各種藝術派別闡述得非常透徹。

隨著對文學發展問題的考察的逐步深入，茅盾深感舊觀念對於文學進步的阻礙作用。以文學的題材為例，舊的觀念嚴重地束縛著人們的手腳。一談起小說，總覺得內中「一定要有男女若干人，悲歡離合若干事，方可把他結構起來」。〔註42〕這樣，紅男綠女悲歡離合成了老套。茅盾敏銳地感覺到：「這種舊觀念若不先打破，文學無進步的希望。」〔註43〕再以文體的發展為例。文體的變化，新文體的萌生，舊文體的突破，也都緊緊連著文學觀念的變革。舊的觀念往往是文體革命的大敵。茅盾詳細論述了小說文體和小說

〔註41〕 見《學生雜誌》第 7 卷第 8 號。
〔註42〕 沈雁冰：《答西諦君》，《時事新報・文學旬刊》第 5 期（1921 年 6 月 20 日）。
〔註43〕 同上。

觀念在當時所出現的變化。「從前的小說，大都是章回體，內容不外離合悲
歡的人事。像《紅樓》、《水滸》就是現成的好例。現在可不是這個樣子了。」
〔註 44〕他以冰心的短篇小說《笑》為例證，說明這種「沒有悲歡離合，也
不專講一人一家的事，只是一段印象與回憶的混合品」的作品，「若照舊例
看來，簡直不算小說，但是我們現在即叫她這一篇是小說了」。〔註 45〕不認
可者所堅持的是舊的文學觀念（說得更確切些是舊的小說文體觀念）。舊的
觀念對小說文體的發展所起的是禁錮作用。舊的詩歌文體觀念，對詩歌的發
展同樣起著阻礙作用。正如茅盾所說：「中國舊體詩注重格律，韻腳平仄對
仗，都有固定的格律，不好隨便變動。」〔註 46〕所有這些，形成了一種關
於詩歌形式的觀念。用這種觀念來衡量當時出現的一些詩（這些詩用白話，
反對有格律，不講究韻腳平仄對仗），「一定覺得極不合格，算不得詩了」。
〔註 47〕而新的詩體乃至新的文體，都是在這「不合格」中脫穎而出的。固
守已有之「格」，代表了一種陳舊的觀念，它將會扼殺推動文體發展的創造
力。事實上，文學上一種文體或語體的問世，都意味著文學觀念的某種變革。
正因為如此，1921 年時茅盾就提出：「現在努力創作語體文學的人，應當有
兩個責任：一是改正一般人對於文學的觀念，一是改良中國幾千年來習慣上
沿用的文法」。〔註 48〕比較起來，變革文學觀念比改良原有文法更為重要。
沒有前者，後者將會寸步難行。

　　茅盾曾將目光從當時移向「中古」，又投向「上古」，最後下了這樣一個
斷語：「中國文學不發達的原因，由於一向只把表現的文學看做消遣品……現
在欲使中國文藝復興時代出現，惟有積極的提倡為人生的文學，痛斥把文學
當作消遣品的觀念，方才能有點影響。」〔註 49〕由此可見茅盾對文學觀念的
高度注重。然而，他對中國文學不發達的原因的分析，未免太簡單了。不發
達的原因有多種，把文學看做消遣品的觀念只是其中的一個原因。在比較長
的時間裡，文學處於封閉狀態之中，缺少東、西文化之間的碰撞和交融，這

〔註 44〕沈雁冰：《文學上各種新派興起的原因》，1922 年 8 月 12 日～16 日寧波《時
　　　　事公報》。
〔註 45〕同上。
〔註 46〕同上。
〔註 47〕同上。
〔註 48〕雁冰：《語體文歐化之我見》，《小說月報》第 12 卷第 6 號。
〔註 49〕玄珠：《中國文學不發達的原因》，《時事新報・文學旬刊》第 1 期（1921 年 5
　　　　月 10 日）。

難道不是不發達的原因？事情很明顯，茅盾意在用爲人生的文學觀念來取代把文學當消遣品的文學觀念，以推動文學的發展。

對於文學的發展，早期茅盾還從內容與形式的角度作過某種考察。那是1925年他的文學觀發生了質的變化之後。在《論無產階級藝術》中，茅盾提出：「形式與內容是一件東西的兩面，不可分離的。無產階級的藝術的完成，有待於內容之充實，亦有待於形式之創造。」〔註50〕文學作品是由內容和形式構成的整體。內容要靠形式的幫助才能表達，形式要靠內容方能獲得存在的價值。因此，形式與內容一旦離開了對方，也就失去了自身。茅盾關於形式與內容關係的論述，異常精闢。既然如此，無產階級藝術的建設，就同時與內容和形式兩個方面有關。內容無疑要充實，主題要深邃，要包含作者的真知灼見；形式要與表現的內容相切合，要不落俗套，體現創造性。假定既無充實的內容，又無與內容相適應的新穎的形式，或者是在「內容充實」和「形式之創造」這兩面中只具備一面，要想造成高水平的無產階級藝術，那簡直是不可能的。在這裡，我們必須首先對茅盾在內容與形式問題上所持的正確見解加以肯定。

然而，茅盾在探討中又是留下了缺憾的。他並沒有對內容與形式的矛盾運動作出科學的說明。我們說，文學作品的內容和形式這一對矛盾，是既對立又統一的。在通常的情況下，一定的思想內容，通過藝術家的手筆，可以在已有的形式中找到最好的一種形式，使內容得到較爲充分、較爲圓滿的表現。形式雖然表現爲對內容的束縛，但總的說來，內容還是能夠在形式中得到容納的。但是，也有這樣的情況：社會生活所包含的無比深廣的內容，作家爲生活所激發的噴薄欲出的情思、如痴似狂的情感，在既有的形式中無法容納，表現出內容要求突破形式的傾向。這時，作者並不刻意追求形式，但新的形式卻自然而然地誕生了。因此，就內容和形式的關係而言，兩者之間的矛盾是始終存在的。正是由於這種矛盾運動，文學才能得到發展。文學發展的規律永遠是：由內容向形式提出要求，形式經過調整和創造，由不適應而變成適應表現內容的需要，由此達到內容與形式的統一。而後又由內容向形式提出新的要求，開始新一輪的矛盾運動。就這樣，文學得到了發展。如果深入一層來思考問題，我們將會發現：文學的發展的根本動力來自社會生

〔註50〕見《文學》週報第172、173、175、196期（1925年5月2日、17日、31日和10月24日）。

活。文學的發展，是受歷史條件制約的，也是受社會經濟政治制約的（但文藝的發展又並不同經濟的發展成正比例）。經濟基礎通過政治這個中介向文藝提出要求；而文藝則藉助於形象，通過社會心理的折光，曲折地反映現實的政治和社會經濟基礎以及與此相聯繫的社會生活（這就是文藝的內容）。在文學史上，任何一種文藝形式的生滅、興衰，都不是與時代、與社會毫不相干的孤立現象。駢文何以興盛於六朝？詩詞何以在唐宋達到高峰？戲曲何以成熟於元代？小說何以於明清兩代鼎盛？這些文學現象，怎麼能夠離開時代的、社會的原因而加以解釋呢？如果把文藝放到人類社會中加以考察，我們將會看到：社會經濟基礎的發展變革，要求上層建築也相應地、或快或慢地隨之發展變革。這代表了整個社會的要求，體現著歷史發展的新的趨勢。在這種情況下，屬於上層建築範疇的文藝，它的原有的形式如不加以改造，就會同表現新的時代內容的要求，同發展、變革了的經濟基礎所提出的要求發生尖銳的矛盾。這種矛盾，是文藝尋求和創造新的形式的根本動因。內容與形式的關係中，就應當包含上面這一番大道理。

值得注意的是茅盾的下面這樣一段話：「但因藝術的形式，自來是在『機體進化』的法則的支配之下，所以比較的不能像內容一樣突然翻新；雖然文藝史上盡有突然翻新的例子，然而究竟是變態的病象，而非健全的進化。」〔註 51〕在茅盾看來，文學的發展，離不開文學內容的衍變和文學形式的創造。文學的內容，確如茅盾所說，是可以突然翻新的。社會生活的每一次急劇變動，都可能使生活本身增添許多新的內容，因而文學的內容可以突然地翻新。而藝術的形式在通常情況下並不能突然翻新。就總體情況而言，形式的發展常常落後於內容的發展。內容可以劇變，形式卻往往只能是漸變。對此，茅盾的解釋是：形式的發展受到「機體進化」的法則的支配。茅盾試圖從內容與形式的矛盾運動這一角度切入，來闡述有關文學的發展和新文學的創造的重大問題。在考察中，他注意到了內容與形式發展的非同步性。其結論大體接近於馬克思主義哲學「內容的變化往往先於形式」的基本觀點。但他的理論前提卻又是值得推敲的。文學作為意識形態的一個特殊的構成部分，它的發展受制於社會生活的發展。前面已經作過分析，說「文學是進化的」，這無可厚非；但用生物體來簡單地比附文學，甚至說文學形式的進化

〔註51〕見《文學》週報第 172、173、175、196 期（1925 年 5 月 2 日、17 日、31 日和 10 月 24 日）。

是一種「機體進化」，這就顯得牽強附會了。雖然文學形式的進化和生物的進化一樣，要遵循「適者生存」的原則（在這一點上，兩者有共通之處）。但生物所接受的，只是生存環境這一重選擇。毫無疑問，生存環境是由多種因素綜合而成的，但它畢竟只是生存環境而已。而文學的形式卻要接受文學的內容和人們審美需要的雙重選擇。與特定的內容不相稱的形式，不符合人們審美需要的形式，都會遭到摒斥。文學形式的發展，哪有「機體進化」的法則可言呢？況且，在文學的發展過程中，人們可以在已有形式的基礎上，根據表現內容的需要，創造嶄新的形式。我們可以這麼說，某些新的文藝形式，可以在某些原先已有的形式中找到它的胚芽。考察我國詩歌的發展歷史，每一種新的形式的出現，都有它的歷史淵源和孕育過程。唐朝是詩歌鼎盛時期。但唐詩並不是自天而降的。六朝時五言詩已發展到了較高的水平，而齊梁時的新體詩就已經是唐代五律的趨形了。但是，也有一些新形式的出現，卻並不能從本民族已有的形式中找到它的根據。這就涉及文藝形式創新的另一條途徑：將全新的形式從異域移植本國的土壤上。當然，形式的移植，應立足於現實；移植的形式，應同表現本民族生活現實這樣的內容相適應。生活方式及表情達意方式的某些類似，也是移植得以進行的基礎之一。如果出現從外民族移植文藝形式的情況，相對於本民族的文藝而言，無異於形式的突然翻新。這並不就是「變態的病象」。芭蕾舞踮著腳尖跳舞，這種舞蹈形式被移植到中國，對於中國來說，無疑是一種形式的翻新。再以「五四」新文學為例。1917 年以前，中國詩界可說是舊體詩的一統天下。可是自打1917 年 2 月胡適在《新青年》第 2 卷第 6 號上發表第一批白話詩起，稍後即有郭沫若的開一代詩風的《女神》問世。他們的詩歌，實際上具有宣言的性質。莊嚴宣告：與現代社會生活和現代人感情天地相適應的新的詩歌形式已經誕生。它就是新體詩。它在形式上有別於舊有的詩歌。這難道是「變態的病象」嗎？1918 年之前，中國基本上沒有完整的話劇劇本刊出。1918 年以後，中國有了自己的嚴格意義上的話劇文學。這些劇作從形式上看已脫離了中國戲曲的傳統規範。說「突然翻新」似乎並不為過。細細追溯起來，話劇這種形式並不是從中國本土自己生長出來的，而是從異域引進的。通過移植而創造新的戲劇形式，這是一個極為複雜的問題。本人就不再饒舌了。「五四」時期的小說，例如魯迅的小說，郁達夫的小說，雖然也還叫小說，但它在這開放的時代中，廣為汲取了域外的藝術經驗，普遍採用了新的敘述方

式。小說文體的諸多形式要素發生了重要的變化。而這一切，在魯迅用白話寫就的第一篇小說——《狂人日記》——中得到了集中的體現。對傳統小說來說，《狂人日記》有一種從文體上（或曰形式上）加以「翻新」的意味。它的出現當然並不是偶然的，有一個醞釀過程。但在文學史的長河中，這樣的醞釀過程只不過是「一瞬間」，因而多少有些「突然」的味兒。如此看來，一概地否定文學形式的「突然翻新」，並不是無可挑剔的。據此，我認為：茅盾對內容和形式關係的考察，並沒有在文學發展問題上將他導向更高的層次。他尚未最終擺脫文學進化論對他的束縛。而早幾年進步意義表現得比較充分的文學進化觀，這時已表現出明顯的局限性。《論無產階級藝術》一文，雖然表明茅盾的文學總體思想已跨上了一個新的台階，但並不意味著其中就不存在與無產階級藝術論格格不入的東西。

茅盾對文學發展問題的三種考察，其實並不能截然分開。而且，從茅盾主觀上說，也不一定就有形成三種考察這樣的初衷。但我們又分明可以感覺到茅盾分析考察問題的思想脈絡的存在。從某種意義上說，三種考察都通向哲學，是對文學發展的哲學思考和考察。第一種考察側重於思考和昭示文學的發展與人群進化的關係；第二種考察側重於思考和揭示文學創作主體把握對象的方式與文學發展、文學創作思潮更迭的關係；第三種考察則深入到了文學的內部構成之中，側重於思考和探究文學內部構成的矛盾運動如何推動文學的發展。單純一種考察，可能不能顯出茅盾有多少高明之處；但倘若將三種考察合起來，形成一種互補的格局，那麼，其成就無論如何也是令人欽佩的。

五

簡單的結語。茅盾早期對文學基本問題的探討，軌跡是曲線而非直線。人的正確認識不是一次可以完成的，即使偉人也是如此。

茅盾早期花大力氣探討了文學的三個基本問題。可以這麼說，他在探討每一個基本問題的時候，開初都並沒有形成一種穩固不變的、經時間和實踐檢驗完全正確的觀點。比較多的情況是：他提出了相當有見地的思想，但其中也混雜有某些錯誤的成分，後來又由他自己發現了偏頗和不足，並進行自我調整。有時，調整了一次即到位，達到了真理性的認識；有時，調整的結果是出現思想的滑坡，因而，要經數度調整才能躍上新的高度；有時，矯枉

過正，糾正了原先認識上的偏差，卻又始料不及地出現了新的偏差。茅盾曾說過：「世固有思想始終一貫的文學家，但是也有先後思想不相同的文學家。」〔註 52〕我覺得將這句話加到他自己身上也是完全可以的。「先後思想不相同」，正好說明他在探索，在前進。早期的茅盾是充滿睿智的，但是他在探討文學基本問題的道路上跋涉得一點也不輕鬆。他難免留下過歪歪斜斜的腳印。作為後人，我們和當時的茅盾拉開了七十年的時間距離。在對前人加以評說方面，後人永遠佔有優勢。然而，茅盾的可貴之處在於，他善於發現和修正自己的錯誤，他永遠沒有中止對真理的探索和追求。如果將他的腳印連綴起來，我們看到的是走向真理的足跡，是閃閃發光的足跡。

他在探討文學基本問題時留下的足跡，也是如此。

〔註 52〕沈雁冰：《致谷鳳田》，《文學》週報第 93 期（1923 年 10 月 22 日）。

第五章　內在矛盾與成就業績同樣矚目
——茅盾早期文學批評得失談

一

茅盾早期在文學批評方面成就斐然，業績是多方面的。茅盾對有
關文學批評的一系列問題的思考與闡述，頗多灼見。茅盾的批評
主張在新文學發揚光大的過程中起了推波助瀾的作用。茅盾指點
文壇，評析作品，爲扶植新文學的創作隊伍作出了切實的努力。

早期茅盾沒有專力從事文學創作，而是以編輯《小說月報》、評介外國文
學作品及從事文學批評爲己任。毫無疑問，他在文學批評方面的成就是卓著
的。在中國新文學的草創期，他作爲文學批評領域中的佼佼者，是當之無愧
的。茅盾早期的文學批評，在中國新文學批評史以至中國新文學史上，無疑
應佔有一席之地。

茅盾早期文學批評的業績是多方面的。

首先，茅盾很早就較爲深入地思考了有關文學批評的一系列問題，並作
出了自己的回答。字裡行間，不乏灼見。

什麼是文學批評？這在今天，早已算不上是什麼新問題了，但在當時中
國文壇上，還很少有人以現代人的思維方式，對批評本身進行深入的思考。
在這種情況下，茅盾能觸及有關批評本身的一系列問題，就顯得極爲可貴了。

茅盾在一篇題爲《「文學批評」管見一》的隨筆中，先列舉了他人的種
種回答：「有人說文學批評是『說明』一件作品或一個作家；……有人說文

學批評是『品評』一件作品或一個作家；……有人說文學批評是『欣賞』一件作品，是要把作品內蘊藏一切好處解釋給同時代的人聽……」而他認為：「批評一篇作品，不過是一個心地率直的讀者喊出他從某作品所得的印象而已」。〔註1〕應當說，這並不是茅盾為「文學批評」所下的嚴格的科學定義。以挑剔的眼光看，這種說法並不是無懈可擊的。但要知道，茅盾是在缺乏現代批評理論和現代批評空氣的二十年代初說這個話的。茅盾的回答注重於主觀印象，這與他本人在別的場合所主張的「純客觀的批評」不無矛盾，但其批評必須具備的素質和品格（「心地率直」）的強調，則是很有見地的。這無異於將昧著良心一味恭維或昧著良心故意貶低的評論逐出了批評的行列。

　　茅盾和創造社成員的論爭，孰是孰非，很難用一兩句話來簡單概括。但茅盾在一篇題為《「半斤」ＶＳ「八兩」》的文章中關於文學批評的見解是發人深省的。他在談到「有點迷信聖伯韋（Saint Beuve）的『不批評同時代人』的主張」之後，立即補充了這樣兩句話：「我相信文學批評的對象至少也要是一個作家的全體；我覺得批評同時代人獨篇作品的評論文，只是 book review 而非 literary criticism（筆者注：前者意即書評，後者意即文學批評）；因為在一篇作品裡絕不能捉摸著整個作家。」〔註2〕引用聖伯韋的「不批評同時代人」的話，其實只是茅盾為自己看了第一期《創造》而竟至「本無感想」所找的託辭。對此，似乎沒有深究的必要。引人注目的是茅盾對批評同時代人的獨篇作品而形成的「書評」，與以一個作家的「全體」為批評對象而形成的「文學批評」所作的區分。從這種區分中，我們可以強烈地感受到茅盾對後者的強調。這一層意思從聖伯韋的話中生成，然而茅盾又有所發揮，有所推進。不管怎麼說，強調對一個作家的作品進行整體觀照，這在當時，當屬了不起的見解。

　　也就在同一篇文章裡，茅盾又寫道：「我又十分贊成法郎士（Anatole France）所謂『文學批評是一個靈魂和一本傑作接觸而生的記錄』這一句話。」若把茅盾加給這段話的論爭色彩濾去，我們可以看作是他對文學批評生成過程的闡釋。批評是如何形成的？是批評者的靈魂與被批評者的作品相接觸、相碰撞而生成的，它是在接觸和碰撞過程中批評者心聲的記錄。當然，這算不上是茅盾的獨創性見解。但我們從中可以發見：茅盾早期文學批評觀的生

〔註1〕見《小說月報》第13卷第8號。
〔註2〕見《時事新報・文學旬刊》第48期（1922年9月1日）。

成，受到過西方近、現代先進的文學批評理論的滋養和影響。這也許是我們必須把握住的眾多重要線索中的一條線索。

關於批評的方法，茅盾在論述中也屢有涉及。在《譯書的批評》一文中，茅盾提出了三種批評的概念：「我以為我們現在對於很流行的批評兩個字，應當有個分別的觀察：根據甲學理以駁乙學理的，這是一種的批評；根據自己主觀的見解以批評別人之議論的，這也是一種批評；就同一學說而討論其介紹之正確與否，這又是一種的批評。」〔註3〕在此基礎上，茅盾進而論述道：「第一種的批評不是容易可以做到的事……第二種呢？實是最不容易的（因為主觀的批評若要具有價值，除非評者自己是個大學問家大思想家，確有立在社會潮流前面的見地），……然而現在人最會做的，就是這一種的批評，其無價值，稍有常識的人都能知道……最合我國現在需要而又我們現在勉能勝任的批評，當是那第三種的批評，……」〔註4〕這裡所說的批評，比文學批評的涵義要來得寬泛。第一種批評，以某種學理為依據，重在「批駁」；第二種批評，以自身的見解為依據，重在「批評」；三種批評的準繩是某種學說，重在「對照」（看對某學說的介紹與某學說本身是否相吻，是否正確）。這三種批評如果做得好，都各有自身的價值。

文學批評同一般的批評有聯繫也有區別。它和一般的批評一樣，是分析、解剖和評判。但它所面對的，不是一般的自然存在物和社會存在物，而是文學作品或文學現象這樣的特殊對象。說特殊，因為對象物是經過了作者的藝術加工的，是蘊含著不可違背的藝術規律的。茅盾在《對於文藝上新說應取的態度》一文中，曾經提醒人們：「人們對於某種事物所取的某種態度，各有各的自由，誰也不能說誰不該——尤其是那事物是藝術品的時候；但是有一點卻不可不遵守，這就是各人須要先認清了那件事物的真相，然後可以讚美或是詛罵。」〔註5〕茅盾所言極是，沒等把藝術品認清，就貿然褒貶，這樣的批評又有幾句話能是切中肯綮的呢？

茅盾在《「文學批評」管見一》中對文學批評方法的問題也有所涉及。他說：「有人主張從幾部古代傑作裡抽取幾條原則，作為文學批評的金科玉律；有人主張應用科學方法；有人主張應用美學上的理論以定文學批評的標準；

〔註3〕見 1920 年 11 月 10 日《時事新報‧學燈》。
〔註4〕同上。
〔註5〕見《時事新報‧文學旬刊》第 63 期（1923 年 2 月 1 日）。

更有人主張用比較研究的方法……」對於以上見解，茅盾都未置可否。他將筆鋒巧妙地轉向了「要文學批評發達，先得自由批評」的話題。他認為，「如果對於一件作品有許多不同的見解互相辯詰」，文學批評才會因「多紛爭，不統一」而發達進步。〔註6〕自由──紛爭──進步，這才是發展文學批評的根本途徑和有效方法。從某種意義上說，茅盾關於批評方法的見解，不是要比以上種種說法更為高明嗎？

茅盾文藝批評方法論的再一個重要內容，是強調看清批評對象。當時，西方的新思潮、新學說紛至沓來。有些思想保守的人，其實對對象所知甚少，或者乾脆是一無所知，但他們卻已經亮開嗓門，大肆詛罵和反對了。而讚美文學上的新思潮、新學說的人，對對象也往往不甚了了。茅盾對此有著切膚之痛。他的《對於文藝上新說應取的態度》〔註7〕一文，具有一種撥亂反正的性質。他在文中寫道：「不曾認清那事物的真相，不曾真瞭解他，而貿然讚美，不免近於盲從，這是自好的君子人所不肯做的；不曾認清那事物的真相，不曾真懂得他，而驟施詛罵，更是自己看輕自己言語的價值，降低自己的責任心，自重的人絕不肯做的，也是自重的人所羞為的！」他主張：「沒有將對象研究透徹，絕不肯貿說一個『是』或『否』」。這是一種多麼謹慎、多麼負責的態度。不弄清對象就沒有發言權，就免開尊口──這體現了唯物主義的認識論的基本精神。信口開河，主觀臆斷，總比較容易；「研究透徹」就需要花大力氣。是否願意花大力氣，知難而上，這就與批評者的社會責任感大有關係了。用茅盾的話說，那就是責任心。因此我認為，茅盾談對文藝上新說的批評，真是鞭闢入裡。

此外，茅盾還曾探討過文學批評和文學創作的關係問題。在兩者的關係問題上，也往往容易出現偏頗：或抬高創作，壓低批評；或抬高批評，壓低創作。而出現哪一種偏頗，其實對文學創作和文學批評都沒有好處，都可能將它們引向歧途。因此，茅盾的探討是極有價值的。茅盾在《〈小說月報〉改革宣言》中曾經這樣介紹域外的經驗：「西洋文藝之興蓋與文學上之批評主義（Criticism）相輔而進；批評主義在文藝上有極大之威權，能左右一時代之文藝思想。」因而，「必先有批評家，然後有真文學家」。〔註8〕恐怕在茅盾以前，

〔註6〕見《小說月報》第13卷第8號。
〔註7〕見《時事新報・文學旬刊》第63期（1923年2月1日）。
〔註8〕見《小說月報》第12卷第1號。

還沒有人能像他那樣，如此頭腦清醒地認識批評之於創作、批評家之於文學家的極端重要的作用。當然，批評家也並不是凌駕於文學家之上，而是「持批評主義相繩」，「互相激勵而至於至善」。〔註 9〕這一思想，在《討論創作致鄭振鐸先生信》中再一次得到了強調：「批評和藝術的進步，相激勵相攻錯而成。」〔註 10〕在批評和創作的關係問題上，他當時的立論已經達到了相當的高度。他成功地避免了兩種極端：或將批評當作創作的附庸，取消它的獨立性，縮小它的作用；或將批評看成是對創作的判決，把批評家當成「司法官」和「大主考」，誇大批評的作用。批評和創作的關係，只能是車之兩輪、鳥之兩翼的關係，只能是「互相激勵」，「相輔而進」的關係。茅盾在這個問題上的見解，即使是在七十年以後的今天看來，也仍然是完全正確的。

　　茅盾還要求批評家處理好兩種關係。一是嫩芽與好花異草的關係。他們面前的往往是嫩芽，但嫩芽往往又是好花異草的前身。不能「因一時看不見理想中的好花，而遂要舉斧斫去一切嫩芽」。〔註 11〕其實批評家的責任之一，就是要保護嫩芽，促使它茁壯成長。二是讚美和抨擊的關係。批評家當然應當讚美值得讚美的作品，但這只是他的一部分任務。「批評家自然不能僅僅替天才作讚，抨擊也是他的任務；但是可惜我們的批評家的抨擊卻不免於亂擊」。〔註 12〕可是有些批評家，要麼只「替天才作讚」，而忘掉了「抨擊」（狹義的批評），要麼只是亂擊一通。這其實是與批評家的任務不相稱的。

　　茅盾早期思考的有關文學批評的一系列問題中的再一個問題，是作品和讀者的關係問題。茅盾早期所提倡的平民文學，不僅是以平民為主要表現對象，而且當是以平民為主要讀者對象的文學。茅盾無疑是主張實行文學大眾化的。但是，他對中國民眾的鑒賞力憂心忡忡。他說：

　　　　中國民眾素來沒有容受純正藝術的胃口，或者換個方面說，中國的純正藝術——如果有之——素來不曾和民眾接觸；所以中國民眾鑒賞藝術的能力低到極點，猶之專吃生蔥大蒜膻羊肉的人，胃口早已吃壞了，精品的菜餚反而不要吃。〔註 13〕

　　茅盾所說的完全是當時的現實情況。在死亡線上掙扎的民眾，為起碼的

〔註 9〕同上。
〔註 10〕見《小說月報》第 12 卷第 2 號。
〔註 11〕Ｙ・Ｐ：《雜感》，《時事新報・文學旬刊》第 79 期（1923 年 7 月 12 日）。
〔註 12〕同上。
〔註 13〕雁冰：《致梁繩偉》，《小說月報》第 13 卷第 1 號。

生存問題而困擾。反動統治階級，不僅剝奪了他們接受文化教育的權利，而且剝奪了他們生存的權利。他們何來容受純正藝術的胃口？何來鑒賞藝術的能力？馬克思發現並揭示了人類歷史的發展規律，即歷來爲繁茂蕪雜的意識形態所掩蓋著的一個簡單事實：「人們首先必須吃、喝、住、穿，然後才能從事政治、科學、藝術、宗教等等；所以，直接的物質的生活資料的生產，因而一個民族或一個時代的一定的經濟發展階段，便構成爲基礎，人們的國家制度、法的觀點、藝術以至宗教觀念，就是從這個基礎上發展起來的，因而，也必須由這個基礎來解釋，而不是像過去那樣做得相反。」〔註 14〕「物質的生活資料的生產」的水平高，人們鑒賞藝術的能力不一定也相應的高；但是反過來說，「物質的生活資料的生產」的水平極度地低下，人們鑒賞藝術的能力就必然高不起來。中國民眾藝術鑒賞力的匱乏，是有著深刻的社會原因的。

在這種情況下，文學應如何處理與讀者、與民眾的關係呢？茅盾認爲，並不能要求文學寫得都能被民眾看懂。「民眾文學的意思，並不以民眾能看懂爲唯一條件」。〔註 15〕這就爲茅盾下面要提出的思想奠定了基礎。他主張：「須得優美的文學作品把他們（筆者注：指民眾）提高來」，「並非是叫文學屈就民眾的嗜好」，不能「專以民眾的賞鑒力爲標準而降低文學的品格以就之」，不能「叫文學去遷就民眾」。〔註 16〕這就是茅盾當時所理解的「讀者學」。我以爲這是完全正確的。降低文學自身的品位迎合讀者的口味，可能博得廉價的喝彩，但那對民眾有什麼好處呢？對文學本身又有什麼好處呢？當然，文學不去遷就、迎合大眾，也就可能造成與讀者、與大眾的隔膜，出現所謂「文學自文學，民眾自民眾」的現象。但茅盾對未來的前景充滿了信心：「除非中國民族確已衰老而將退敗了，否則，這種現象不會長久的。」〔註 17〕

其次，茅盾早期所倡導的「文學是爲表現人生而作的」，以及「寫實主義」、「自然主義」，作爲批評主張，有力地抨擊了鴛鴦蝴蝶派文學及一切載封建之道的文學，在新文學發揚光大的過程中，起了推波助瀾的作用。

茅盾所有這些批評主張，都是在反對封建舊文學的鬥爭中樹起來的旗幟。封建舊文學割斷了文學與社會生活、與民眾活生生的實踐活動的聯繫。

〔註 14〕恩格斯：《在馬克思墓前的講話》，《馬克思恩格斯選集》第 3 卷第 574 頁，人民出版社 1966 年出版。

〔註 15〕同註 13。

〔註 16〕雁冰：《致張侃》，《小說月報》第 13 卷第 8 號。

〔註 17〕同上。

這在茅盾看來，癥結就在於：文學者誤認了文學和人生的關係，以及文學者的身份歷來被誤認。因而對症藥就是提倡「為人生的藝術」。茅盾當時提倡自然主義完全是出於現實鬥爭的需要。鴛鴦蝴蝶派作家，曾經以《小說月報》為主要陣地，發表過大量充滿封建主義思想毒素的作品。在茅盾接編並徹底革新《小說月報》之後，他們將茅盾看作眼中釘，將對新文學運動的仇恨，集中到茅盾和茅盾主編的《小說月報》頭上。而他們的創作，雖然根本內容未變，但也變得「趕潮流」了，「足以迷惑一般的小市民，故而其毒害性更大」。〔註18〕1922 年 7 月，茅盾在《小說月報》第 13 卷第 7 號上發表了《自然主義與中國現代小說》一文，從正面批判了鴛鴦蝴蝶派。這是在鴛鴦蝴蝶派攻擊茅盾和《小說月報》一年多以後，茅盾對他們所作出的回答。茅盾尖銳地指出當時的「舊派小說」，「在思想方面」「最大的共同錯誤」是：「遊戲的消遣的金錢主義的文學觀念」；「在技術方面」「最大的共同錯誤」是「（一）他們連小說重在描寫都不知道，卻以『記帳式』的敘述法來做小說……給現代感覺銳敏的人看了，只覺味同嚼蠟。（二）他們不知道客觀的觀察，只知主觀的向壁虛造，以至……滿紙是虛偽做作的氣味。」而要排去這些錯誤觀念，茅盾認為，「須得提倡文學上的自然主義」。自然主義何以能擔當這個重任呢？因為自然主義的共同主張是事事必先實地觀察。而左拉等人又主張把所觀察到的照實描寫出來。左拉的描寫法，最大的好處是真實與細緻。這就校正了「記帳式」的敘述和「主觀的向壁虛造」的弊病。

　　茅盾早期提倡「為人生」的文學，提倡寫實主義、自然主義，其意義是應當充分肯定的。一、這表明茅盾將「全體人類」當成了文學所反映和服務的對象主體。他十分明確地指出過：「文學者表現的人生應該是全人類的生活。」〔註 19〕文學作品當然是要表現思想感情的，但「這些思想和情感一定確是屬於民眾的，屬於全人類的」。〔註 20〕文學家的任務，是「為全人類服務」。雖然「全人類」的說法未免含糊、籠統，但茅盾旨在使文學擺脫與廣大民眾相脫離以至相對立的狀態。應當說，茅盾這是在為民眾爭取文學中的主體地位而呼號。在中國的廣大民眾正處在三座大山的重壓之下，還深受著奴役之

〔註18〕茅盾：《我走過的道路》（上）第 186 頁，人民文學出版社 1981 年出版。
〔註19〕沈雁冰：《文學和人的關係及中國古來對文學者身份的誤認》，《小說月報》第 12 卷第 1 號。
〔註20〕同上。

苦的情況下，茅盾提倡「表現人生，擴大人類的喜悅和同情」〔註21〕的爲人
生的文學，難道不是值得大書特書的嗎？二、茅盾的上述批評主張，擊中了
鴛鴦蝴蝶派文學以及一切載封建之道的文學的要害。他所要排除的舊派文學
所反映的三層錯誤觀念，「遊戲的消遣的金錢主義的文學觀念」，這涉及創作
指導思想上的錯誤，受此觀念的支配而寫成的作品，思想和藝術上必然都是
低劣的；「以『記帳式』的敘述來做小說」，這就違背了小說創作中的藝術規
律和藝術法則；「只知道主觀的向壁虛造」，「滿紙是虛僞做作的氣味」，這是
舊派小說的又一不治之症。假，令人厭惡。眞實，是藝術的生命。滿紙假話
的舊派文學作品，不僅是短命的，甚至根本就沒有獲得過生命。如此看來，
茅盾的文學批評主張，對於舊派文學來說，它所起的作用如同釜底抽薪。三、
茅盾的上述批評主張，極大地推動了新文學運動的發展。這不是帶有誇張成
分的讚語，也並不是恭維。茅盾的批評主張之所以會有這樣大的作用，一個
很重要的原因是，在具有關鍵意義的兩年多時期裡，茅盾手中掌握著頗有影
響的刊物——《小說月報》——的主編大權。該刊一路衝殺，威信不低。加
之刊物周圍聚集著一群志趣相投的同仁，刊物又擁有一個不小的讀者群。這
樣，茅盾的言論和主張，就常常會發生舉足輕重的影響。當然，言論和主張
要表達人們的心聲，人們才會積極地響應。茅盾的批評主張順應歷史潮流，
順乎人們的內在要求，因而在爲數眾多的人們中間產生了共鳴。可以這樣說，
茅盾和他的「文學研究會」的同仁們一起，掀起了「爲人生」的文學潮流，
掀起了寫實文學的潮流，爲爭取文學進步和社會進步，作出了自己的不可磨
滅的貢獻。

　　再次，茅盾從思想和藝術兼顧的批評標準出發，指點文壇，對眾多的作
品進行了獨具慧眼的批評，實踐了「持批評主義相繩」的理論主張，爲扶植
新文學的創作隊伍作出了切實的努力。

　　茅盾是以崇高的社會責任感投入文學批評實踐的。他意識到：「在中國現
在的文學界內，批評創作眞是萬分緊要的事」，但創作所需要的，不是那種誤
人的批評，「誤人的批評還是少些爲妙」。〔註22〕創作所需要的批評，是負責
任的批評，「不但對於『被批評者』要負責任，而且也要對於全社會負責任」。

〔註21〕沈雁冰：《文學和人的關係及中國古來對文學者身份的誤認》，《小說月報》第
　　　　12卷第1號。
〔註22〕雁冰：《文學批評的效力》，1921年7月11日《民國日報·覺悟》。

〔註 23〕對「被批評者」負責，就必須深入瞭解作者其人其作，對此作出科學的、公允的評價；對全社會負責，這就使批評家站到了一個更高的立點上，使批評的使命顯得更為神聖。可以毫不誇張地說，茅盾所說的對兩方面負責的精神，貫穿於他早期文學批評的始終，也貫穿於他一生的整個文學批評的始終。這種精神是驅使他不斷躍上文學批評新的高度的內在動力。

但是，要進行負責任的批評，這又並不單純與責任心有關。良好的素養，對於批評者來說也是極為重要的。茅盾這樣要求文學批評者，也這樣要求自己：「不但要對於文學有徹底的研究，廣博的知識，還須瞭解時代思潮。如果沒有這樣的素養便批評，結果反引人進了迷途了。」〔註 24〕茅盾在進行文學批評的時候，廣博的知識使他顯示出深厚紮實的功底；對文學所作的徹底的研究，每每幫助他形成高出於前人和時人的精深見解；對時代思潮的瞭解，又使他總是能從作家、作品和時代思潮的聯繫中來把握對象。這也許正是茅盾在文學批評方面獲得成功的訣竅。

茅盾在評論文學作品時，是兼顧思想和藝術兩個方面的。他注重文學作品所表現的「思想一面的東西」。這大體是指表現「不是作者個人的」、而是「屬於民眾的，屬於全人類的」思想和情感，是指「綜合地表現人生」。藝術一面的東西，是指構成文學的要素。茅盾在這一段時間裡，並未因為強調「為人生」的思想而忽視構成文學的藝術要素，能有這樣的認識是很不容易的。他對藝術的重視，有一個相當典型的例子可以說明。當時有個叫曹慕管的人，在給楊賢江的信裡，有「性慾小說《紅樓夢》，盜賊小說《水滸》，科舉小說《儒林外史》」等語。茅盾得知後，撰寫了《〈紅樓夢〉〈水滸〉〈儒林外史〉的奇辱！》一文，對曹慕管憤怒斥責道：

> 我告訴你知道：一件文藝作品是超乎善惡道德問題的，凡讀一本小說，是欣賞這本小說的藝術，並不是把它當作倫理教科書讀；所以即使《紅樓夢》等書是性慾的，盜賊的，科舉的，但若只把他們當作文藝讀，不當作倫理教科書讀，就絲毫沒有不合理的地方。
>
> 況且《紅樓夢》只不過多描寫些男女戀愛，何嘗是提倡性慾？《水滸》是描寫「官逼民反」，何嘗是提倡盜賊？《儒林外史》是極力反對科舉的，何嘗是提倡科舉？……曹慕管非但沒有文學上的常

〔註 23〕雁冰：《文學批評的效力》，1921 年 7 月 11 日《民國日報・覺悟》。
〔註 24〕同上。

識，連看小説的能力也沒有；真是笑話！〔註25〕

以上兩段文字，頗為耐人尋味。第二段文字，對曹慕管的謬説提出了反詰。第一段文字有一半是建立在假設的基礎上的（而假設的情況是根本不存在的）。值得玩味的是，茅盾在這兒提出：小説作為藝術品，與倫理教科書是兩碼事；一件文藝作品，可以超乎善惡道德問題。這樣一種提法，在茅盾整個的早期著述中比較少見。茅盾一貫是將美與善聯繫得十分緊密的。我認為，在這裡，茅盾將藝術品和倫理教科書作了嚴格的區別，突出了藝術性對於藝術品的重要性，這是十分可取的。但文藝作品的美是否確實可以超乎善惡，是否確實可以離開善而存在，這一問題尚待推敲。事實上，《紅樓夢》等書的美，與它們思想上的非性慾、非盜賊、非科舉不無聯繫（正如茅盾所反詰的那樣）；相反，它們果真是純性慾的、盜賊的、科舉的，還能是美的嗎？茅盾在強調藝術性的同時，也使自己陷入了尷尬的境地。這可能是他始料不及的。

茅盾所説的構成文學的「藝術」，包括了哪些東西呢？如將散見於各處的文字加以集中，那麼我們可以説主要包括以下幾點：（一）忌同求異的獨創性。「文學貴在『創作』」，〔註26〕越有獨創性就越美。（二）作品組織結構以至文字精密。（三）小説須用「描寫手段」。（四）作品中人物的個性和背景要顯明。（五）藉個別來反映一般。「短篇小説的宗旨在截取一段人生來描寫，而人生的全體因以見」。〔註27〕（六）作家要有自己獨具的風格，要在作品中將自己的性格精細地透映出來。（七）要講究整齊、和諧、協調、完整。（八）翻譯作品要注意保留原作的神韻。

茅盾在批評作品的過程中，實踐了、也豐富了自己的批評理論。我們從他寫於 1921 年的《春季創作壇漫評》〔註28〕、《評四、五、六月的創作》〔註29〕和寫於 1923 年的《讀〈吶喊〉》〔註30〕等文，可以清楚地看出這一點。

《春季創作壇漫評》是一篇對階段性的文壇景觀作鳥瞰式評論的文章。茅盾在文中公開宣稱：「我只是按照我現在的理解力與判斷力批評眼前的文

〔註25〕見《文學》週報第 116 期（1924 年 4 月 7 日）。
〔註26〕玄：《獨創與因襲》，1922 年 1 月 4 日《時事新報‧學燈》。
〔註27〕見《小説月報》第 12 卷第 4 號。
〔註28〕同上。
〔註29〕見《小説月報》第 12 卷第 8 號。
〔註30〕見《文學》週報第 91 期（1923 年 10 月）。

字，這文字是什麼人做的，我只得完全不管！」這段不起眼的文字中，蘊含著豐富的內涵：不管作品是由誰創作的，只憑作品文本說話，這就排除了來自作品之外的、影響對作品進行價值判斷的因素；進入視野的一切作品都要在批評者的理解力和判斷力面前接受檢驗。這樣做，是批評者有膽量的表現，同樣也是充滿自信的表現。這就要比依據作者身份、名氣而決定自己的批評態度，以及看作者臉色、眼色行事的批評者不知要高明多少倍。正因爲如此，茅盾在文中無所顧忌地分類論析了八十七篇作品中的一部分。有褒有貶，褒貶適當。簡明扼要，切中肯綮。這篇評論，絕非隔靴搔癢之作。

　　《評四、五、六月的創作》，同樣具有宏觀把握創作現象的品格。但我認爲它又有著高出前篇的地方。這就是：它側重於創作傾向的分析揭示。茅盾在一開始就對自己提出了很高的要求：

> 　　當今批評創作者的職務不重在指出這篇好，那篇歹，而重在指
> 出（一）現在的創作壇（從事創作的人們）所忽略的是哪方面，所
> 過重的是哪方面，（二）在這過重的方面，——就是多描寫的那方面
> ——一般作家的文學見解和文學技術已到了什麼地步。〔註31〕

因而茅盾調整了視角，著眼於對三個月創作的總體把握。無疑，這比逐篇地評說需要更大的魄力。茅盾對四、五、六三個月的作品作了分類統計。在這個基礎上，向人們揭示了「描寫男女戀愛的創作獨多，竟佔了全數過半有強」的事實。更爲糟糕的是：這些戀愛小說，不僅格式是類似的，而且人物也是雷同的。茅盾心情沉重地說：「爲創作而創作，實是當今大多數創作者的一個最大的毛病；現在的許多戀愛小說便是極好的例證。」〔註32〕就這樣，茅盾昭示了一段時間內創作的普遍傾向，出色地履行了批評家的義務。他的批評，中肯、及時、切合實際，對創作有一種警示作用。

　　《讀〈吶喊〉》是一篇較早對魯迅的作品作出專門性評論的文章。茅盾是魯迅作品的最早的知音之一。在前面提到的《評四、五、六月的創作》那篇文章中，在對許多淺薄的作品進行總體性的批評之後，茅盾宣稱：「過去的三個月中的創作我最佩服的是魯迅的《故鄉》（《新青年》九卷一號）」。〔註33〕他佩服作品立意的深邃：「中心思想是悲哀那人與人中間的不瞭解，

〔註31〕郎損：《評四、五、六月的創作》，《小說月報》第 12 卷第 8 號。
〔註32〕同上。
〔註33〕同上。

隔膜」；〔註34〕他還佩服作品對造成這種不瞭解的歷史原因的洞察：「造成這不瞭解的原因是歷史遺傳的階級觀念」。〔註35〕茅盾對魯迅作品的評論，從一開始就體現出社會學文學批評的深刻性。這種批評的長處和特色以後將在茅盾身上一再地顯示出來。稍後，當《阿Q正傳》在《晨報附刊》上只登到第四章的時候，茅盾就已經看出這是一部傑作。他以不可抑制的興奮心情寫道：

> 阿Q這人，要在現社會中去實指出來，是辦不到的；但是我讀這篇小說的時候，總覺得阿Q這人很是面熟，是呵，他是中國人品性的結晶呀！我讀了這四章，忍不住想起俄國龔伽洛夫的 Oblomov 了！
>
> 而且阿Q所代表的中國人的品性，又是中國上中社會階級的品性！細心的讀者，你們同情我這話麼？〔註36〕

作品尚未全部發表，評論家就急不可耐地撰文評論，這似乎有些可笑。但我們不能不佩服茅盾見解的精湛。這段評論文字的含量極大。它將阿Q與岡察洛夫筆下的舉世公認的文學典型奧勃洛莫夫相提並論，確立了阿Q在中國現代文學史上的地位；它揭示了阿Q作為文學典型所具備的美學品格——無法實指，無法坐實，但很面熟，是一個既熟悉又陌生的人物（當然茅盾未使用典型這個概念）；它昭示了阿Q這一形象的典型意義——代表了中國人的品性，中國上中社會階級的品性。能站在這樣的高度來分析阿Q、評價《阿Q正傳》、認識魯迅的，在當時能有幾人？當然，茅盾的上述見解，並不見諸專題性的文章。有專家認為：周作人署名仲密、發表於 1922 年 3 月 19 日《晨報副刊》的《阿Q正傳》一文，「可算是分析和評價魯迅小說的第一篇專題文章」。〔註37〕但它並不能算是嚴格意義上的魯迅小說論。第一篇名副其實的魯迅小說論，當是茅盾的《讀〈吶喊〉》。該文的意義在於：在魯迅和魯迅的《吶喊》尚不被人們所理解和認可的時候，肯定了魯迅的價值，也肯定了《吶喊》的價值。如果魯迅是俞伯牙的話，那麼茅盾就是鍾子期。茅盾在《吶喊》中聽出了高山流水。要是批評家茅盾和作家魯迅之間沒有心靈深處的契合點，

〔註34〕郎損：《評四、五、六月的創作》，《小說月報》第 12 卷第 8 號。

〔註35〕同上。

〔註36〕雁冰：《對〈沉淪〉和〈阿Q正傳〉的討論——覆譚國棠》，《小說月報》第 13 卷第 2 號。

〔註37〕陳金淦：《魯迅研究的歷史與現狀》第 2、3 頁，江蘇教育出版社 1986 年出版。

他能準確認識和高度評價魯迅和《吶喊》嗎？同樣不能忽視的是茅盾對魯迅這樣一個評價：「在中國新文壇上，魯迅君常常是創造『新形式』的先鋒；《吶喊》裡的十多篇小說幾乎一篇有一篇新形式，而這些新形式又莫不給青年作者以極大的影響。」〔註38〕在茅盾心目中，以自己的作品表現了異常深邃的思想的魯迅，同時還是一位出色的小說文體家；魯迅的作品，不僅以思想的深切堪稱上乘，而且在藝術形式的創造方面充當了先鋒。茅盾的上述結論是符合魯迅的實際情況的，是可以歷久而不衰的。

對當時活躍於文壇的文學研究會作家，茅盾曾予以特別的關注。當冰心的用十五封信做成的小說《遺書》在《小說月報》第13卷第6號發表的時候，茅盾立即加以肯定：「這在中國文中，實在還是創舉」。〔註39〕茅盾將冰心的《遺書》同陀思妥耶夫斯基的書信體小說《苦人》及《九封信的一篇小說》加以比較，指出了前者與後者的不同。不同就在於「冰心女士此篇是抒寫自己情感的」。茅盾又從《遺書》推及其他，概括出冰心作品的特點：「明麗婉妙而常帶點嫩黃色的悲哀，處處表現女性藝術家的特點」。茅盾又由冰心的小說談到她的整個詩文，對其總體思想加以追溯和把握：「她的思想，在『逃到自然』這一點上，頗似受了泰戈爾的影響，而在『澈悟』一點，則完全發現了她自己了。」〔註40〕不難看出，茅盾對《遺書》的評論具有如下特點：一、茅盾對評論對象冰心及其作品極其熟悉。不僅熟悉《遺書》本身，而且還熟悉冰心的其他小說作品乃至整個詩文。他甚至對冰心作過跟蹤研究。二、茅盾的評論視野相當開闊。他善於在中西方文化的交匯點上來考察對象，既發現對象本身的特點，又發現對象在外來思想文化面前所受的影響。三、茅盾對評論對象的特點的分析把握劂切中理而又要言不煩。這表明他有著極深厚的功底。

此外，茅盾還評論過文研會其他作家的作品。他稱讚葉聖陶的小說《母》「何等地動人」，認為從該作和作者的另一篇小說《伊和他》，「很可看見聖陶兄的著作中都有他的個性存在著」。〔註41〕茅盾還對許地山的《換巢鸞鳳》作過簡評，肯定該作「所敘的情節，都帶有極濃厚的地方的色彩（local color）。

〔註38〕雁冰：《讀〈吶喊〉》，《文學》週報第91期（1923年10月8日）。
〔註39〕真：《讀〈小說月報〉第十三卷第六號》，《時事新報·文學旬刊》第40期（1922年6月11日）。
〔註40〕同上。
〔註41〕雁冰：《葉紹鈞小說〈母〉附注》，見《小說月報》第12卷第1號。

廣東的人，一看就覺得他的『眞』」。〔註42〕他認爲，「眞」的品格，是當時上海的一班自命爲寫實派的作家的作品所不具備的。和茅盾的許多評論一樣，其對葉聖陶、許地山作品的評論，切合對象實際，既準確又深刻。

創造社的諸作家，是當時活躍於文壇的另一個方面軍。他們既有才華，又有浪漫氣質。他們的藝術主張與茅盾格格不入。茅盾對他們的作品的評論，在非論戰狀態是公允的，在論戰狀態也難免有失公允。郭沫若的《女神之再生》剛剛面世，茅盾就熱情地加以肯定：

> 《民鋒》第五號出版，其中文學作品，最好的是《女神之再生》一篇。這是一篇詩體的劇本，用了古代的傳說來描寫現代思想的價值與其缺陷。委實不是膚淺之作。近來國內很有些人亂談什麼藝術，然而瞭解藝術的人，實在很少。對於郭君此篇我不能不佩服爲「空谷足音」；然恐不是一般人所能領會，所以寫下幾句以爲介紹。〔註43〕

藝術見解的差異，並沒有影響茅盾對郭沫若的高度評價。對於郁達夫的小說《沉淪》，茅盾也曾作過中肯的評價：「主人翁的性格，描寫得很是眞，始終如一，其間也約略表示主人翁心理狀態的發展：在這點上，我承認作者是成功的；但是作者自敘中所說的靈與肉衝突，卻描寫得失敗了」。〔註44〕在這裡，茅盾還是堅持好處說好，壞處說壞的。茅盾的《〈創造〉給我的印象》，雖然帶著論辯的色彩，但正如他自己所說，「自信總還能不雜意氣，客觀的看一件作品，看一句說話」。〔註45〕實際情況也確是如此。他肯定張資平的小說《約檀河之水》：「這篇東西，很使我感動」；而批評張的另一篇小說《沖積期化石》：「結構上似乎嫌散漫些，頗有人看得嫌膩煩」。〔註46〕對於第一號《創造》裡張的兩篇，茅盾以爲《她悵望著祖國的天野》不如《上帝的兒女們》更好。茅盾根據後一篇所登的兩段，肯定了它的吸引力和描寫法，並大膽地推斷：「這篇東西該是傑作」。〔註47〕對於田漢的劇作《咖啡店之一夜》，茅盾既褒又貶。

〔註42〕 慕之：《落華生小說〈換巢鸞鳳〉附注》，《小說月報》第12卷第5號。
〔註43〕 玄珠：《文學界消息》，《時事新報·文學旬刊》第2期（1921年5月20日）。
〔註44〕 雁冰：《對〈沉淪〉和〈阿Q正傳〉的討論》，《小說月報》第13卷第2號。
〔註45〕 損：《〈創造〉給我的印象》，《時事新報·文學旬刊》第37、38、39期（1922年5月11日、21日、6月1日）。
〔註46〕 同上。
〔註47〕 同上。

他肯定劇作「頗非『佯啼假笑』之類的作品」。但接著又委婉地批評說：劇中人物林澤奇的悲哀，「與其說是國內一般青年的悲哀的心境，不如說是書本上法國頹廢派青年的悲哀的心境」。〔註48〕這實際上是批評人物的塑造尚缺乏生活基礎。茅盾的批評是切中要害的。茅盾就郁達夫的小說《茫茫夜》發表評論說，作品中的主人翁可愛，描寫得很好；但若就命意說，該作「並沒有怎樣深湛的意義」，「似乎缺少了中心思想」。〔註49〕總之，對於藝術見解異於自己的創造社作家，茅盾的評論從總體上說也仍然是客觀的，公允的。正因為如此，它才具有科學性，才經得起時間和實踐的檢驗。

茅盾評論當時本國的作家作品，字裡行間常包孕著真知灼見；而當他將目光投向西洋文學時，也表現出了非凡的氣度和睿智。

當時，不少人有這樣一種看法：西洋近代的文明是「病的文明」，西洋近代的文學作為西洋近代文明的產物，也就必然是「病的文學」。基於這種認識，人們往往對西洋近代文學採取過甚的否定態度。然而就是在這種情況下，茅盾清醒地覺察到了西洋的近代文學與近代文明之間的區別：「近代文明雖是『病的文明』，近代文學卻並未定是病的文學」。〔註50〕茅盾早期對西洋文學的借鑒，就正是基於上述總體性的判斷。這就避免了對在近代文明中湧現出來的近代文學的一概否定，而比較接近西洋近代文學的實際情況。茅盾為西洋文學所作的辯解，可謂痛快淋漓：「即使退一步講，以西洋文學為盡屬於『墮落派』，那麼，在純粹藝術方面看來，墮落派的作品雖『有傷風化』，卻不一定是無藝術價值的作品。我們若也承認『美』是藝術品的一個要素，我們便沒法去反對墮落派的作品。」〔註51〕我們從這段論述中所看到的是茅盾對藝術品的構成要素——美——的強調和重視。美，決定了作品的藝術價值。因為美的存在，即使「有傷風化」，作品依然可以有某種藝術價值。當然，整個的推斷是在「退一步講」的基礎上進行的。實際情況並不需要「退一步講」。西洋的近代文學各流派「都是構成美的藝術國底分子」。肯定、學習、借鑒西洋文學中按美的法則進行創造的經驗，不僅是必要的，而

〔註48〕損：《〈創造〉給我的印象》，《時事新報・文學旬刊》第 37、38、39 期（1922 年 5 月 11 日、21 日、6 月 1 日）。

〔註49〕同上。

〔註50〕郎損：《近代文明與近代文學》，《時事新報・文學旬刊》第 30 期（1922 年 3 月 1 日）。

〔註51〕同上。

且也是聰明的。茅盾就是這樣的聰明人。

尤其值得稱道的，是茅盾對文壇上興起的新派所採取的實事求是的態度。茅盾不滿意於當時人們對最新派的小說、戲劇所作的非難，他撰文冷靜地分析了文學上各種新派興起的原因。〔註 52〕他認為，文學思潮的發生，文學體裁的衍變，都是時代變遷的結果。「文學上要有新派興起，亦是自然而且合理的事，雖然現在新派的東西亦盡有許多不滿人意的地方，但這是啟蒙時代必不可免的現象。」茅盾的見解中包含了一種深邃的歷史眼光，這是他高出於一般人的地方。他的論斷是建立在深刻的分析的基礎上的。

請看他對未來派所作的分析：

> 我們向四面搜求之後，便知未來派也是受了那時候人生的影響。我們要曉得，未來派是小中產階級心理的產物，當本世紀初，物質文明驟然進化，科學和機械挾其雷霆萬鈞之力掃蕩社會，人的心理感受其影響。機械是力量愈大愈好，愈速愈好，所以一般人的腦子裡也旋轉著「力」、「速」兩個字……拚命要向前去，力愈大愈好，愈快愈好，這便是那時人生的真相。未來派受了這種暗示，生當那時，住在那種社會裡，自然也要做出崇拜力、崇拜速的作品來了。〔註53〕

總之，茅盾從社會發展、人生真相、階級心理諸多方面分析了未來派文學興起的必然性。他的分析有根有據，頭頭是道。他對達達派和表現派，同樣也作了有根有據、頭頭是道的分析。在此基礎上，茅盾要求人們「能夠把公正的心去批評新派，不要以為只是青年好奇心的表現，不值一笑。須知他們的價值實在高出一笑以上呢！」〔註 54〕茅盾在文壇新派面前所體現的度量和膽識，實在令人欽佩。

特別值得一提的，是茅盾 1925 年所寫的《人物的研究》。此文是茅盾早期小說理論研究的力作，也是「五四」以後中國文學理論研究領域中的一個重要收穫。茅盾首先闡述了著名的小說「三要素」論：

> 我們若只從構造小說的表現的要素而言，則結構（就是書中離合悲歡的情節），人物（就是書中的男男女女），環境（就是書中的

〔註52〕沈雁冰：《文學上各種新派興起的原因》，載 1922 年 8 月 12 日～16 日寧波《時事公報》。

〔註53〕同上。

〔註54〕同上。

自然風景、都市空氣等等）三者，便可說是首先惹人注目的犖犖大
端了。〔註55〕

雖然茅盾對每一個要素的表達不盡準確，但闡明「三要素」論，其本身就是
對小說研究的一種貢獻。

更為可貴的是：茅盾在文章中對小說人物進行了全方位的探討，橫向論
及了人物的來源、人物的特性、人物的設置、人物的塑造等諸多問題，縱向
論及了西洋小說人物塑造史。文章縱橫捭闔，體現出對小說人物研究的全面
思考，提出了一系列精闢的見解。

——人物的來源。不外兩途：一是從直接觀察得來的；二是從舊說與傳
聞得來的。社會小說直接觀察現代社會的各色人等而取以為型；歷史小說匯
合舊說與傳聞，以「想像」來復活古人。茅盾的概括是大體準確的。

——人物或為寫實的，或為理想的。理想的人物是作者主觀的理想之產
物，寫實的人物是作者客觀的摹寫之產物。理想的人物常受歡迎，寫實的人
物常被憎惡。誠然，小說中的人物，有的帶有較多的理想色彩，有的則較多
體現了寫實的特質。但是，茅盾似乎忽視了這樣一點：成功的小說人物形象，
寫實的要受理想的光芒照耀，理想的要以現實為其堅實的基礎。

——寫實的人物大都有「模特兒」。對於一個小說人物來說，「模特兒」
雖然要有一個，卻又不可拘泥於這個「模特兒」的身世際遇以至聲音笑貌，
而應當攝取這個「模特兒」的思想性格，去裝拍在別一個軀殼（可以是創造
的）裡，使讀者雖覺得此人物十分面熟，而不能指實是誰，如此，有「模特
兒」的寫實的人物方成為大社會中眾相之一。這個辦法，叫做「模特兒」的
眾相化。這中間，實際上包含了藝術典型化的原理。「模特兒」是小說人物的
基礎，小說人物又應比「模特兒」更典型。讀者覺著「十分面熟」而又「不
能指實」，這樣的小說人物也就是「熟悉的陌生人」了。它具有典型人物的品
格。當然，茅盾還沒有接觸馬克思主義文藝思想中的典型理論，他的表述未
必就是無可挑剔的。

——人物描寫的方法。茅盾將小說人物的描寫方式分成簡筆和工筆兩
種。只要手段好，兩種描寫方式一樣能傳神。但小說家用簡筆以傳神，難度
較大，工筆描寫容易見好。這實在是至理。簡筆勾勒，也即白描。魯迅也極
善於以白描寫人物，寫得形神畢現。但要以白描取勝，作者須有深厚的功底。

〔註55〕見《小說月報》第 16 卷第 3 號，署名雁冰。

──靜的人物與動的人物。茅盾緊緊抓住性格，將小說中的人物分成兩類：靜的人物與動的人物。開篇即定形，直到書終而不變的人物為靜的人物；自開篇到書終，刻刻在那裡變動的人物，叫動的人物。小說中的這兩類人物是確實存在的。遺憾的是茅盾未將它們加以比較，論定高下，實際上，兩類人物的藝術水準、藝術價值不一樣。小說刻劃人物，就應當寫出人物性格的發展。寫動的人物無疑要比寫靜的人物高出一籌。

──運用對照的法則塑造人物。小說中的眾多人物，如果思想性格相似，便顯得單調；應當注意人物個性的相反、互相形成對照。這與恩格斯的「把各個人物用更加對立的方式彼此區別得更加鮮明些」〔註56〕的藝術主張是完全吻合的。

──活的立體的人物與死的平面的人物。小說家描寫人物，有寫人物的一生的，有寫人物的半生的，也有只寫人物生活的一片段的。如果是描寫人物的一生的，那麼就應寫出一個人格長成的全歷史。如果寫人物的半生，則應顧及動作的發展與人物的發展的關係，應暗示彼半生對此半生的思想性格有何影響。如果只寫人物生活史中的一片段，則不可忘記人物發展與動作發展的一致性。我特別推崇茅盾在此所提出的寫人物性格成長的全歷史的觀點。抓住了性格的發展，也就抓住了人物形象塑造中的核心。塑造得成功的人物形象，其性格總應是發展的。這樣的人物方可能是活的、立體的。

──人物的設置。小說中的人物可分為三類：（一）說話的，（二）在場的，（三）提及的。作者對於這三類人物，支配要適當。提及的人物不宜太多。茅盾的這一見解也是頗有道理的。一般提及的人物如果太多，往往造成筆力分散，從而影響小說作品的質量。

──人物的特性。輪廓模糊的人物，讀者是不歡迎的。因此作者總得賦予人物以一二特性。這個目的可由兩種方式達到：一是在人物第一次上場時，就給讀者一個詳細的描寫，這即為「總介紹」；二是陸陸續續利用機會把人物的性格思想一點一點指出來，此為「零碎介紹」。人物形象要鮮明，茅盾的這一見解是精到的。捨此，小說不可能登上新的台階。但嚴格說來，要將人物的特性顯示出來，須用描寫的方法而不是「介紹」的方法。描寫是融於形象體系之中的，而介紹則往往游離於形象體系之外。

……

─────────────

〔註56〕見《馬克思恩格斯全集》第29卷第583頁，人民出版社1972年出版。

　　茅盾的《人物的研究》對一系列問題都有自己的思考。即使我們用挑剔的眼光加以審視，也不能否認這樣一個事實：文章不乏真知灼見，在許多問題上有著閃光的思想，或者是提出了在當時的情況下很少有人提出的觀點。如果說茅盾在文學批評的過程中，在其他文體和其他問題上，他的研究是時有卓見而又尚未形成系統的話，那麼可以說他在小說人物研究上，貢獻是全面的系統的。

　　茅盾早期文學批評方面的理論建樹是多方面的，實踐的內容也極為豐富，遠不止於以上三個方面。綜上所述，茅盾早期在文學批評方面，可謂業績斐然。單就現代文學批評史而言，茅盾就應當在其中佔有相當重要的地位。

<h2 style="text-align:center">二</h2>

　　問題的另一個方面。本是不該忽視、而實際上又長期未被正視的
　　問題。茅盾早期文學批評觀的內在矛盾。某些批評主張之間的矛
　　盾。對文學的屬性的把握上的矛盾。批評理論與批評實踐之間的
　　矛盾。

　　然而世間的事情是複雜的。任何事物，都並不是只有單一的方面，如果對茅盾早期文學批評作兩面觀，我們也將發現許多本是不該忽視、而實際上又長期未被正視的問題。

　　茅盾早期的文學批評觀本身，是存在著深刻的內在矛盾的。

　　第一個矛盾，是「西洋文學進化途中所已演過的主義，我們也有演一過之必要」〔註57〕的主張，與文學「為人生」的主張之間的矛盾。

　　茅盾從進化的文學觀出發，認為西洋的文學已經歷了「由古典——浪漫——寫實——新浪漫……這樣一連串的變遷」。〔註58〕其間尚未列入而也「演過」的，還有波德萊爾發其端的「表象主義」（即象徵主義）。依茅盾之見：「古典主義、浪漫主義、寫實主義、新浪漫主義這四種東西，是依著順序下來，造成文學進化的」，〔註59〕「進化的次序不是一步可以上天的」。而當時的中國文學，還只是停留在寫實主義之前。因此，在中國，急迫的任務就是要邁出寫實主義這一步。而「就文學進化的通則而言，中國新文學的將來亦是免

〔註57〕雁冰：《致周贊襄》，《小說月報》第 13 卷第 2 號。
〔註58〕朗損：《新文學研究者的責任與努力》，《小說月報》第 12 卷第 2 號。
〔註59〕見《文學上的古典主義浪漫主義和寫實主義》，《學生雜誌》第 7 卷第 9 號。

不得要經過這一步的」。〔註60〕從以上引文以看出，在茅盾心目中，寫實主義僅僅是文學在達到新浪漫主義之前所必經的一個階段，因而它只具有階段性的意義。而「文學是爲表現人生而作的」，作爲批評主張，它在時間、空間上應具有更大的涵蓋面（從時間上說，它一直延伸到茅盾明確表示「我們應該承認文藝批評論確是站在一階級的立點上爲本階級的利益而立論的」〔註61〕之前；從空間上說，它又應籠罩以至統率這一時期的其他批評主張）。前一個主張是茅盾受文學進化觀的支配，對文學發展過程的揭示，有時又是對文學的創作方法所持有的批評主張（實質上，茅盾所提到的「寫實主義」，常常具有西方文學發展史上的文學運動或文學潮流，以及在藝術地把握世界的過程中所採用的創作方法，這樣兩種不同的涵義）；而後一個主張，則是茅盾所賦予新文學的重要使命，是爲新文學所規定的根本宗旨。這兩者是可以而且應該統一的。運用寫實主義創作方法創作而成的文學作品，大抵都可以用來完成「爲人生」的神聖使命。道理很簡單。寫實主義作家，一般說來，創作態度都較嚴肅，對社會生活、對人生都較爲關注，而且他們在反映社會生活方面，都注重於如實描寫。因而，說寫實主義作家基本上都可以劃歸人生派，也許不會有什麼大的不當。

現在的問題是，「西洋文學進化途中所演過的主義，我們也有演一過的必要」，這麼說，就與文學「爲人生」的根本宗旨發生了矛盾。我們知道，西洋文學進化途中所演過的主義，絕不就是一個寫實主義，而還有表象主義和新浪漫主義以及其他等等。況且茅盾並不只是一般地提及「有演一過的必要」，他還撰文專門提倡過表象主義。他在 1920 年 2 月發表的《我們現在可以提倡表象主義的文學麼？》一文中說：「我們提倡寫實一年多了，社會的惡根發露盡了，有什麼反應呢？可知現在的社會人心的迷溺，不是一味藥所可醫好，我們該並時走幾條路，所以表象該提倡了。」〔註62〕在茅盾的文學進化圖中，表象主義是文學駛向新浪漫途中的前站。目標是提倡新浪漫主義；而提倡表象主義，則是達到目標的一種「預備」。

而提倡表象主義的批評主張，與文學「爲人生」的根本宗旨並不統一。還是讓我們先來看一看表現主義的理論主張和理論基礎吧。1886 年，讓·莫

〔註60〕《一年來的感想與明年的計劃》，《小說月報》第 12 卷第 12 號，署名記者。
〔註61〕茅盾：《論無產階級藝術》，《文學》週報第 172、173、175、196 期。
〔註62〕見《小說月報》第 11 卷第 2 號。

雷阿斯在《象徵主義宣言》中宣布要排除自然主義，屏棄「說教、虛假的感情，客觀的描寫」，應代之以一種具有理想意義的新思潮。他認為，象徵主義作為一個新的文藝運動的任務在於「竭力用可感的形式來體現理念，但這種形式本身不是目的，而是為表現理念服務的，保持著從屬的地位」。象徵主義的理論基礎是叔本華的唯心主義哲學。叔本華認為，現實的不是外在世界（物質、空間、時間、因果關係），而是所謂「世界意志」，這種「世界意志」既是事物的形式，又是它的「理念」。藝術所反映的，不是「理念」，而是「世界意志」本身。由此看來，表象主義賴以建立的理論基石，也就包含了對於關注人生的寫實主義的很深的反叛意味。退一步講，表象主義的創作方法，根本就不以什麼「為人生」相號召。它與文學「為人生」的根本宗旨是格格不入的。再來看表象主義的創作。表象主義的詩歌總的基調是痛苦、哀傷、絕望。詩作多宣揚個人主義和神秘主義。當然，我並無將表象主義說得一無是處之意。表象派也有像梅特林克的《青鳥》那樣的好作品。它的象徵、暗示、隱喻的藝術技巧，以及它所採用的藝術思維的方式，對於寫實主義說來，都具有借鑒意義。但倘要讓它來取代寫實主義，即使只是作為提倡新浪漫主義的「預備」，也還是不能解脫它與文學「為人生」的批評主張的衝突。

　　至於說讓新浪漫主義也來「演一過」，將新浪漫主義也納入文學「為人生」的軌道，那也仍然難以自圓其說。在西方文學發展史中，確切意義上的新浪漫主義，是十九世紀末、二十世紀初在歐洲興起的反現實主義的文藝思潮。它匯集並發展了象徵主義、頹廢主義、唯美主義及消極浪漫主義逃避現實的消極方面。相對於寫實主義而言，它是一種進步，抑或倒退，這本身還是個問題；由寫實到新浪漫，文學和人生的關係是「束緊了一些」，還是疏遠了一些，對此，我異於茅盾所見。我以為，如果是這樣發展的話，那麼，文學和人生的關係，恰巧與茅盾的判斷相反，是疏遠了。這也就是「演一過」的提議與「為人生」的宗旨的矛盾之處。即使考慮到茅盾所說的新浪漫主義，有時實際上指的是羅曼・羅蘭所代表的特定文學傾向，籠統地提倡新浪漫主義，也仍然是欠妥的。

　　第二個矛盾，是早期茅盾在短時間內或先後或同時提倡過的幾種主義之間的矛盾。有位論者很有眼光地指出：

> 茅盾是通過對西洋文學的「窮本溯源」的研究，「取精用宏」，
> 來探索新文學應有的品格。他立足於反帝反封建的中國社會現實，

首先借鑒吸取了以托爾斯泰爲代表的俄羅斯批判現實主義文學，初
步形成了他的「爲人生」的現實主義文藝觀。但是，在提倡過程中，
他發現這種「寫實主義」文學雖對抨擊「惡社會的腐敗根」極爲有
力，可它「徒事批評」而「不加主觀的見解」，容易「使人灰心，使
人失望」。所以他又提倡起「表象主義」（即象徵主義）和「新浪漫
主義」來。……當他發現「新浪漫主義」難於救治中國文壇上的「遊
戲消遣」的文學觀念和「向壁虛造」的創作積弊時，就又矯枉過正
地提倡起「自然主義」來。〔註63〕

這位論者進一步指出：

這種變化情況，反映了他在西方幾種「主義」之間的矛盾徘徊
態度，也表明了他對這幾種「主義」的取捨原則，還顯示了他要在
這幾種「主義」基礎上「創立新知」的意向。〔註64〕

說茅盾在幾種主義之間矛盾徘徊，千眞萬確。需稍加辨正的是：茅盾早期並
沒有留下以表象主義、新浪漫主義否定和取代寫實主義，又以對自然主義的
提倡代替對新浪漫主義的提倡這樣的明顯軌跡。實際情況是，早期茅盾對幾
種主義的提倡，時有交叉，有時則像走馬燈。他提倡寫實主義、自然主義，
歷時甚久，而提倡表象主義和新浪漫主義，相對而言時間稍短。在倡導寫實
主義和自然主義的時候，他曾經與此同時平行地提倡過表象主義，後又平行
地提倡過新浪漫主義。在 1920 年發表的帶有制定大政方針性質的《「小說新
潮」欄宣言》一文中，茅盾選定了在這一欄目中需重點向國人介紹的兩部分
西方文學作品。其中的第一部所取的，「是純粹的寫實派自然派居多」。茅盾
譯介的重點放在此處，很明顯，是表示一種提倡，最終是爲了創造我們自己
的新文學。從這時候起，在以後的幾年中，在潛意識層次，他對於自然主義
有一種特殊的感情。

有一點需要特別地加以說明。與 1920 年 1 月 25 日發表的《「小說新潮」
欄宣言》相隔不久，茅盾撰寫的《爲新文學研究者進一解》一文於同年 9 月
在《改造》雜誌上發表。文章激烈地抨擊自然主義：「自然派只用分析的方法
去觀察人生表現人生，以致見的都是罪惡，其結果是使人失望，悲悶，正和

〔註63〕 李庶長：《茅盾早期文藝思想的本質特徵》,《茅盾研究》第 4 輯，文化藝術出
　　　　版社 1990 年出版。

〔註64〕 同上。

浪漫文學的空想虛無使人失望一般，都不能引導健全的人生觀。所以浪漫文學固然有缺點，自然文學的缺點更大。」基於上述判斷，茅盾得出了自己的結論：「能幫助新思潮的文學該是新浪漫的文學，能引我們到真確人生觀的文學該是新浪漫的文學，不是自然主義的文學，所以今後的新文學運動該是新浪漫主義的文學。」〔註65〕至此，茅盾對自然主義的評價到了最低點。如此說來，茅盾總該停止提倡自然主義了吧？然而，三個多月以後，他又說了一段與上面那段話意思相去甚遠的話：

> 寫實主義的文學（筆者注：按茅盾當時的認識，寫實主義、自然主義實為一物），最近已見衰竭之象，就世界觀之立點言之，似已不應多為介紹；然就國內文學界情形而言之，則寫實派自然派之真精神與寫實派自然派之真傑作未嘗有其一二，故同人以為寫實主義在今日尚有切實介紹之必要；而同時非寫實的文學亦應充其量輸入，以為進一層之預備。〔註66〕

茅盾這裡所說的「非寫實的文學」，是指新浪漫文學。再後來，到了1922年，茅盾又發表了《自然主義與中國現代小說》這一長文。文章對自然主義文學推崇備至，對自然主義之於中國現代小說的作用寄予厚望，與1920年時對自然主義的評價，已經不可同日而語。在這時的茅盾的心目中，自然主義作家是中國新文學者的楷模。他得出的最後結論是：「中國現代小說界應起一種自然主義運動」。〔註67〕由此可見，說茅盾早期數度力倡自然主義，當是可以成立的。

　　早期茅盾一度提倡的以羅曼‧羅蘭為代表的新浪漫主義和其數度力倡的寫實主義、自然主義，兩者存在著某種矛盾。茅盾所要求的自然主義是純客觀的自然主義。他曾經作過辨析：「左拉等人主張把所觀察的照實描寫出來，龔古爾兄弟等人主張把經過主觀再反射出的印象描寫出來；前者是純客觀的態度，後者是加入些主觀的。我們現在說自然主義是指前者。」〔註68〕而新浪漫主義在重主觀方面，可說是與舊浪漫主義一脈相承的。所不同的是，舊浪漫主義的重主觀表現為側重抒寫幻想，而以羅蘭為代表的新浪漫主義的重

〔註65〕見《改造》第3卷第1號，署名雁冰。
〔註66〕見《〈小說月報〉改革宣言》，《小說月報》第12卷第1號。
〔註67〕沈雁冰：《自然主義與中國現代小說》，《小說月報》第13卷第7號。
〔註68〕同上。

主觀，則表示為以某種光明的理想來照耀全篇。但只要是加入些主觀的，左拉就會拒之於自然主義的大門之外，要求中國作家向自然派作家學習的茅盾，對此也不會予以認可。那麼，茅盾說的，是不是將自然主義與新浪漫主義相融和呢？顯然，他當時並沒有這種意識。他的基調是：「寫實主義在今日尚有切實介紹之必要」；「同時非寫實的文學亦應充其量輸入」。兩種互相矛盾的主義，就這樣被悄悄地混雜在一起了。

明明是互相矛盾的主義，茅盾卻同時加以介紹、倡導，有的論者解釋道：

> 我們從茅盾當時寫的那些文藝短論中看，他在提倡上述幾種「主義」的時候，都沒有全盤照搬，而是按照中國當時社會和文壇的需要，逐一對它們進行了周詳的分析，取其精華，去其糟粕，為我所用。所以，茅盾提倡的這幾種「主義」，已不是本來的面目，而是經他「改造」過的「主義」，帶有「茅盾的」印記；而經茅盾「改造」過的「主義」，它們是有內在統一性的，是一個整體的不同側面，而不是互不相關的對立體。〔註69〕

茅盾所提倡的自然主義，是左拉的自然主義，關於這一點，他自己說得很清楚。對此，他基本上未加改造。而他所提倡的新浪漫主義，則是以羅曼‧羅蘭為代表的新浪漫主義，其基本特質並未改變。因此說這幾種主義經茅盾改造已變得面目全非，看來並非如此。再說，茅盾所提倡過的幾種主義，何以有內在統一性？何以成了「一個整體的不同側面」？也讓人感到難以體會。照我看，它們之間尚缺乏內在的統一性，而常常是互相牴觸。這正好說明茅盾早期思想的不成熟。不成熟就是不成熟，這本身是很正常的事情。

第三個矛盾是：茅盾既把文學當藝術，又把文學當科學。兩種見解輪番出現，彼此間常常「打架」。

應當說，茅盾強調文學的藝術屬性的論述是不少的，其觀點也是很鮮明的。從他對文學作品藝術要素的強調來看，從他對鑑賞作品的美學原則的堅持來看，從他對「創造『新形式』的先鋒」魯迅以及「幾乎一篇有一篇的形式」〔註70〕的《吶喊》小說集的讚譽來看，從他對那些「事實的集合物」式的、根本不成其為小說的作品所提出的尖銳的批評來看，毫無疑義，茅盾在

〔註69〕李庶長：《茅盾早期文藝思想的本質特徵》，《茅盾研究》第4輯，文化藝術出版社1990年出版。

〔註70〕見《文學》週報第91期（1923年10月出版）。

思想上確是將文學當作藝術看待的。再從茅盾對他人的批評文字來看，他思想上對文學與科學的區別，認識是很清楚的。可以作為佐證的文字見諸《〈對於介紹外國文學的我見〉底我的批評》一文：「高卓君把文學當作科學，當作歷史……不知此又誤會了。文學不是科學，也不是歷史」。〔註71〕

　　但是細心的研究者不難發現：茅盾自己卻常常將文學當成了科學。這可以由茅盾當時的言論為證。1921 年 1 月，茅盾在《文學和人的關係及中國古來對於文學者身份的誤認》一文中，曾經這樣說過：「文學到現在也成了一種科學，有它研究的對象，便是人生——現代的人生；有它研究的工具，便是詩（Poetry），劇本（Drama），說部（Fiction）。」〔註72〕會不會是偶爾出現的表述上的疏忽呢？看來不像。而是茅盾當時確實就有這種思想。不信，請再看茅盾的以下論述：

　　　　我以為創作文藝，有三種工夫，似乎是必不可少的：（一）是觀察，（二）是藝術，（三）是哲理。換句話說，（一）就是用科學目光去體察人生的各方面，導出一個確是存在而大家不覺得的罅漏；（二）就是用科學方法整理、佈局和描寫；（三）是根據科學（廣義）的原理，做這篇文字的背景。三者之中，（二）最難；這是和「天才」有關的。〔註73〕

在這段論述中，科學成了文藝創作的一個基本法則。不僅體察人生離不開科學，而且整個藝術加工的過程（包括整理、佈局和描寫）以及敘寫背景，都不能離開科學。科學貫穿於文藝創作過程的始終，滲透於諸多重要方面。從以上論述中我們能看到些什麼呢？我們至少可以得出這樣一個結論：早期茅盾將文學當作科學，並不是因為表述上的失誤和疏忽。將文學當作科學，我們可以從茅盾當時的思想中找到依據。我們知道，茅盾當時是力主「提倡文學上的自然主義」的。按照他的理解，「自然主義是經過近代科學的洗禮的；他的描寫法，題材，以及思想，都和近代科學有關係」。崇尚自然主義，也就必然推崇自然主義者按所謂科學方法所作的描寫，所進行的文學創作。這是順理成章的事情。茅盾甚至還提出過如下觀點：「我們應該學習自然派作家，

〔註71〕見 1921 年 10 月 9 日《民國日報‧覺悟》。
〔註72〕見《小說月報》第 12 卷第 1 號。
〔註73〕沈雁冰：《對於系統的經濟的介紹西洋文學底意見》，1920 年 2 月 4 日《時事新報‧學燈》。

把科學中發見的原理應用到小說裡……」〔註 74〕由此看來，茅盾將文學當科學，將文學樣式當研究工具，這與他受自然主義的影響有關。

在當時的條件下，茅盾提倡自然主義，就其總體效果而言，對此當然是應當理直氣壯地加以肯定的。但自然主義給茅盾帶來的，除了研究者們所已論及的這樣那樣的問題和缺陷外，最致命的弱點是：將文學混同於科學，將文學當作研究人生的科學。這雖然與文學「爲人生」的宗旨是相吻合的，但與文學藝術屬性，卻是根本牴觸的。茅盾所面臨的，是一個既簡單而又嚴峻的問題：文學究竟是什麼？它究竟歸屬科學，還是歸屬藝術？如果把文學當科學，那麼就應當擯斥主觀情感，就應當進行科學的概括，就應當講客觀，講精確；而如果把文學當藝術，那麼在創作中就應當傾注主觀感情，就應當張揚創作個性，就應當進行藝術的描寫和概括。茅盾對左拉在創作上倡導的科學的「實驗方法」是有過異議的（比如，他說過：「科學實驗方法，未見得能直接適用於人生。」），但即使是這樣，也並不能動搖他將文學當作科學的根本立論。由於對文學的根本見解在科學和藝術這兩者之間游移，這就使得茅盾的整個文學批評觀一度發生了搖擺和傾斜。

這樣說，絕非危言聳聽。茅盾在《自然主義與中國現代小說》這篇重頭文章中，要求中國的文學家們，像自然派作家那樣恪守科學精神，「對於一椿人生，完全用客觀的冷靜頭腦去看，絲毫不攙入主觀的心理」。〔註75〕這實際上是做不到的。如果真的這樣去做，那就等於取消了文學的藝術屬性，只會招致慘敗。因爲，藝術和科學畢竟屬於兩個截然不同的範疇。文學作爲藝術的一個門類，它主要憑藉形象思維，以塑造具有鮮明獨特的個性、極大的藝術概括性和美的魅力的典型形象爲具體目標。在塑造人物形象的過程中，它要揭示出人物的全靈魂的深來。而科學則要憑藉抽象思維，「捨象（具象）取質（本質）」，以揭示客觀事物的規律爲具體目標。別林斯基在分析藝術的特徵的時候，曾將藝術和科學作過一番比較：科學通過理性的分析活動，從活生生的形象中把普遍觀念抽象出來。而藝術則通過想像的創造活動，用活生生的形象把普遍觀念顯示出來。「科學通過思想直截了當地對理智發生作用；藝術則是直接地對一個人的感情發生作用。這是兩個完全背道而馳的極端。」〔註76〕如果將藝術混同於科學，

〔註74〕 沈雁冰：《自然主義與中國現代小說》，《小說月報》第 13 卷第 7 號。

〔註75〕 見《小說月報》第 13 卷第 7 號。

〔註76〕 見《俄國文學史試論》，《外國理論家作家論形象思維》第 75 頁。

就會使藝術失去本身的本質的特性，就會違背藝術規律，就會把藝術創作導向歧路。

第四個矛盾是：既提倡客觀地創作和批評，又熱衷於倡導創作上並不十分客觀的主義，在自己的批評實踐中也並沒有做到所謂「純客觀」。

創作和批評中的主觀、客觀問題，這在早期茅盾的批評觀中，始終是一個糾纏不清的問題。茅盾早期竭力主張：觀察要精細，描寫要客觀。他批評我國古來的文學家：「只曉得有主觀，不曉得有客觀。」〔註77〕他要求與他同時代的文學家們：「用藝術的手段」表現人生、表現全人類的生活時，應當「沒有一毫私心不存一些主觀」。〔註78〕其實，茅盾這裡所說的「主觀」，只是「不知道客觀的觀察，只知主觀的向壁虛造」，或是只抒作者一己的一時的偶然的情感，這兩種意義上的「主觀」，而並不是取的「主觀」一詞的全部哲學意義。既然「主觀」所取的，只是某種意項，那麼，「不存一些主觀」的說法，顯而易見也就站不住腳了。文學作品是客觀生活的藝術反映。一談到藝術反映，也就離不開主觀。對題材和材料的精心選擇，對主題的開掘和提煉，對藝術結構的匠心安排，對表達方式的自如駕馭，對起承轉合的整體佈局，情感因素的大量注入，所有這些，都是藝術所要求的。這中間，又哪裡能離開主觀呢？因此，全然排斥主觀，無異於排斥全部文學藝術創作。再說客觀。客觀在藝術創作中，作為一種反映生活所取的態度，只具有相對的意義。我們所提倡的客觀，是以社會生活為創作的源泉，和以社會生活為藝術（包括文學）所反映的對象。若是選擇現實主義的方法進行創作，那麼，「客觀」又表現為如實描寫現實關係（非現實主義的方法並不強調「客觀」，似乎也不宜因此而全盤否定）。然而絕不是說：客觀就是絕然排斥任何主觀因素的介入。事實上，這是辦不到的。你說你的創作純客觀地反映了生活，可你的作品所反映的客觀生活，總存有主觀的折光。而在文學批評中要做到所謂「純客觀」，同樣也是辦不到的。茅盾說：他「最信仰泰納的純客觀批評法」。〔註79〕可事實上，在茅盾那裡，對純客觀的批評法的尊奉、信仰，與並不純客觀的文學批評實踐，每每發生牴觸。有時，理論與實踐之間出現了嚴重的脫節。

〔註77〕沈雁冰：《文學和人的關係及中國古來對於文學者身份的誤認》，《小說月報》
　　　　第12卷第1號。
〔註78〕同上。
〔註79〕見《小說月報》第13卷第4號。

　　茅盾在主、客觀問題上陷入了自我矛盾的狀況，這還表現在：一方面，他堅決主張「不存一些主觀」；另一方面，他又熱衷於倡導與客觀的態度相悖的創作方法和文學潮流。例如，他提倡過表象主義，又提倡過新浪漫主義。而在他心目中，表象主義將取代寫實主義，新浪漫主義又將取代表象主義。而這兩種創作方法或文學潮流，它們都不屑於客觀地描寫現實關係，或側重於抒寫自我的情緒、感情或幻想（理想），或側重於表達作者的某種理念。茅盾的「不存一些主觀」的主張，在這裡，受到了他自己提出的另一些主張的挑戰。

　　再說，茅盾本身在文學批評的過程中，也並沒有做到「純客觀」。我們在本章第一節中曾經引用過茅盾關於文學批評的見解：「批評一篇作品，不過是一個心地率直的讀者喊出他從某作品所得的印象而已。」這種印象完全可以是精當的、準確的，是符合作品原貌的。但印象絕不可能是純客觀的。它是作品在讀者或批評家意識屏幕上的投影，而且是飽和著接受主體心理體驗、審美體驗的投影。而當接受主體將自己對作品的印象表述出來時，伴隨而出的，還有與印象相黏連的感覺、體驗和判斷。所有這些，都屬於主觀的範疇。它們並不與客觀對象物無緣，而是對客觀對象物所作出的反應。茅盾在《春季創作壇漫評》中對當時作品的評論，身體力行了他自己的「印象批評」的主張。他是這樣評說田漢的劇本《靈光》的：

　　　　我們只就他的腳本看去，覺得這篇劇本的動作是很好的，對話也都流暢；只是「角色的個性」不很明朗，張德芳和顧梅儷兩個人的口吻不大分得明白。又此篇中顧梅儷的舉動思想又很有點和「Violin and Rose」中的柳翠相像，這於創鑄「角色」一面，亦似尚欠圓到。又我讀了一過之後，只覺得伶俐有趣，而不起深刻的感覺；即對於篇中描寫災民苦況一段，也沒有深刻的悲哀的印象。〔註80〕

很顯然，茅盾評論《靈光》的著眼點是「感覺」、「印象」，哪裡有一點「純客觀」的影子？實際上，茅盾在心中早已設置了一根無形的標竿，這就是他衡量作品的依據。這根標竿要求：「角色的個性」要鮮明（實際生活中的人個性不一定個個鮮明，但人物進入作品，個性非鮮明不可）；這一作品中的人物與別一作品（自己的或別人的作品）中的人物不能相似和雷同；一個作品中的人物的口吻，要能彼此區分得很清楚。這些標準無疑都是很有道理的，但似

────────────

〔註80〕見《小說月報》第 12 卷第 4 號。

乎也可以說，其中包含了茅盾對文學的理解，包含了他的主觀要求。當然，他的主觀理解和要求，又是與文學創作所必須遵循的藝術規律相吻合的。他以上評論之所以準確，恰恰不是因爲「純客觀」，而是因爲體現了主觀客觀相統一的原則。

第五個矛盾表現在：茅盾在提倡某一種主義時，常常發出互相並不和諧、並不合拍的兩種聲音。

我們知道，茅盾早期曾短期提倡過表象主義（象徵主義）。其依據是兩條：一是根據文學進化圖譜，文學是沿著古典──浪漫──寫實──新浪漫的線路發展的。「我們定然要走這路的。但要走路先得預備，我們該預備了。表象主義是承接寫實之後，到新浪漫的一個過程，所以我們不得不先提倡。」〔註81〕二是當時的社會人心迷溺，「不是一味藥所可醫好，我們該並時走幾條路，所以表象主義該提倡了」。〔註82〕以後一段話看，完全可以幾條路同時走，幾味藥一起服，不存在先提倡表象主義的問題；而按照文學進化圖譜，又有著嚴格的先後次序，不能一擁而上，同時提倡文學上的幾種主義。這不是構成矛盾了嗎？而按照茅盾在另一場合對中西文學發展所作的比較，西洋文學當時已進入到了新浪漫主義階段，而中國的文學卻還停留在寫實之前；據此，中國所應提倡的，無疑應是寫實主義。即使是爲提倡新浪漫主義做預備吧，也不應是跳過寫實提倡表象。如果那樣做，又與茅盾的「只能循序進化，不能跨過進化線路中的任何階段」的思想相牴觸。也許後來茅盾自己已有所覺察，於是就再沒有說過提倡表象主義一類的話。

茅盾在提倡新浪漫主義的時候，也存在著兩種聲音。一種是熱切地呼喚、倡導的聲音。對於這樣一種聲音，研究者已經非常熟悉，故不詳列。這裡只引一段論述：

> 能幫助新思潮的文學該是新浪漫的文學，能引我們到眞確人生觀的文學該是新浪漫的文學，不是自然主義的文學，所以今後的新文學運動該是新浪漫主義的文學。〔註83〕

上面這段話，發表於 1920 年 9 月。同年年底，茅盾在談到新浪漫主義

〔註81〕雁冰：《我們現在可以提倡表象主義的文學麼？》，《小說月報》第 11 卷第 2 號。

〔註82〕同上。

〔註83〕雁冰：《爲新文學研究者進一解》，《改造》第 3 卷第 1 號。

時，口氣變了：我「曾說新浪漫主義的十分好，這話完全肯定的弊端，我也時時覺得」。〔註84〕茅盾後面所說的話，異於前面所說的話，當然可以理解為修正，而不是自相矛盾。但是，茅盾在論述中的矛盾之處也還是存在的。他把新浪漫主義說成是「本著進化的原理」而出現的浪漫思想的「復活」。〔註85〕而如果是「復活」，就不能叫「進化」。「進化」與「復活」完全是兩碼事。茅盾曾經批評過舊浪漫主義文學「太誇張」，「太會說謊」。〔註86〕如果新浪漫主義是舊浪漫主義的「復活」，那末，不就意味著它也「太誇張」，「太會說謊」嗎？不就意味著新浪漫主義所標榜的「新理想」同舊浪漫主義的幻想也就失去了區別嗎？值得一提的是，「復活」之說出現過不止一次。在《為新文學研究者進一解》一文中，茅盾是這樣寫的：「十七世紀是 classicism 全盛時代，十八世紀變而為 Pseudo-classicism 開一條大路給近代文學，全靠這種精神。到現在還是這種精神；中間自然主義的暫時的興盛，只是受著科學方能說暫時的變態，科學既然不能解決社會上的問題而氣焰一矮，浪漫精神便又復活。」〔註87〕前面說浪漫思想復活，這裡又說浪漫精神復活。新舊浪漫主義的區別也就消失了。

提倡自然主義、寫實主義，是茅盾早期的極為重要的文學主張之一。其間的不和諧音更是十分明顯，極為突出。這一部分的內容，本書第七章第五節將詳加論述。

總起來說，茅盾早期先後提倡過好幾種主義。每提倡一種主義，都要論證一番該主義的重要作用，提倡該主義的必要性。心情熱切，言辭懇切。然而，有的時候，他又會沒頭沒腦地冒出這樣的話來：「現在我個人的意見，以為文學上分什麼主義，實是多事。」〔註88〕其實，他自己不就是熱衷於分主義的麼？不就是在分主義的基礎上，再決定提倡什麼主義和反對什麼主義的麼？怎麼能說是多事呢？這與他自身的行動之間，又構成了某種不和諧狀態。茅盾是主張「美在和諧」的。他的理論工程中諸多的不和諧，使人們多少感到了某種缺憾。諸如此類的缺憾，我們在魯迅的論述中就很難找到。可見兩位文學巨匠之間，在思想的縝密方面還是存在著一些差異的。

〔註84〕沈雁冰：《翻譯文學書的討論——覆周作人》，《小說月報》第 12 卷第 2 號。
〔註85〕雁冰：《文學上的古典主義浪漫主義和寫實主義》，《學生雜誌》第 7 卷第 9 號。
〔註86〕茅盾：《致周贊襄》，《小說月報》第 13 卷第 5 號。
〔註87〕見《改造》第 3 卷第 1 號。
〔註88〕沈雁冰：《翻譯文學書的討論——覆周作人》，《小說月報》第 12 卷第 2 號。

　　在以上五組矛盾中，第二、三、四三組都與自然主義的影響有關。在早期茅盾身上，自然主義的投影是異常明顯的。他的文學批評活動和自然主義的影響常常表現出這樣那樣的聯繫。但茅盾對左拉的自然主義並沒有全部照搬，而是有所保留的。保留表現在三個方面：一、茅盾反對左拉的「專在人間看出獸性」的偏見，他認為，即使在罪惡的黑暗社會中也潛藏著眞善美；二、茅盾對左氏的「實驗方法」之說是極力反對的，例如他說，「人生是不能放在試管裡化驗的」（既然如此，怎麼又將文學看成了科學呢）；三、茅盾對自然主義，從人生觀和創作方法上作了區分，他「所注意的，並不是人生觀的自然主義而是文學上的自然主義」，〔註 89〕「所要採取的是自然派技術上的長處」。〔註 90〕以上材料說明，茅盾對於自然主義，提倡中是有所批判的。但從茅盾當時的實際情況來看，似乎很難這樣說：他對自然主義的不合理的錯誤的部分，都已經作了揚棄；而他所吸取的，則都是合理的部分。左拉以「單純的事實紀錄者」自詡，茅盾主張「不存一些主觀」的客觀描寫。茅盾從左拉那裡吸取來的單純紀錄事實的思想，應該算是「不合理的錯誤的部分」呢，還是「合理的部分」呢？左拉表示：「我不想做政治家、哲學家、道德家。我做一個科學家就滿足了。」〔註 91〕他將描繪的人和事符合某一科學定理，作為自己孜孜追求的目標，以科學運用於創作，這是自然主義的重要的理論支柱。茅盾在這一根本問題上，恰恰是吸收了左拉的理論的主要部分。

三

　　茅盾早期文學批評觀內在矛盾溯源。時代條件的制約。對馬克思主義政治學說的接受和對馬克思主義文藝思想的接受的非同步性。茅盾早期文學批評觀的構成。四大板塊的逐項分析及綜合考察。茅盾早期文學批評觀的內在矛盾有其必然性。

　　茅盾早期文學批評觀出現內在的矛盾，理論與理論、理論與實踐之間，出現裂縫或牴牾，這並不奇怪。這些矛盾、裂縫和牴牾，並不能抹煞他的文學批評業績，也並不影響他後來最終成為文學巨匠。

〔註 89〕雁冰：《自然主義的懷疑與解答──覆周志伊》，《小說月報》第 13 卷第 6 號。
〔註 90〕同上。
〔註 91〕轉引自《西方文論選》（下）第 242 頁，上海譯文出版社 1979 年出版。

從茅盾所處的時代來考察，應當說，這一時代的許多客觀條件制約著茅盾早期的文學批評觀。這是一個思想活躍、矛盾複雜的時代。反對封建舊文學的鬥爭，使新文學的鬥士們在向西方尋找思想武器方面，顯得簡直有點饑不擇食。隨著十月革命的一聲炮響，馬克思主義傳到了中國。但畢竟是剛剛傳入，馬克思主義影響的面，一開始還是有限的。即使像早期茅盾，初步接觸了馬克思主義，但用馬克思主義作爲思想武器，觀察與思考社會問題，這是後來的事；觀察與思考文藝問題，當是更晚的事。從茅盾接受馬克思主義的實際情況來看，是接受馬克思主義的政治經濟學說在先，接受馬克思主義的文藝思想在後；是確立社會主義政治信仰在先，確立體現馬克思主義文藝思想的文學觀、文學批評觀在後。這中間，呈現出非同步性。似乎不能簡單地認爲，茅盾一接觸馬克思主義，就徹底馬克思主義化了；茅盾一接觸馬克思主義，他的文學批評就無可挑剔了。實際情況並非如此。

再則，在文學批評問題上，時代還不可能立即直接地向茅盾提供馬克思主義的文學批評論。當然不是說馬克思主義的文學批評論尚未問世，而是說，由於種種原因，馬克思主義文學批評論的論著尚未傳入中國。茅盾當時更多地是從別人介紹馬克思主義文藝思想的文章中，接受馬克思主義文學批評論的。別人的介紹和自己的理解是否符合馬克思主義文學批評論的本質，這都有待於實踐的檢驗。更何況，茅盾早期還大量地接受了西方的種種批評主義。茅盾回頭望去，結論是：「我國素無所謂批評主義」。〔註92〕既然如此，他就只能將目光投向異邦，只能「先介紹西洋之批評主義以爲導」〔註93〕了。茅盾的這一舉動，既使他大大地拓寬了視野，呼吸到了新鮮的空氣，他所進行的文學批評顯得靈動活潑，富於活力；但同時，又使他的文學批評觀顯得駁雜，難以自圓其說，甚至在關鍵之點也常常出現這種狀況。應當說，在中國現代文學批評的草創時期，在理論思維尚處於幼稚階段的情況下，在對西方的思想學說兼收並蓄成爲時代風氣的環境中，茅盾的文學批評觀存在著深刻的內在矛盾，這並不是不可理解的。

從茅盾本身的思想來考察，也可以看到文學批評觀存在內在矛盾的必然性。依我之見，茅盾的文學批評觀，實際上是由幾個大的板塊組成的——

一是文學功能觀。文學並不是一種無爲的存在，也並不是載封建之道的

〔註92〕見《「小說新潮」欄宣言》，《小說月報》第 11 卷第 1 號。
〔註93〕同上。

工具。茅盾所說的文學功能，集中地體現在「為人生」上。這種文學功能觀，顯而易見，又通向茅盾早期的人道主義思想。

二是文學發展觀。前面我已經以足夠多的篇幅，講述了這樣一種客觀存在：茅盾的文學發展觀是與進化論思想密切相關的。

三是自然主義文學思想體系。毋庸諱言，左拉的自然主義對茅盾的文學批評觀影響相當大。不管怎麼說，茅盾對自然主義一度曾經熱衷過、倡導過，這恐怕是誰也不可改變的事實。在茅盾心目中，自然主義既是創作方法，又是美學範疇，還是判斷文學作品價值的標準。茅盾在當時條件下對自然主義的尊奉和倡導，以及在倡導過程中的思想上、表述上的矛盾，我們對此都不止一次地作過分析。

四是從思想和藝術著眼的批評標準。在具體表述上，茅盾有時同時強調了文學作品思想和藝術兩方面的重要性，有時只強調思想方面的重要，或只強調藝術方面的重要。綜觀關於這一問題的表述，時常可以見到閃光的思想，但缺乏總體把握，卻也不能不是一個不足。

如果我們對每一個板塊作單獨的考察，就已經可以見出茅盾早期文學批評觀中的某些自相矛盾之處了。例如第三、第四塊板所包含的矛盾。但人們總樂意於將這歸結為表述上的問題。由於表述上的偏頗終究只能算是十個指頭中的一個指頭，對此，也就不大有人深究了。這一點，我們姑且不論。

對每一個板塊作孤立的考察，這是一種切割式、分解式的考察。這種考察的好處是可以條分縷析，可以清晰地把握住各個局部；但不易發現各個板塊之間事實上存在著的矛盾，這又是這種考察方式本身所存在的弊病。

事實上，茅盾早期文學批評觀中的四大板塊是同時共存的。綜合的、立體的考察，就使我們看出問題來了：第一個板塊強調文學的功能、功利，而第二個板塊所推崇的表象主義、新浪漫主義，從其本質來講卻又反功利。當然我們可以說茅盾所提倡的表象主義、新浪漫主義，已和西方的正宗的表象主義和新浪漫主義不同，已經抽去了原汁原味，甚至可以說已經運用自己的觀點對此進行了改造。但這樣那樣的解釋讓人終覺勉強。實際上，並不存在著茅盾因發現表象主義、新浪漫主義與他的文學功能觀之間的矛盾，因而對表象主義和新浪漫主義進行改造的跡象。因此，茅盾對以上兩種主義的提倡，就從根本上違背了他的文學功能觀所體現的根本宗旨。

第二個板塊要提倡表象主義和新浪漫主義，而第三個板塊卻要求文學恪守

客觀。這就又造成了錯位。表象主義也好，新浪漫主義也好，都強調表現作家的主觀世界，都側重於表現作家的心靈。或通過主觀色彩很濃的象徵、意象來表現，或藉助理想、幻想與現實的尖銳對立來展開。對表象主義、新浪漫主義的倡導，怎麼能引出文學恪守客觀、文學批評恪守客觀的結果呢？這不是明顯的矛盾又是什麼？或許有人會說，茅盾提倡自然主義、強調恪守客觀，與提倡重主觀的表象主義、新浪漫主義，這中間有一個「時間差」。事實並非如此。茅盾發表《我們現在可以提倡表象主義的文學麼？》一文，亮出「表象主義是承接寫實之後，到新浪漫的一個過程，所以我們不得不先提倡」的觀點，時間是1920 年 2 月；而他撰文要求文學者「沒有一毫私心不存一些主觀」，是 1921 年1 月的事。其間他所寫的《文學上的古典主義浪漫主義和寫實主義》一文，對重主觀的新浪漫主義也仍然是極力褒揚的。可見，前面所說的「時間差」並不存在。矛盾是明擺著的，材料本身就很能說明問題。

再說第三個板塊和第一個板塊之間，也存在著矛盾。文學家如果在對表現生活、表現人生的問題上抱定客觀主義的態度，那麼，他所創作的作品，就不可能在功能和功利方面符合茅盾早期的要求。茅盾早期的文學功能觀，反對的是將文學當作載封建之道的工具（這也是一種功能觀，但與茅盾的功能觀背道而馳），反對的是將文學當作個人失意時的消遣品（這個意義上的文學其實也有某種功能，但並不是茅盾所要求的功能），反對的又是文學無目的論（這樣的功能觀更多的是從與創造社成員的論爭中表現出來）。文學要實現「為人生」的功能，文學對於人生必然要取積極參與、干預的態度，文學在人生的痛苦和社會的不平面前不可能冷眼旁觀、無動於衷，即使想要保持純客觀也決無可能。

茅盾早期文學觀中第四板塊的思想，大都通過對具體作品的評論體現出來。載於《小說月報》第十二卷第八號（1921 年 8 月出版）的《評四、五、六月的創作》一文，對當時文壇湧現出的新作進行了全景式的攝錄和評論。文章最後這樣寫道：「我承認凡是忠實表現人生的作品，總是有價值的，是需要的。我對於現今的戀愛小說不滿意的理由卻因為這些戀愛小說也都不是自然主義的文學作品。」這段話中沒有提到文學批評標準的概念，卻又體現了茅盾內心用以估量作品價值的標準。這與早些時候的「文學是思想一面的東西，這話是不錯的。然而文學的構成，卻全靠藝術」〔註94〕的說法不甚相吻。

〔註94〕見《「小說新潮」欄宣言》，《小說月報》第 11 卷第 1 號。

更爲重要的是，按前面引述的這段文字的意思，只要是忠實表現人生的作品，藝術上如何是無關緊要的，這就降低以至取消了對作品的藝術質量的要求。看來，對作品功能的過分強調，必然導致削弱作品藝術要素的結果。再則，將戀愛小說寫成自然主義的文學作品，茅盾就能滿意了嗎？那樣處理，作品符合第三板塊思想觀點的要求，但用第四板塊所論及的批評標準來衡量，難道能通得過嗎？如此看起來，茅盾早期文學批評觀中的第四板塊，與第一、三兩個板塊之間，也存在著難以解決的矛盾。

　　基於此，我認爲：在茅盾文學批評觀的龐雜體系中，各個理論板塊之間尚缺少有意識的碰撞、消融和化解，尚未形成一個有機的整體。這才是矛盾難以避免的根本原因。如果我們只去用力尋找時代制約等等客觀原因，而不去潛心探討茅盾自身的內在原因，這難免就有隔靴搔癢的嫌疑。

　　從茅盾早期文學批評觀的發展來考察，我們又可以看到，茅盾早期文學批評觀的完善與成熟，有一個過程。成熟的標誌是 1925 年發表的《論無產階級藝術》。但成熟並不意味著消滅了理論與理論、理論與實踐之間的所有矛盾。舊的矛盾可能克服了，但新的矛盾卻又悄然而生了。

　　說了那麼多不免有苛責之嫌的話，說完了反覺更坦然。因爲我對茅盾始終懷著深深的敬佩之情；對他早期文學批評所作的兩面觀，只會使我更深刻地理解這位偉人。

　　這位偉人進行了一輩子實事求是的文學批評。他生前歡迎實事求是的批評，身後也不怕實事求是的批評。我想，事情就應當是這樣。

第六章　眞實・有用・和諧
——綜論茅盾早期的美學思想

一

並不以美學家身份出現的早期茅盾，留下了堪稱精深的豐富的美學思想。雖不有意爲之，但美學思想在早期已大體形成體系。茅盾早期美學思想的特點。茅盾早期美學思想的高峰。

在現、當代中國文壇上，茅盾並不是以美學家的身份出現的。然而他的美學思想，卻堪稱寶庫。早年的茅盾，還只是處於美學思想的發軔期。但他在美學方面所進行的探索，所取得的成果，所體現的活力，卻令人矚目。

茅盾早期的美學思想，包含著豐富的內容。他探索過美的本質問題、美的原素問題、美感的生成問題、文學文體的藝術美問題、文藝的美感屬性問題，等等。誠然，他並沒有給我們留下過系統的美學論著。然而，無可否認，他是當時較多涉足美學領域者之一。如果我們把他的散見於多種報刊的有關論述集中起來，加以梳理，加以歸納，我們將可以得到茅盾早美學思想的成串珍珠。

如果我們進而認眞揣摩，將可以發現茅盾早期美學思想的諸多特點：

第一，零散中可見出相對的完整性。除少數篇什以外，大多數情況是在談其他問題時順帶提到了美學問題。有時發揮得較爲充分，有時只是點到爲止。但其涉及面極寬，表現出對於美學的一系列重大問題都有所思考，並時有獨到的見解。

第二，精粗相雜，瑕瑜互見。早期，畢竟不是成熟的時期。這一時期茅盾的總體思想就充滿著矛盾。作為總體思想的一個構成部分的美學思想，倘若沒有一點矛盾，相反倒是不可思議的。加之茅盾早期美學思想的構成成分的來源也很複雜，借鑒過程中兼收並蓄了正確的和不那麼正確的東西也是常有的事。更何況，當時的中國剛剛跨入現代，現代美學不要說遠未到達自覺時代，就連馬克思主義美學思想也還很少傳入。在這樣的基礎上，從事美學研究方面的開拓工作，實在是步履維艱。

第三，茅盾早期的美學思想，其發展，既受制於早期的人道主義和進化論思想，又受制於在他身上日漸發生影響的馬克思主義。茅盾早期的美學思想，不是與他當時的其他因素相隔絕的孤立的存在。離開了應當考慮的制約因素，孤立地考察其美學思想的發展，那樣畫出的軌跡往往是不準確的。當然，茅盾的美學思想也會反過來影響其他思想因素的發展變化。

第四，美學思想與階級意識呈不平衡狀態。具體地說，在其階級意識尚未覺醒時，其美學思想所達到的水準並不低；當他在階級意識方面出現昇華和飛躍之時、之後，在對美學問題進行論述時，固然提出了許多前所未見的精闢見解，但從總體上說，並未出現可以與階級意識的昇華和飛躍對應的那種景觀。甚至，還出現了美學思想方面的「滑坡」現象。這是一種耐人尋味的現象。

那末，茅盾早期美學思想的高峰出現在哪一段時間中呢？問題的答案可能不是絕對的。在提倡「為人生的藝術」這個階段，茅盾的樸素的唯物主義美學觀達到了高峰（這裡面，包括對真實的極端重視和強調，對藝術目的論的闡述，對超功利主義及狹隘功利主義和忽視藝術美的傾向的匡正，等等）。而在倡導「無產階級藝術」的階段，茅盾在審美意象的探討方面達到了高峰。兩座高峰，表明茅盾早期美學思想可謂不同凡響。

二

　　茅盾早期美學思想的主要內容。三角關係：「美」、「好」即「真」。別具一格的表述。美與功利。既反對超功利主義，又反對狹隘功利主義和忽視藝術美的傾向。探尋美的構成的原素。創造的原素。作家自己獨具的風格。好的作品必須具備的三個條件。整齊和調諧。作品的神韻。

　　茅盾早期的美學思想，主要涉及到以下幾個方面——

　　一是探討了美與眞善的關係。

　　早期茅盾對眞、善、美三者關係的理解和闡述是頗具個性特點的。他在爲《小說月報》部分改革而寫的《「小說新潮」欄宣言》中提出了這樣的見解：「最新的不就是最美的、最好的。凡是一個新，都是帶著時代的色彩，適應於某時代的，在某時代便是新，唯獨『美』、『好』不然。『美』『好』是眞實（Reality）。眞實的價值不因時代而改變。舊文學也含有『美』『好』的，不要抹煞。所以我們對於新舊文學不歧視……」〔註 1〕在這裡，「好」也就是「善」的意思。這是茅盾著述中較早觸及眞善美三者關係的一段論述。值得注意的是這樣兩點：一、在眞善美三者之中，茅盾十分強調「眞」。也許是爲了表示對「眞」的熱切呼喚和對「假」的強烈憎惡吧，他將「美」「好」與「眞實」直接等同了起來。這一命題意在強調：美的和善的，一定須是眞的。茅盾推崇最大的目標是「眞」的自然主義，讚賞自然主義者所持有的「不眞的就不會美」的觀點。〔註 2〕可以毫不誇張地說，茅盾的受自然主義影響而形成的這一美學見解，對於當時充斥於世的專事瞞和騙的虛假的封建文學，無疑是強有力的衝擊波。二、在眞善美之外，又引進了「新」這一概念。在茅盾看來：「新」是要隨時代而移易的。「眞」的價值卻不因時代而改變。「新」的如果不「眞」，就稱不上「美」「好」；舊的如果不失其「眞」，則必定包含著「美」「好」。在本世紀二十年代初期，在形形色色的新思潮紛至沓來、泥沙俱下的情況下，茅盾能堅持以「眞」爲準繩，而不以「新」爲尺度，來衡量美不美，善不善，應當說，他是具有思想深度和美學眼光的。同時，他對於「眞」、「善」、「美」、「新」四者關係的認識，也避免了對舊文學的全盤否定的極端態度。但整個這段論述的科學性如何，還是很值得推敲的。這個問題，本章第五節將加以分析，這裡暫按下不表。

　　二是探討了美的功利性問題。

　　美是具有功利目的的，還是超功利的？這在二十年代的開初幾年，一直是一個爭論不休的問題。對此，茅盾的態度始終是極爲明確的。如果說魯迅在他文學生涯的起步階段，在反對審美過程中個人狹隘的實用態度時，曾籠

〔註 1〕　見《小說月報》第 11 卷第 1 號。
〔註 2〕　沈雁冰：《自然主義與中國現代小說》，《小說月報》第 13 卷第 7 號。

統地否定過藝術的功利性的話，那麼我們可以說，遲於魯迅起步的茅盾，從他走上文學道路的一開始，就抱定了功利主義美學觀。我們並且可以說，茅盾在與鴛鴦蝴蝶派、名士派的鬥爭中，在與創造社的論爭中，提功利主義美學觀，闡發得辯證而又透徹，從而顯示出非凡的才能。

茅盾對功利主義的美學觀的闡發，可分解爲這樣兩個思想層次。

第一個思想層次：反對超功利主義。

這條紅線，貫穿於茅盾早期思想的始終。

我們知道，茅盾早年是力主爲人生的藝術的。他執著於「爲人生的藝術」，這實際上體現了他的功利主義美學觀；而對超功利主義的藝術主張的否定，實際上也是對超功利的美學觀的否定。早在 1920 年，茅盾在《現在文學家的責任是什麼？》一文中，就明確指出：「文學是爲表現人生而作的」。〔註3〕這是他對文學宗旨的簡要說明。在同一篇文章中，他對表現人生的文學作了如下限定：不是供貴族階級玩賞的，不是「濃情」和「艷意」做成的，不是茶餘酒後消遣的東西。〔註4〕茅盾的文學功利觀是這樣鮮明，他與超功利主義者之間的衝突，實在是無可避免的。當時，超功利主義的美學觀、藝術觀十分盛行。一方面，西方唯美主義在我國很有市場；另一方面，封建文人把文學當作消遣品的觀念仍然在發生著影響。唯美派「痛罵文學的社會傾向，以爲是功利主義，是文學的商品化」；名士派「毫不注意文學於社會的價值。他們的作品，重個人而不重社會；所以多拿消遣來做目的」。〔註5〕他們成天吟風弄月、「醉罷美呀」的，在文壇上掀起了一股逆流。對文學的社會功利的問題，新文學的鼓吹者們的認識也並不完全一致。當時的創造社，在藝術的功利問題上，同文學研究會主要是茅盾，發生了一場筆戰。可能是爲了強調藝術的特徵吧，創造社的主要成員在論爭中堅持「藝術無目的」的觀點，他們在當時發表的一組文章中，反覆強調了這種觀念。郭沫若在《文藝之社會使命》一文中說：「藝術本身無所謂目的」，「文藝也如春日之花草，乃藝術家內心之智慧的表現。詩人寫出一篇詩，音樂家譜出一個曲，畫家繪成一幅畫，都是他們天才的自然流露：如

〔註3〕見《東方雜誌》第 17 卷第 1 號。
〔註4〕同上。
〔註5〕沈雁冰：《什麼是文學——我對於現文壇的感想》，松江暑期演講會《學術演講錄》第 2 期（1924 年出版）。

一陣春風吹過池面所生的微波，是無所謂目的。」成仿吾在《新文學之使命》中說：「至少我覺得除去一切功利的打算，專求文學的全 Perfection 與美 Beauty 有值得我們終身從事的價值之可能性。」這樣，茅盾實際上面臨著新文學運動外部和內部兩個方面的挑戰。

正是在激烈的鬥爭和論爭中，茅盾的功利主義美學觀得到了充分的闡發，在美學領域的這一重要問題上，他達到了比較高的境界。他十分肯定地說：「文學的最最大功用，在充實人生的空泛。」〔註6〕而唯美派——實際上也就是名士派的變種——「所崇拜的是無用的美。」〔註7〕茅盾在對唯美派的批評中，透露了這樣的意向：美須有用。幾年以後，也就是 1925 年，茅盾在《告有志研究文學者》一文中，更是明確地提出：「使人從卑鄙自私殘忍而至於聖潔高尚犧牲的精神，便是美所給予的效果。」〔註8〕能產生如上效果的美，不言而喻，也就是他所希冀的有用的美了。進入作家視野的，有自然景物，也有社會生活。在自然與社會這兩者面前，作者應專注於哪方面呢？在茅盾看來，無疑，應專注於後者。茅盾在 1921 年寫的《評四、五、六月的創作》中，這樣批評了文學界提倡讚美「自然美」的流弊：「進了鄉村便只見『自然美』，不見農家苦」。他表示：「我就不相信文學的使命是在讚美自然。」〔註9〕因為他心中有著這樣一種估計：文學在黑暗的社會環境下，總是趨於政治和社會的；即使是像保加利亞的伐佐夫那樣的讚美自然的詩人，「因為環境的影響」，他的作品也「自然而然成為社會的與政治的」。〔註10〕我們沒有權利責備茅盾將文學與政治、社會捆在一起，因為在當時，對於文學和文學家來說，並沒有七寶樓台可以棲息。對文學提出趨於社會和政治的要求，是天經地義的。這樣，茅盾以不屑的口氣所說的下面一段話，也就不難理解了：「若有人以為這（筆者注：指文學趨於政治與社會）就是文藝的『墮落』，我只能佩服他的大膽，佩服他的師心自用而已！還有什麼話可說呢！」〔註11〕茅盾力排眾議，堅持功利主義觀點，確

〔註 6〕沈雁冰：《什麼是文學——我對於現文壇的感想》，松江暑期演講會《學術演講錄》第 2 期（1924 年出版）。
〔註 7〕同上。
〔註 8〕同上。
〔註 9〕見《小說月報》第 12 卷第 8 號。
〔註 10〕沈雁冰：《文學與政治社會》，《小說月報》第 13 卷第 9 號。
〔註 11〕同上。

實令人佩服。但是應當指出，在立論過程中，只要稍稍忽視藝術本身的特點和規律，就可能出現另一種偏向。在面對社會現實的時候，只要是存在著階級的對立，人們對社會生活中的是非美醜自然會有截然不同的理解。茅盾在經歷了慘不忍睹的「五卅」事件後，尖銳地指出：「不能只把合於特權階級的脾胃的、立足在他們的思想方式的，算作美。」〔註12〕這句話的意蘊是豐富的：一是說，合於被特權階級剝奪的階級的脾胃，立足在這些階級的思想方式的，未必就不美；二是說，合於特權階級脾胃的，不見得就美。這時，茅盾所堅持的功利主義，實際上已經呈現出階級論的色彩了。

第二個思想層次，既反對超功利主義，又反對狹隘功利主義和忽視藝術美的傾向。

這一層面所涉及的內容，比較複雜。反對忽視藝術美的傾向，早期的茅盾，前半段做得較為出色（這就是我們所說的一個高峰）；而後半段則較為遜色（當然後半段又在另外的方面形成了高峰。前後兩段在這一點上不能等量齊觀）。

茅盾早期在倡導為人生的藝術時，同時反對了處在對立的兩極上的錯誤傾向：他既以毫不妥協的態度反對超功利主義傾向（前文論述已詳，這裡不再贅述）；又以辯證法為指導，反對狹隘的功利主義以及只講功利、不求美感的傾向。狹隘的功利主義，或者以文學為載封建之道的工具，或者將文學當成「極端的人生的藝術」。茅盾在他開始文學活動之後的幾年裡，每每激烈地抨擊封建的載道文學。他的《「大轉變時期」何時來呢？》一文則表明，他既決然反對那些全然脫離人生的而且濫調的中國式的唯美的文學作品，同時又反對托爾斯泰所主張的「極端的人生的藝術」。〔註13〕「全然脫離人生」不可取，「極端的人生藝術」也不值得讚揚。這就是茅盾的藝術功利觀，滲透著辯證法思想的藝術功利觀！茅盾對「為人生的藝術」，既有功利上的要求，又有美學上的要求。他對「把藝術當作全然為某種目的而設」的論調和做法的否定，其態度之鮮明、堅決，絕不在「藝術派」之下。他猛烈地抨擊那些粗製濫造、缺乏藝術性的、「文字淺易，看起來不費力」的所謂小說：「人類所以要藝術品就為的要滿足他的複雜的情緒要求；文藝作品的小說而以淺易不費力為目的，豈不是笑話！」〔註14〕

〔註12〕見《學生雜誌》第 12 卷第 7 號。
〔註13〕見《文學》週報第 103 期（1923 年 12 月 31 日）。
〔註14〕沈雁冰：《雜談》，《時事新報‧文學旬刊》第 65 期（1923 年 2 月 21 日）。

以上兩個思想層次合起來，就構成了茅盾早期在倡導「爲人生而藝術」這一時間段上的完整的藝術功利觀。作爲茅盾早期樸素的唯物主義美學觀的一個組成部分，社會功利觀發射出了奪目的光彩。

三是探討了構成美的原素問題。

茅盾早期的美學思想，是在文學作品的翻譯、鑒賞和批評實踐中，得以發揮，得以豐富的。反過來，我們是不是也可以這樣說，他將美學原則有意識地運用於當時的文學實踐，從而推動了當時的創作、翻譯和文藝批評，作出了巨大的貢獻。

1.「創造的原素愈多，便愈美。」

在茅盾看來，美總是和創造聯繫在一起的。他強調創造，反對模仿。這一思想，可以追溯到 1918 年。他在最早的政治論文之一《一九一八年之學生》一文中說過：「我謂今後之學生。當以摹擬爲愧恥，當具自行創造之宏願。」〔註 15〕這當然並不是在闡述美學上的命題，但他以後所反覆闡明的「從創造中得美」的思想，卻不能不說是與此一脈相承的。數年以後，茅盾在《獨創與因襲》一文中說：「舊文學最顯明的弊病是因襲與模仿。」〔註 16〕針對這種弊病，他指出：「文學貴在『創作』，文學不能不忌同求異。人家用過的，我固不必去拾唾餘；就是我自創的，被別人或自己用熟了時，也得割愛。」〔註 17〕1924 年，在與反對白話文的封建復古派的鬥爭中，茅盾從美學的角度，把「創造」提到了很高的位置。他以古代詩人用「螓」、「蛾」等字來形容女子頭面的美麗爲例，說明這樣一個道理：第一次用這些字，讀者感到說不出的美；後來的詩人陳陳相因，就只能令人生厭了。基於此，茅盾歸結出如下公式：創造的——所以就美；模仿的——所以不美。〔註 18〕他將命題繼續往前推進：「文章的美不美，在乎他所包含的創造的原素多不多。創造的原素愈多，便愈美。」〔註 19〕他把由創造所造成的，稱爲「眞美」；把由模仿所造成的，稱爲「假美」。〔註 20〕他要人們愛「眞美」，「從創造中得美」。〔註 21〕「從創

〔註 15〕見《學生雜誌》第 5 卷第 1 號。

〔註 16〕見 1922 年 1 月 4 日《時事新報・學燈》。

〔註 17〕同上。

〔註 18〕沈雁冰：《雜感——美不美》，《文學》週報第 105 期（1924 年 1 月 14 日）。

〔註 19〕同上。

〔註 20〕同上。

〔註 21〕同上。

造中得美」，這是達到藝術美的正確的途徑。藝術，就其本質而言，是一種創造。離開了創造，便無所謂藝術。「從創造中得美」，「並不是說別人用慣或用過的東西，我們一概屏棄不顧」。〔註22〕而是說，對此「不要生吞活剝」，要「將他們消化，以供己用」。〔註23〕這樣，茅盾在強調「創造」的過程中，就避免了當時的一般論者所難以避免的拒絕一切借鑒的片面性，以及否定遺產的虛無主義。「從創造中得美」，那就不應圍於凝固不變的框框，搞所謂美的「標準格式」。「如果我們只認西施的臉是美臉的標準格式，而把其餘不合於西施的臉之長短闊狹，五官位置的美臉都斥之為非美臉，請問通嗎？」〔註24〕「從創造中得美」，也絕不是一味趕時髦。茅盾以犀利的筆觸批評了那些趨時的小說家：「他們本來不是研究文學的人；看了一部《紅樓夢》幾部林譯愛情小說便欲提筆做寫情小說了；看了英文的六辨士小說便也半通不通的翻譯了；現在是偵探小說最時髦，他們就成了偵探小說家；現在是哀情小說時髦，他們就成了哀情小說家」。〔註25〕他憤憤地斥責這些所謂的小說家：「非特無益，反又害之！」〔註26〕這樣，茅盾又將「創造」同趨時嚴格地劃清了界限。毫無疑義，茅盾的上述一系列見解是極為精到的，在反對因襲的文學方面有其重要意義。然而在具體表述上，還有可以討論的地方。把美不美僅僅同創造原素的多寡聯繫起來考察，似乎是並不十分恰當的。「美」無疑要在「創造」中求得，但並不是任何「創造」都一定能帶來美的。這裡面，不僅有一個同旁人已過有的東西及自己用過的東西相異的問題，而且有一個按什麼法則去進行創造的問題。因此，「創造中得美」的思想，固然是極為可貴的，但「創造的原素愈多就愈美」，卻並不是一個準確的命題。

2.「真正的作家必有他自己獨具的風格」。

茅盾認為：「真正的作家必有自己獨具的風格，在他的作品裡，必能將他的性格精細地透映出來。文學所以能動人，更在這種獨具的風格。」〔註27〕茅盾能如此強調作家形成自己獨特的個人風格的重要性，這表現了他的卓

〔註22〕 見 1922 年 1 月 4 日《時事新報‧學燈》。

〔註23〕 同上。

〔註24〕 郎損：《駁反對白話詩者》，《時事新報‧文學旬刊》第 31 期（1922 年 3 月 11 日出版）。

〔註25〕 佩韋：《現在文學家的責任是什麼？》，《東方雜誌》第 17 卷第 1 號。

〔註26〕 同上。

〔註27〕 見 1922 年 1 月 4 日《時事新報‧學燈》。

識；而他將風格與個性聯繫起來考察，這就更是難能可貴了。在藝術上他要求於作家的，是作品中要有「自己」。他對「忘了自己」（實際上也就是缺乏個性）的作品頗爲不屑。他認爲，學古人和仿時人，只會導致「偷了人家的風格」而「忘了自己」。〔註28〕他主張：通過表現自己的性格來展現自己獨具的風格；如果「沒有力量表現自己，便不做文章」。〔註29〕文必「表現自己」，這眞可謂道明了風格的眞諦。沒有精深的美學思考，這樣的警句是說不出來的。那末，怎樣形成獨具的風格呢？「風格底高下，大概憑著天才的高下，不可十分勉強，最好因其自然，盡量發展，不必助長。」〔註30〕風格與天才、稟賦確有聯繫，這是沒有疑問的；但說風格取決於天才，似乎不大說得通。因爲後天的努力在風格的形成中，畢竟也是起很大作用的。茅盾早年論及風格時，不乏精到之見，但這些論述又並不完全符合唯物論。

3.「凡是好的作品」一定具備「三個條件」。

什麼樣的文學作品，才是具有美的魅力的好作品？茅盾提出了如下三個原則：「（一）文學的組織愈精密愈好。（二）描寫的方法愈『獨創』愈好。（三）人物的個性和背景愈顯明愈好。」〔註31〕

茅盾要求文學作品，須有精密的組織、結構。他稱道出現於 1921 年春季文壇的謝寛的小說《希望》：「篇幅雖短，但結構精密」，〔註32〕而批評那些缺乏精密的組織的小說實爲「粗製的流水帳式的事實的集合物」。〔註33〕這類「事實的集合物」式的作品，思想方面不會有多大的價值，自不待說。藝術方面呢？「惟求報帳似的報得清楚。這種東西，根本上不成其爲小說。何論價值？」〔註34〕說得妙極！

小說需要採用「描寫手段」，而且，「描寫的方法」是「愈『獨創』愈好」。可是，當時文壇上的許多藝術上低劣的小說，要麼是沒有描寫（就是有描寫，也不能引起美感），要麼是因襲前人的描寫。正如茅盾所批評的，這些小說的作者「喜歡詳詳細細敘述一件事情的每個動作，而不喜——恐

〔註28〕見 1922 年 1 月 4 日《時事新報・學燈》。
〔註29〕同上。
〔註30〕同上。
〔註31〕沈雁冰：《雜感》，《時事新報・文學旬刊》第 65 期（1923 年 2 月 21 日）。
〔註32〕郎損：《春季創作壇漫評》，《小說月報》第 12 卷第 4 號。
〔註33〕同註 31。
〔註34〕沈雁冰：《自然主義與中國現代小說》，《小說月報》第 13 卷第 7 號。

怕實在亦即是不能——分析一個動作而描寫之」。〔註 35〕他以具體作品爲例，否定了「直記連續的動作」、「沒有一些描寫」的做法；並作爲讀者，談了閱讀這種記帳式敘述所獲得的感受：「只覺得眼前有的是個木人，不是活人。」〔註 36〕那麼，應當進行怎樣的藝術處理呢？應像眞正的藝術家那樣根據人類的頭腦能聯想能受暗示的特點，從許多動作中揀出一個緊要的來描寫一下，以表現那人的內心活動」，使人受暗示，生聯想，「覺得親切有味」。〔註 37〕這樣「寫在紙上的一段人生，才有藝術的價值，才算是藝術品」。〔註 38〕這段論述，實際上已把美學觸角伸進了心理學的領地，觸及審美心理這一較深的層次。進而言之，文學作品雖有描寫，但只是缺乏獨創性的描寫，這也仍然是不能令人滿意的。若「描寫」的方法是抄襲的，甚至連「描寫」的字句也是抄襲的，又怎能引起讀者的美感呢？

「小說的骨幹」「在有『人物的個性』和『背景的空氣』」。茅盾認爲，要想使一篇小說出色，「專在情節佈局上著想是難得成功的，應該在人物與背景上著想」。〔註39〕他褒揚「人物的個性是不同的，背景的空氣是不同的」小說，〔註 40〕稱道這樣的小說「各有其面目，各能動人」。〔註 41〕他針砭千部一面，相互雷同，缺乏個性的小說：「所創造的人物又都是一個面目，那些人物的思想是一個樣的，舉動是一個樣的，到何種地步說何等話，也是一個樣的。不但書中人物不能一個有一個的個性，竟弄成所有一切人物都只有一個個性。」〔註 42〕茅盾不僅重視人物個性的刻劃，而且注重背景的描寫。他要求作品中的背景同人物相「調和」，而「借來的人物配上自造的背景是一定不能調和的」！〔註 43〕這樣寫出來的作品，勢必就沒有活氣！茅盾七十年前發表的意見，即使在今天，對我們仍然有著啓迪意義。

4.「美無非是整齊和調諧。」

茅盾直接探討了美的構成要素，提出了「美即整齊、調諧」的命題。他

〔註35〕沈雁冰：《自然主義與中國現代小說》，《小說月報》第 13 卷第 7 號。
〔註36〕同上。
〔註37〕同上。
〔註38〕同上。
〔註39〕沈雁冰：《雜談》，《時事新報・文學旬刊》第 65 期（1923 年 2 月 21 日）。
〔註40〕同上。
〔註41〕同上。
〔註42〕見《小說月報》第 12 卷第 8 號。
〔註43〕郞損：《新文學研究者的責任與努力》，《小說月報》第 12 卷第 2 號。

是這樣來表述的：「『整齊』與『調諧』是美所不可缺的要件」，〔註44〕「美無非是整齊（或換言之，是各得其序）和調諧」。〔註45〕也許正是基於這種認識，他談到文學作品的組織結構，特別強調諧調、勻稱、完整。茅盾根據自己的美學觀，揭示了「文學所從構成的原素」（即：一、我們意識界所生的不斷常新而且極活潑的意象；二、我們意識界所起的要調諧要整理一切的審美觀念），又分析了文學作品的形成過程。在此基礎上，他指出：「那些集團的意象的和諧程度愈高，便是那『文學』愈好。」〔註46〕這段文字，實際上也就是「美無非是整齊和調諧」的美學命題在文學上的延伸。然而，這恐怕不能算是成功的延伸。作品的審美價值是由多種因素決定的。和諧是美的一個條件，但並不是唯一條件。由於多種因素的交互作用，和諧與美並不就是「愈高」「愈好」的正比例關係。

5.「文學作品最重要的藝術色就是該作品的神韻。」

茅盾早期美學思想，汲取了中國古典文論中的精華。他把「神韻」作爲作品最重要的藝術色加以強調。他是深諳藝術規律的妙諦的。在「神韻」與「形貌」這一組矛盾中，哪一個側面顯得更重要一些呢？茅盾的回答是：「文學的功用在感人（如使人同情使人慰樂），而感人的力量恐怕是寓於『神韻』的多而寄在的『外貌』的少。」〔註47〕因此，在翻譯外國文學作品的過程中，如果「神韻」和「形貌」未能兩全，那末，「與其失『神韻』而留『形貌』，還不如『形貌』上有些差異而保留了『神韻』」。〔註48〕因爲這樣做，就保留了作品最重要的藝術色。不能「捨本逐末」，而應「捨末逐本」。茅盾的見解不可不謂深刻。

四是探索了審美活動的心理因素。

對文學藝術作品的欣賞和批評，是一項審美活動。而審美活動又有著繁雜的心理內涵。茅盾早期在探討美學問題的過程中，觸及審美心理這一較深的層次。茅盾是一位目光非常敏銳且時常能發出精闢見解的批評家。他曾經談到自己作爲讀者、作爲接受主體所喜歡閱讀的文學作品：「凡不爲遊戲玩世，不爲諛人，不爲自發牢騷，而赤裸裸地寫作者所見所感的文學作品，我

〔註44〕見《學生雜誌》第 12 卷第 7 號。
〔註45〕同上。
〔註46〕同上。
〔註47〕沈雁冰：《譯文學書方法的討論》，《小說月報》第 12 卷第 4 號。
〔註48〕沈雁冰：《雜感》，《時事新報・文學旬刊》第 76 期（1923 年 6 月 12 日）。

們都喜歡讀而且時時盼望多讀。」〔註49〕這段議論道出了茅盾閱讀作品的期待視野。這種期待視野，既受到主體的功利觀的制約，又受到主體的審美心理的驅使。而在審美心理中起作用的是情緒。茅盾認為：「好的文學作品所以能稱為好，全賴其有普通人聞之能感的情緒，而這種情緒卻又必須是深刺人心的，永久要在靈魂中起波瀾的」。〔註50〕在《獨創與因襲》一文中，茅盾又提出了「意緒」說。他直接談的是「用詞與表現式」，探討的卻是審美的心理體驗：「用詞與表現式以新鮮活潑為貴；活潑，才有『意緒』可尋，才能引起讀者強烈或微渺的興趣。文學底美雖不全靠這個，但這個至少是它的一個主要成分。」〔註51〕前一段論述著眼於情緒。這種情緒能在作者和讀者之中架起橋樑，形成刺激，掀起波瀾。作品把讀者的情緒調動起來了，讀者為之嘆服。「意緒」說比「情緒」說又進了一步。「意緒」，既指審美主體在欣賞文學作品的過程中所產生的意念，也指情緒、情感。茅盾通過「用詞與表現式」的「活潑」，將「意緒」與「興趣」相聯結。而「興趣」更多地是一種審美的效應。是驅使審美主體對審美對象作出首肯、喜愛、青睞等等反應的心理動因。儘管審美對象的形式各不一樣，倘若它要被審美主體當作美的東西接受，不排斥它還必須具備其他條件，但有一點是肯定的：它必須引起主體的「意緒」和「興趣」。接受主體的情感、情緒是有差異的；對於某一特定的主體來講，其情感和情緒又不是凝固不變的。茅盾說：「我常以為一篇小說，各隨讀者性格情感之不同而生各別的印象：自己煩悶，最喜歡看描寫青年煩悶的小說，常與自然界接近的人便喜歡看讚美自然的作品。」〔註52〕看來，茅盾注意到了審美主體與審美對象之間的感應相通。有了這種感應相通，後者才能得到前者的「喜歡」；反過來說，前者才能從後者那裡獲得審美快感和愉悅。那麼，造成這種感應相通的內在依據是什麼呢？是審美對象與審美主體性格的「合」、「情感」的合。由於這種「契合」，審美主體對審美對象作出的反應，就不是抵拒，而是「喜歡」。與「意緒」說不同的是：茅盾的以上論述，在「情感」、「興趣」以外，而又引入了「性格」這一個不可忽視的因素。

〔註49〕沈雁冰：《雜感》，《時事新報・文學旬刊》第 76 期（1923 年 6 月 12 日）。

〔註50〕馮虛：《〈對於介紹外國文學的我見〉底我的批評》，1921 年 10 月 9 日《民國日報・覺悟》。

〔註51〕見 1922 年 1 月 4 日《時事新報・學燈》。

〔註52〕沈雁冰：《通信》，《小說月報》第 13 卷第 6 號。

三

茅盾早期美學思想受制於其早期思想中的諸多因素。進化論思
想、人道主義思想、左拉自然主義對茅盾早期美學思想的影響。
茅盾早期美學思想的演變發展。發展的階段劃分和大致輪廓。

　　茅盾早期的美學觀，不是一個孤立的、封閉的體系，是受他早期思想中
的諸因素制約的，又是隨著他早期思想的發展而發展的。

　　我們如果將茅盾早期美學觀和早期進化論思想聯繫起來考察，就不難發
現：兩者之間並不是毫不相干的；茅盾的早期美學觀，打著進化論思想的印
記。這主要體現在他對以下兩大問題的探究上：一、如何求得社會生活領域
中的美、善？二、如何求得文學藝術領域中的「美」、「好」？在探索第一個
問題的過程中，茅盾先敘述了尼采的道德論：「他敢於說『慈善』不是好東西，
『憐憫』不是好東西！他認爲人生是競爭的，是向上的；他對於現社會的組
織、道德，即至於『人』都不滿足，他有他心目中的『超人』，爲欲達到這個
『超人』的目的，就犧牲了現在一切愚的弱的，都不要緊；毀了壞的，做成
好的，有什麼不上算？」〔註53〕茅盾評判道：「人類固定求進步，但進步不一
定從競爭——強吞弱——得來，愚的弱的、社會的齷齪面孔，固是進步的一
個大障礙，固是消滅『美』和『善』的，但不一定去了弱的愚的就可以達到
『善』和『美』——超人。」〔註54〕「強吞弱」的競爭不一定能達到「美」
和「善」。那末，應怎樣才能到達這個境界呢？茅盾認爲，應取克魯泡特金的
互助說——「人生是互助，因互助而得進化」。〔註55〕他相信，靠著互助，人
類就能達到至美至善的境界。茅盾在探索第二個問題時，寫下了「最新的不
就是最美的，最好的……」這樣一段很爲別緻的文字。有的同志評價說：「這
裡，茅盾不僅對新文學的『新』作了精闢的解釋，重要的是指出了『眞』、『好』、
『美』三者統一的藝術標準。試圖從文學的本質上和發展上揭示五四新文學
應遵循的藝術規律。」〔註56〕說茅盾在寫這段文字的時候就已經提出了「眞」
「好」「美」三者統一的藝術標準，我不敢苟同，這裡姑且不談。在此，我只

〔註53〕沈雁冰：《尼采的學說》，《學生雜誌》第 7 卷第 1～4 號。
〔註54〕同上。
〔註55〕同上。
〔註56〕朱德發、阿岩、翟德耀：《茅盾前期文學思想散論》第 17 頁，山東人民出版
　　　　社 1983 年出版。

想說明：上述文字與前後文連起來，表明了茅盾早期進化論思想與美學思想之間的貫通。在茅盾的思維過程中，文學進化的思路異常清晰。正因為「最新的不就是最美的、最好的」，所以「『唯新是摹』，是立不住腳的。」〔註57〕那末，應該怎麼辦呢？應該「探本窮源」。〔註58〕為什麼要「探本窮源」呢？因為「藝術都是根據舊張本而美化的」。〔註59〕探到了舊張本以後，又應怎麼辦呢？那就應該「按次去做」。〔註60〕「按次去做」，就有一個文學進化的次序或路線的問題。文學是按照什麼樣的次序進化的呢？茅盾在別的文章中描畫道：古典──浪漫──寫實──新浪漫。〔註61〕而根據他的意見，「我們中國現在的文學只好說尚徘徊於『古典』『浪漫』的中間」，還「停留在寫實以前」。〔註62〕所以中國現在要介紹新派小說，應該先從寫實派、自然派介紹起。〔註63〕而如果「只揀新的譯，卻未免忽略了文學進化的痕跡」。〔註64〕無怪乎茅盾在《新舊文學平議之評議》中要說：「我們該拿進化二字來注釋『新』字。」〔註65〕這就是「最新的不就是最美的、最好的」這一命題文字後面所包括的豐富內涵。我們難道不能感受到其中所蘊含的文學進化觀思想成分嗎？

再來看茅盾早期美學思想與人道主義思想的關係。我們可以這樣說：茅盾早期的美學思想，是服從於他的人道主義思想的。其實這是很容易理解的。講功利，在尚未達到階級論高度時，這種功利，在茅盾那裡，就只可能是以人道主義為旨歸的功利。因此，將美服從於人道主義理想，正是茅盾功利主義色彩極濃的美學觀的必然流向。茅盾早期倡導「為人生的藝術」，將「為人生」作為藝術和美的全部功利目的。這是無須再贅述的了。他對「人生」的解釋，完全是從人道主義觀點出發的。結果，文學就成了裝載人道主義思想而又具有某種藝術性的特殊工具。一般說來，他是反對講什麼「唯美」的，但他又非常「希望有個像梭羅古勃的唯美文學家出來」。因為俄國文學家梭氏「著眼是在全人類的」。其實梭氏並不能算唯美文學家。茅盾呼喚梭羅古勃，

〔註57〕 見《「小說新潮」欄宣言》，《小說月報》第 11 卷第 1 號。
〔註58〕 同上。
〔註59〕 同上。
〔註60〕 郎損：《新文學研究者的責任與努力》，《小說月報》第 12 卷第 2 號。
〔註61〕 見《「小說新潮」欄宣言》，《小說月報》第 11 卷第 1 號。
〔註62〕 同上。
〔註63〕 同上。
〔註64〕 同上。
〔註65〕 同上。

並不因爲梭氏是唯美文學家，而是因爲他藝術的著眼點在全人類，或是說是因爲梭氏體現了茅盾所期望的美學思想與人道主義思想的聯繫和貫通。1925年，茅盾所作的《論無產階級藝術》一文，標誌著他的藝術觀已受階級論的支配。但他在此後寫成的《告有志研究文學者》一文，在談到美的功效的時候，在表述過程中仍然殘留著早期人道主義思想的痕跡：「『美』使人忘了小我，發生爲全人類而犧牲的高貴精神，不是使人『怡然忘我，遊心縹渺』。」〔註66〕創造美何爲？在茅盾看來，不是爲了給人帶來慰安、愉悅、快感，而是要陶冶人的心靈，從而發生爲全人類而犧牲的精神。馬克思曾經預言：無產階級只有解放全人類，才能最後解放自己。這一預言規定了無產階級的偉大的歷史使命。茅盾所說的「全人類」與馬克思所說的顯然是不同的。在茅盾當時所處的歷史條件下，爲無產階級而戰、而犧牲，有積極的意義，這種精神才是高貴的；爲全人類而犧牲，則讓人終覺含糊而空泛。當然不是說，茅盾這時的思想境界與幾年前毫無區別，而只是說尚未完全銷聲匿跡的茅盾早期人道主義思想對其美學觀的影響是確實存在的。

　　茅盾早期對國民性的論述，從另一個側面表明：他的美學思想是和人道主義思想交融在一起的。「國民性」原本就不是一個準確的階級論的概念。茅盾對「國民性」的理解，又極富人道主義色彩。有趣的是，茅盾對國民性的論述，與魯迅所強調的，幾乎是截然相反的。魯迅主張「改造國民性」，主張「國民改革自己的壞根性」。他針砭的是國民性中的劣點；茅盾論及國民性，卻一再強調要看到其中的美點。他說：「所謂國民性並非指一國的風土民情，乃是指這一國國民共有的美的特性。」〔註67〕請注意，這種「美的特性」，不以階級爲區分，而爲國民所共有。這是一種普遍的共通的人性美。茅盾堅信：「一個民族既有了幾千年的歷史，他的民族性裡一定藏著善美的特點……中華這麼一個民族，其國民性豈遂無一些美點？」〔註68〕不是沒有美點，而是未曾發揮。茅盾認爲：「從前的文學家因爲把文學的目的弄錯了，所以不曾發揮這些美點，反把劣點發揮了。」〔註69〕因此，今後的作家，就有創作發揮國民性中美點的作品這樣的責任。茅盾，又一次爲藝術和藝術美找到了歸宿。

〔註66〕見《學生雜誌》第 12 卷第 7 號。
〔註67〕郎損：《新文學研究者的責任與努力》，《小說月報》第 12 卷第 2 號。
〔註68〕同上。
〔註69〕同上。

最後，讓我們來看茅盾早期的美學觀與他文學上所倡導的自然主義、寫實主義之間的關係。我認爲，從不同的角度看，我們可以獲得不盡相同的結論。從某種意義上說，茅盾早期倡導自然主義、寫實主義，這本身就是他當時的美學觀的體現。或者說，茅盾早期美學觀中的一個重要構成部分就是他的自然主義和寫實主義的理論主張。考慮到自然主義的內涵比較複雜，它所包括的內容有時並不是美學範疇所能完全涵括的，因此我又將它和茅盾早期美學觀相提並論，並考察兩者之間的關係、聯繫。我們看到：兩者是互爲因果的。因爲提倡自然主義、寫實主義，故而就有「以眞爲美」的美學主張；「以眞爲美」的思想深深地扎了根，就必然要在文學上熱切地呼喚自然主義和寫實主義。兩者之間的聯繫在於一個「眞」字。「眞」，茅盾認定它是美的基礎，美的內容，同時又是自然主義、寫實主義文學表現生活所必須遵循的最高原則，所追求的「最大的目標」。茅盾將「不眞的就不會美，不算善」當作信條，要求作家們通過「眞」去達到「美」、「善」。在茅盾看來，自然主義者「最大的目標是眞」：「一方要表現全體人生的眞的普遍性，一方也要表現各個人生眞的特殊性。」〔註70〕表現全體人生的普遍性和表現各個人生的特殊性都是十分重要的，這是藝術地把握世界所必需的。這些，都必須以「眞」爲前提。

毫無疑問，自然主義曾經是茅盾一段時間中的美學追求。然而，茅盾早期談到自然主義，從橫向看，時有牴牾；從縱向看，認識有一個發展過程。他即使在提倡自然主義的時候，對此也有所批評。他認爲，「人生中是有醜有美的，自然派立意去尋醜，卻不知道所見的只是一半」。看來，他的提倡又是有保留的。

這裡我想提出一個問題；自然主義文學求眞，然而立意尋醜，茅盾怎麼將它納入了自己的美學思想體系中去了呢？茅盾認爲，人生中、現實中醜的東西是客觀存在的，人們自己總會看見。「就沒有自然主義文學，難道他眞能不知人間醜惡麼？既然他總能自己去看見醜惡的，而文學者還強要以掩醜而誇善的浪漫文學作品去給他，實在是哄小孩子了。」〔註71〕可見，茅盾是在將面對現實的自然主義與背對現實的浪漫主義（即消極浪漫主義）的比較之中肯定前者的。他肯定的是自然主義敢於面對現實的精神。茅盾提出了一種

〔註70〕沈雁冰：《自然主義與中國現代小說》，《小說月報》第 13 卷第 7 號。
〔註71〕見《小說月報》第 13 卷第 5 號。

假設：「如果竟有人先看舊浪漫派小說而興奮，繼看了自然派文學而頹唐」，那麼，這應該歸咎於誰呢？「這只能歸過於浪漫派小說的太誇張、太會說謊，不能埋怨自然派文學的如實描寫醜惡爲不應當」！〔註72〕「如實描寫醜惡」總比掩蓋醜惡和說謊要好。這是一個多麼簡單而又明瞭的價值判斷。當然，僅僅如此還不成其爲美學命題。茅盾對像自然派那樣寫醜的東西能否引起美感的問題，有自己的看法。胡先驌批評寫實文學「專寫下級社會罪惡」，因而「使人不得藝術之美感」。茅盾則明確表示：「鄙意未敢苟同。」〔註73〕他半是批駁，半是慨嘆道：「夫醜惡的美化，非近代藝術哲理中一大發明乎，可徒詆之爲病的現象而不承其爲藝術之進化乎？」〔註74〕這就涉及美學上的一個重要命題：化醜爲美，化腐朽爲神奇。其實，美感並不只是來自美好的事物。醜惡的或者不那麼美好的對象物，經過藝術的加工，也同樣可以使欣賞者獲得審美快感和愉悅。阿Q這一人物，夠醜的了；阿Q的周圍環境中，包含了足夠多的醜惡的東西。然而魯迅的妙筆卻使阿Q當之無愧地成了審美對象，進入了神聖的美學殿堂。當然，魯迅並不是自然派作家。然而，醜可以轉化爲美，這卻不能不是一條通則。茅盾所說的「醜惡的美化」，恐怕也就包含了這種轉化的道理在內。

　　茅盾早期的美學思想，並不是處在一個靜止的平面上，而是處於動態的發展之中。在運動和發展之中，既有一以貫之的東西，例如對「眞」的注重（只是前半段倡導自然主義，因而注重「眞」，後半段從現實主義的創作原則出發注重「眞」），對藝術技巧和美的原素的不懈探索；也有流動變化的東西，例如在美的功利目的問題上認識的實質性變化。而這種演變，又是和他的整個早期思想的發展緊密地聯繫在一起的。隨著時間的推移，茅盾早期思想中馬克思主義及進化論、人道主義的思想成分，出現了此升彼降的趨勢。在馬克思主義的薰陶下，在「五卅」運動的實際教育下，茅盾逐漸萌生、滋長了階級意識。由於這個緣故，茅盾對美的功利目的，有了更加清醒的認識。他由空泛的「爲人生」，明確地轉向爲無產階級。《論無產階級藝術》，標誌著茅盾在堅持階級的功利主義方面，達到了前所未有的高度。這是馬克思的階級論對茅盾早期美學思想所產生的深刻影響。無疑，這是一件令人欣喜的事情。

〔註72〕見《小說月報》第13卷第5號。
〔註73〕沈雁冰：《〈歐美新文學最近之趨勢〉書後》，《東方雜誌》第17卷第18號。
〔註74〕同上。

但同時，也出現了始料不及的情況：該文體現了茅盾階級意識的覺醒，但在美學思想方面，卻並沒有達到相應的新高度。他在完成社會政治觀由人道主義向階級論的飛躍的同時，雖然也提出過一些有價值的美學見解，但卻矯枉過正地否定了某些以往他自己提出或當時由他人提出的不無道理的美學命題。

四

早期茅盾和早期或同時期魯迅美學思想之比較。兩者的美學觀點，大抵都建立在唯物論的基礎之上。他們都恪守藝術的真實性原則。他們都十分注重美的功利性。他們都專注於美的構成原素的探求。他們在美學思想方面有諸多相同或相通之處。但他們在美學理想、美學趣味和美學風格方面，又存在著很大差異。首先，在對美的本質的理解上，茅盾以「各待其序」為美，而魯迅則以「俾其得宜」為美。其次，茅盾早期探討藝術美的生成過程，並無強烈的「典型化」的意識，而魯迅則從理論到實踐都十分注重典型化。早期茅盾和早期或同期魯迅，都喜愛悲劇作品，這是他們的相同之處。但同中又有異。茅盾所青睞的，是純正的悲劇。而魯迅所喜歡的往往是悲喜劇。他的《阿Q正傳》、《孔乙己》等作品，是悲劇性的喜劇，又是喜劇性的悲劇，體現了二元的悲劇美學風格。

茅盾和魯迅這兩位文學巨匠，他們生前雖不以專門研究美學理論為己任，但他們始終在思考美、探索美、追求美。將他們放到一起，應當說是具有可比性的。

然而細細推敲起來，在兩位文學巨匠之間進行比較，又有相當大的難度。一個很實際的問題擺在我們的面前：較之茅盾，魯迅要大出十五歲。辛亥革命時，魯迅已是而立之年，而茅盾才十五歲。「五四」運動爆發時，魯迅已年近四十，而茅盾正值青春年華。取同一年份，我們所觀察到的結果將是魯迅的思想要比茅盾成熟得多。為了便於說明問題，在用於比較的時間的選取上，我打算採用兩種方式：一種是同年份的比較。比如說在「五四」時期，茅盾和魯迅各自提出了什麼樣的美學觀點。他們雖然年齡差別較大，但畢竟在共同的社會條件中生活，因此，以大致相同的年份來作為切口、形成剖面，是

可行的。二是同年齡的比較。本書研究的是茅盾 1916 年至 1926 年這十年間的思想，大致也就是青年時代的思想。我們在將魯迅的美學思想與茅盾作比較的時候，也就必須相應地考察魯迅 1911 年至 1921 年間的美學思想。年份和年齡這兩種時間表，將貫串於我所作的比較的始終。

在美學思想上，茅盾和魯迅有許多共同之處。

茅盾和魯迅早期的美學觀點，大抵都是建立在唯物論的基礎之上的。「譬如人生是個杯子，文學就是杯子在鏡子裡的影子」，這一言簡意賅的表述，清楚不過地體現了茅盾早期美學觀的唯物論的認識論基礎。文學作品要創造美，但絕不是憑空創造。「人生中是有醜有美的」。〔註 75〕文學是在人生中有醜也有美的基礎上創造美的，而並不是一味地主觀臆造。而到了 1925 年（這一年茅盾二十九歲），在《告有志研究文學者》一文中，茅盾則乾脆將「外物投射於意識鏡」和「意識鏡對著外物」，規定爲創作出具有美的特質的文學作品的前提條件。魯迅在早期所寫的《儗播布美術意見書》（魯迅寫作此文時爲三十二歲）中，就已經透露出植根於唯物論土壤的精湛的美學見解：

> 蓋凡有人類，能具二性：一曰受，二曰作。受者譬如曙日出海，瑤草作華，若非白癡，莫不領會感動；既有領會感動，則一二才士，能使再現，以成新品，是謂之作。故作者出於思，倘其無思，即無美術。然所見天物，非必圓滿，華或槁謝，林或荒穢，再現之際，當加改造，俾其得宜，是曰美化，倘其無是，亦非美術。故美術者，有三要素：一曰天物，二曰思理，三曰美化。〔註 76〕

「天物」，恐怕也就是客觀事物、客觀世界的意思。能給人以美感的美術（包括與此有相通之處的文學）是如何形成的呢？它是對「天物」用「思理」進行「美化」的結果。在這一個過程中，「天物」爲先。離開了「天物」，「美化」也就失去了對象。美和美感都將無從談起。在這裡，魯迅肯定了物質世界中美的事物的客觀存在，而與唯心主義美學家的「美產生於美感」、「美出於心靈的創造」的錯誤觀點劃清了界限。魯迅的這一段論述，具有十分豐富的內涵。人類所具有的「受」、「作」二性，是指感知能力和創造能力。前者使人們能在接觸自然美的過程中進而產生美感；後者使人們能依據自然美創作出

〔註 75〕沈雁冰：《自然主義與中國現代小說》，《小說月報》第 13 卷第 7 號。
〔註 76〕見《儗播布美術意見書》，《魯迅全集》第 8 卷第 45 頁，人民文學出版社 1981 年出版。

藝術美來（當然，具有這種才能的人比較少）。「領會感動」，實際上是指領略審美對象的妙諦。「改造」，其實是指藝術加工。「思理」，當是指審美眼光、審美觀念和審美理想。「美化」，則指按某種美的法則對「天物」所作的藝術處理。「美術」的生成過程是這樣的：天物 $\xrightarrow{受}$ 思理 $\xrightarrow{作（美化）}$ 美術。只需稍作比較，我們就可以發現：一、茅盾和魯迅都強調客觀對象物。茅盾管它叫外物，魯迅管它叫「天物」，可謂異曲同工。他們都將客觀對象物當作生成美感的基礎，當作第一性的東西。二、他們又都十分重視審美觀念的作用。魯迅所說的思理，和茅盾形象地稱作「審美先生」的東西，在本質上是相通的。這表明，兩位偉人在強調客觀對象物第一性的時候，沒有忽視審美主體的能動作用。三、茅盾和魯迅又都注重按美的法則對客觀對象物進行藝術處理。茅盾依據的是諧調、整齊的原則，魯迅依據的是「俾其得宜」的原則。

建立在唯物論基礎上的美學思想，使得茅盾和魯迅在把握藝術與生活關係的時候，總是恪守藝術的眞實性原則，總是把眞實作爲美學的一個重要範疇。茅盾早年，在改革《小說月報》之初（1920 年），就提出過「『美』『好』是眞實（Reality）」這樣一個在當時可謂標新立異的論斷。雖然這一論斷未必見得嚴密和科學，但其強調眞實的極端重要性這一用意，是清晰可辨的。茅盾熱烈地呼喚「眞的文學」。他對以「眞」著稱的自然主義文學，由倡到棄，到再倡、再棄，經歷了複雜的過程。始倡，是因爲考慮到自然主義文學在表現生活方面，有西洋以往的古典主義文學、浪漫主義文學和中國當時的舊派文學所不具備的眞實性。初棄，是因爲自然主義在有醜也有美的人生中，只看到了醜的那一部分，這種「眞」讓人感到失望和消沉。再倡，是出於這樣一種比較——新浪漫主義在理論上或許是現在最圓滿的，但在中國當時的文壇，提倡新浪漫主義等於向瞽者誇色彩之美；而自然主義的最大目標是「眞」，「最大的好處是眞實與細緻」。〔註77〕因此茅盾提倡自然主義文學的主要目的就是張揚眞實性原則。終棄，是由於茅盾接受了馬克思主義的理論，在藝術理論上找到更好、更先進的東西，那就是「無產階級藝術論」。在這種理論指導下的文學藝術，仍然必須遵循眞實性原則，但自然主義的眞實觀不能與它同日而語。

毫無疑問，魯迅也是嚴格地遵循藝術的眞實性原則的。關於他的情況有必要多說幾句。魯迅青年時代是一位浪漫主義者。寫《摩羅詩力說》時，魯

〔註77〕沈雁冰：《自然主義與中國現代小說》，《小說月報》第 13 卷第 7 號。

迅二十六歲。文中對拜倫、雪萊等浪漫派詩人的推尊之情溢於言表。無疑，在這一時期魯迅也是注重真實的，但他注重的是真情的抒發和流露，大約到《狂人日記》寫作前夕，魯迅的立足點由浪漫主義逐漸轉向了現實主義，他決心拿起自己的筆，投入改變黑暗的社會現實和療救將死的靈魂的鬥爭。這一時期他對藝術真實的注重，表現為對抒真情與寫真相的同時並重。為了實現抒真情與寫真相的統一，他要求自己也要求他人直面慘淡的人生，正視淋漓的鮮血。他在談到自己的創作經驗時說：「有真意，去粉飾，勿賣弄」。「有真意」，因而他抒的情是真情；「去粉飾」，又使他寫的人生世相是真相，而非假象。他的《狂人日記》和此後的全部作品，都可以印證他的九字要訣，都可以證明他對抒真情和寫真相的同時並重。大體相同的意思，還可以有另一種表述。魯迅評價說，《紅樓夢》的偉大價值來自它的「如實描寫，並無諱飾」。而實際上，「如實描寫」也就成了他自己創作時所遵循的準則。魯迅一方面熱情地倡導著、實踐著所是，另一方面，他又激烈地批判著、抨擊著所非。1925年，他提出了「反對瞞和騙」這一現實主義命題，從而從另一個側面對藝術的真實性原則作了淋漓盡致的發揮。魯迅寫道：

> ……中國人向來因為不敢正視人生，只好瞞和騙。由此也生出瞞和騙的文藝來，由這文藝，更令中國人更深地陷入瞞和騙的大澤中，甚而至於已經自己不覺得。世界日日改變，我們的作家取下假面，實誠地，深入地，大膽地看取人生並且寫出他的血和肉來的時候早到了；早就應該有一片嶄新的文場，早就應該有幾個凶猛的闖將！〔註78〕

從某種意義上說，只有對瞞和騙的文藝大加撻伐，文藝的真實性原則方得以貫徹。對瞞和騙文藝的斷然否定，也就意味著對真實的文藝的期待和響往。

茅盾與魯迅在涉足美學領域時，抓住了真實這一共同的命題。他們在這共同命題下作出了大體相同而又極富個性色彩的表達。相比較而言，茅盾的表述中純理論倡導佔的比重更大一些，而魯迅的表述中則飽和著自身的深切體驗。

茅盾和魯迅又都十分注重美的功利性。茅盾在1916～1926年十年間，對美的功利性的強調是一以貫之的。當然，前後也出現過引人注目的轉變。那就是：

〔註78〕魯迅：《墳・論睜了眼看》，《魯迅全集》第 1 卷第 237 頁，人民文學出版社 1981
年出版。

在本期的大部分時間中，茅盾將美的功利性拴在爲人生的目標上；而在最後一兩年中，茅盾則將階級論的內容注入了美的功利性之中。除了本期的最後階段，由於強調美的階級功利性而對文學的審美特性稍有忽視外，茅盾對美的功利性的把握大體是準確的。茅盾一開始就強調有用之美。隨著時間的推移，強調有用之美的聲音變得越來越激越、熱切。茅盾尖銳地批評過英國作家王爾德的「唯美」觀：「王爾德以爲……享樂，放縱，滿足自己的一切慾念和野心，這就是美底使命，就是所謂『唯美』底意義。王爾德是照這樣做了；他底天才，他底努力，開放出異樣鮮艷的『唯美』之花來了；但我們人類可得了什麼好處？」〔註79〕字裡行間，包含著異常明顯的否定態度，而否定的根本性原因是，王爾德的唯美於人類沒有什麼好處。可見，茅盾跟魯迅一樣，以是否利於大多數人群的生存、發展爲衡量美的重要標準。茅盾對王爾德的批評，是他的「美須有用」的思想的真接體現。到了 1923 年，茅盾對當時社會的黑暗現實瞭解得更爲深切了。他在一篇題爲《什麼是文學——我對於現文壇的感想》的文章中，鋒芒畢露地批判對社會、對人類毫無益處和效用的名士派及其作品：

> 老實說，這樣的文人在社會上實在是廢物，是寄生蟲，有的依賴遺產活命，有的侵佔平民，他們的文學作品也同樣是廢物，不過供給他們一班廢物去玩賞，對全社會的健康分子是沒有關係的！這就是真名士在社會上的地位，這就是真名士的作品在社會中的價值。〔註80〕

在另一些場合，茅盾將盛描空幻之美的文學，比作美而有毒的曼陀羅花，比作叫人麻醉的嗎啡。這樣的美，這樣的文學難道是於人類有益的嗎？茅盾所作的「詛咒」，再清楚不過地表明了他的否定態度。

美，總是和善聯繫在一起的。曼陀羅花美而有毒，因而人們並不將它看作美的化身。人們本能地和它離得遠遠的，小心翼翼地提防它，對它始終存在一種恐懼感。茅盾在考察美的時候，總是考慮到美與善之間存在的聯繫。一個自稱是「唯美派」的女學生，在茅盾面前這樣談論美：「無論講什麼，總要歸結到美」，「只要是美的，就好了；有沒有害，有沒有毒，都可不問」，「只要是美的，就好了；近不近人情，合不合理，都可不問」。〔註81〕茅盾批評道：

〔註79〕沈雁冰：《唯美》，1921 年 7 月 13 日《民國日報・覺悟》。

〔註80〕見松江暑期演講會《學術演講錄》第 2 期（1924 年出版）。

〔註81〕沈雁冰：《雜感》，《時事新報・文學旬刊》第 75 期（1923 年 6 月 2 日）。

伊「是只認識『美』，不認識『善』，也不承認有『眞』；換句話說，照伊的『唯美論』而言，世間只應有『美』，不應有『善』與『眞』，爲了『美』的緣故，『善』與『眞』都當被屛斥」。〔註82〕這種觀點是茅盾斷不能同意的。他要求的美是體現善的特點的美。善，就是要催人奮作，利於人們的精神覺醒，促進人們爲改變現狀而進行鬥爭。

魯迅在美的功利性問題上，情況似乎要複雜一些。在青年時代，說得具體一點，在他步入社會以後，直至俄國十月革命之前（十月革命發生時魯迅三十六歲），魯迅的藝術功利觀實際上每每在相對的兩極上搖擺。一方面，他由於受王國維的「超功利」、「無關心」的美學觀的影響，在某些場合，對藝術的功利性作了較多的否定。或許他要否定的是藝術和美的狹隘的功利目的，然而實際結果卻是不恰當地否定了藝術的功利性。1907年，他撰寫了《摩羅詩力說》這一早期的重要文章。這一年他二十六歲。文中寫道：

> 由純文學上言之，則以一切美術之本質，皆在使觀聽之人，爲
> 之興感怡悅。文章爲美術之一，質當亦然，與個人暨邦國之存，無
> 所繫屬，實利離盡，究理弗存。

如此看來，美術（實際上也就是藝術），是至爲超然的了，惟爲使人「興感怡悅」，而與個人及邦國之存無涉，與人們的實際利益無涉。這種超功利的觀點，又延伸到了《儗播布美術意見書》一文中。

> 言美術之目的者，爲說至繁，而要以與人享樂爲臬極，惟於利
> 用有無，有所牴午。主美者以爲美術目的，即在美術，其於他事，
> 更無關係。誠言目的，此其正解。然主用者則以爲美術必有利於世。
> 儻其不爾，即不足存。顧實則美術誠諦，固在發揚眞美，以娛人情，
> 比其見利致用，乃不期之成果。沾沾於用，甚嫌執持，惟以頗合於
> 今日國人之公意，故從而略述之……〔註83〕

在這一段文字中，魯迅介紹了兩種美學觀：一種是主美者的美學主張，另一種是主用者的美學主張。然而魯迅並未僅僅停留於一般的介紹。他是有自己的傾向的。他稱主美者的主張爲「誠言目的，此其正解」；對主用者的主張，則貶爲「沾沾於用，甚嫌執持」。在這褒貶之中，他對「美術」的功利作用的否定之意也就明顯地表露出來了。

〔註82〕沈雁冰：《雜感》，《時事新報‧文學旬刊》第75期（1923年6月2日）。
〔註83〕見《魯迅全集》第8卷第45頁，人民文學出版社1981年出版。

　　這是問題的一個方面。另一方面，魯迅又受到中國近代啓蒙思想家梁啓超過分誇大小說作用的言論的影響，在論及文學藝術的社會作用時，又走向了對文藝的功利性寄予過高期望的另一極。也就是在《摩羅詩力說》這一篇文章中，魯迅引用英國評論家、哲學家卡萊爾的話表述了自己的觀點：那些能發生警世之聲而表現一個民族靈魂的詩歌，乃是民族生存的第一個要義。他還認爲，意大利原是一個四分五裂的國家，只因出了大詩人但丁，四分五裂的局面就改觀了；俄羅斯雖是一個龐大的帝國，實際上卻支離破碎，是十九世紀初產生的果戈理，「以不可見之淚痕悲色，振其邦人」。在這裡，藝術的功利性又大到強到一人、一言、一作可以興邦的地步了。無限誇大精神的作用，這說明，魯迅當時的世界觀尚未完全擺脫歷史唯心主義的影響。

　　從以上分析可以看出，青年時期的魯迅，雖然從總體上說是重視藝術的功利性的，或者說，事實上是注重藝術的功利性的，但出現過不由自主的搖擺和矛盾，也發生了對藝術的功利性強調過甚的弊病。而在兩極間遊弋和搖擺的景觀，在我們所側重研究的茅盾早期的十年間是不曾有過的。

　　魯迅的此後十年，與本書所側重研究的茅盾早期的十年大體重合。茅盾是在「五四」新文化運動的裹挾下步入社會的，是感受著蓬勃的「五四」時代精神開始他的文學生涯的。在美學的功利性問題上，他省卻了像魯迅那樣的苦苦摸索的過程。然而反過來說，苦苦摸索又成就魯迅美學思想的博大精深。在經歷了由辛亥革命的不徹底所引發的長時間的苦悶彷徨以後，魯迅變得更冷峻、現實和清醒了。他痛感有著「吃人」本質的封建制度的殘忍，痛感喚起民眾使之覺醒的重要，痛感改造國民壞根性的急迫。魯迅將自己的創作比之爲「吶喊」。他在《吶喊》一書的「自序」中說，他之所以要吶喊幾聲，乃是爲了「聊以慰藉那在寂寞裡奔馳的猛士，使他不憚於前驅」。〔註84〕魯迅的「吶喊」，又是有所遵奉的：「既然是吶喊，則當然須聽將令的了」。〔註85〕這將令，代表著革命的要求，時代的使命。魯迅在另一些場合又說過，他從事的文學，是「遵命文學」。「遵命文學」和「聽將令的」，兩者的意思是一樣的。這說明，魯迅在「五四」時期的文學創作中，是有爲而作，而且是自覺地有爲而作。他將自己的創作，牢牢地扣到了變革現實社會、喚醒將死的靈魂這一明確的目標上了。這是魯迅經歷了彷徨苦悶以後從痛苦的思索中找到的道路，尋得的答案。正因爲如

〔註84〕見《魯迅全集》第1卷第415頁，人民文學出版社1981年出版。
〔註85〕同上。

此，在這一時期，魯迅和茅盾在藝術的功利性問題上見解十分接近。在唯美主
義傾向向文壇襲來的時候，魯迅對此深表厭惡。他曾在致許廣平的一封信中說：
「我所要多登的是議論，而寄來的偏多小說，詩。先前是虛偽的『花呀』『愛呀』
的詩，現在是虛偽的『死呀』『血呀』的詩。嗚呼，頭痛極了！」〔註86〕茅盾對
當時文壇上吟風弄月的惡習，對「醉罷，美呀」的唯美主義傾向也是極力抨擊
的。茅盾在《「大轉變時期」何時來呢？》一文中寫道：

　　　　他們（筆者注：指中國的唯美主義作家）日日想沉醉在「象牙
　　之塔」內，實在並未曾看見「象牙之塔」是怎生一個樣子。他們可
　　憐的很，只能使中國文人用舊的幾句風花雪月的濫調，裝點他們的
　　唯美主義的門面。〔註87〕

他充分肯定對唯美主義大加撻伐的舉動的意義：

　　　　近來論壇上對於那些吟風弄月的，「醉罷美呀」的所謂唯美文學
　　的攻擊，是物腐蟲生的自然的趨勢，這種攻擊的論調，並不單單是
　　消極的；他們有他們的積極的主張：提倡激勵民氣的文藝。〔註88〕

茅盾所讚賞的「激勵民氣的文藝」，與魯迅力主的用以引起療救的注意的文
學，從兩個不同的側面，論述了文藝的功能、功利問題，可說是面對共同命
題所作的本質相通的回答。

　　在當時的文壇上，受到西方唯美主義思潮影響的，不光有沾染著名士派
風氣的無聊文人，也還有致力於新文化建設的進步作家。對美的功利性的注
重，使茅盾和魯迅都斷不能接受來自新文化運動內部的「為藝術而藝術」的
觀點。茅盾與力主「為藝術而藝術」的創造社之間的論爭，廣為人知。魯迅
當年並沒有參加文學研究會，但從他的文學主張和文學實踐來看，他當是地
地道道的「人生派」。這可由夫子自道為證。魯迅在談到這一時期自己的創作
思想時曾經說過：文藝「必須是『為人生』，而且要改良這人生。我深惡先前
的稱小說為『閒書』，而且將『為藝術的藝術』，看作不過是『消閒』的新式
的別號。」〔註89〕他將文藝的功利目的，由「為人生」具體化為「改良人生」。

〔註86〕見《兩地書・三四》，《魯迅全集》第11卷第100頁，人民文學出版社1981
　　　　年出版。
〔註87〕見《文學》週報103期（1923年12月31日）。
〔註88〕同上。
〔註89〕魯迅：《南腔北調集・我怎麼做起小說來》，《魯迅全集》第4卷第511頁，人
　　　　民文學出版社1981年出版。

在比較長的一段時間中，文學是他用來改良人生的工具。為著實現「改良人生」的目的，他多從病態社會中不幸的人們取材，他用文學揭出人們的痛苦，以引起療救的注意。魯迅、茅盾同創造社同仁們的分歧，核心問題是藝術目的論和美的功利性問題。看來，在這個問題上，魯迅和茅盾的意見是比較正確的。再後來，茅盾和魯迅又都呈現出了相同的發展趨向：由反對「為藝術而藝術」，到主張為無產階級而藝術；在美學思想上，他們力圖用階級觀點對社會生活中的美作出分析。

上述思想轉折，茅盾完成於 1925 年，在我們所側重考察的十年之中；魯迅則完成於 1927 年以後，已越出了本書的視野。茅盾直接由「為人生而藝術」轉為「為無產階級而藝術」；魯迅在總體上強調美的功利性的前提下，又一度放鬆了對超功利主義的批判。他經歷了這一階段，才最終躍向堅持美的階級功利主義。說魯迅一度放鬆了對超功利主義的批判，主要是說他在評介廚川白村的《苦悶的象徵》時出現過偏頗。魯迅 1924 年 9 月 22 日開始翻譯《苦悶的象徵》，10 月 10 日譯畢。該書是廚川白村的重要美學論著之一。書中認為，無關心、超功利是美感的根本特徵。

> 向來說，文藝的快感中，無關心是要素……。即惟其離了實際生活的利害，這才能對現實來凝視，靜觀，觀照，並且批判，味識。
> 〔註90〕

廚川白村舉例闡釋道：

> 假如一個穿著時髦的惹厭的服飾的男人，絆在石頭上跌倒了，這確乎是一場滑稽的場面。然而，倘使那人是自己的親兄弟和是什麼，和自己之間有著利害關係和有實際上的 mtereet，則我們豈能不是不能將作一場痛快的滑稽味麼？惟其和自己的實際生活之間，存著或一餘裕和距離，才能夠對於作為現實的這場面，深深地感受，賞味。〔註91〕

由此，廚川白村認為，「為藝術而藝術」是正當的，合理的；當然，主張「藝術為人生」也未嘗不可：

> 在以上似的意義上，「為藝術的藝術」這一個主張，是正當的。

〔註90〕 魯迅：《苦悶的象徵・關於文藝的根本問題的考察》，《魯迅全集》第 13 卷第113 頁，人民文學出版社 1963 年出版。

〔註91〕 同上。

惟在藝術爲藝術而存在，能營自由的個人的創造這一點上，藝術真
是「爲人生而藝術」的意義也存在。假如要使藝術隸屬於人生的別
的什麼目的，則這一刹那間，即使不過一部分，而藝術的絕對自由
的創造性也已經被否定，被毀損。那麼，即不是「爲藝術的藝術」，
同時也就不成其「爲人生的藝術」了。〔註92〕

經過廚川白村的一番頗費苦心的解釋，「爲藝術而藝術」和「爲人生的藝術」
兩種藝術主張之間的差別，消弭了。差別消弭的前提恐怕是並不實際存在的
「藝術的絕對自由的創造性」，而這種「絕對自由的創造性」是與「人生的別
的什麼目的」絕然相斥的。這樣，藝術的「爲人生」的意義實際上已被取消
了，剩下的只是廚川白村對「爲藝術的藝術」的肯定和認可。字裡行間，顯
然留有「無關心」、「超功利」的康德美學觀的影響的痕跡。對於廚川白村的
《苦象的象徵》，魯迅曾多次作過正面肯定。這可以從他爲評介該書所寫的前
言中看出，也可從他寫的其他文章看出。他對於其中的「爲藝術而藝術」的
觀點，並沒有提出異議。這或這許可以看作是魯迅對於超功利的美學觀尚缺
乏應有的敏感和必要的批判。

　　1927 年以後，魯迅的整個世界觀發生了根本性的變化。他由激進的民主
主義者變成了共產主義戰士。他的美學思想也隨之而發生了相應的變化。請
允許我「越位」稍稍向後作些延伸。魯迅在翻譯普列漢諾夫的《藝術論》時
所寫的序言，帶有闡發自己的美的功利觀的意思，又可看成是他的美的功利
觀發展過程中的階段性的小結。他是這樣寫的：

　　　　蒲力汗諾夫之所究明，是社會人之看事物和現象，最初是從功
利底觀點的，到後來才移到審美底觀點去。在一切人類所以爲美的
東西，就是於他有用——於爲了生存而和自然以及別的社會人生的
鬥爭上有著意義的東西。功用由理性而被認識，但美則憑直感底能
力而被認識。享樂著美的時候，雖然幾乎並不想到功利，但可由科
學底分析而被發見。所以美底享樂的特殊性，即在那直接性，然而
美底愉樂的根抵裡，倘不伏著功用，那事物也就不見得美了。並非
人爲美而存在，乃是美爲人而存在的。——這結論，便是蒲力汗諾
夫將唯心史觀者所深惡痛絕的社會，種族，階級的功利主義底見解，

〔註92〕魯迅：《苦悶的象徵・關於文藝的根本問題的考察》，《魯迅全集》第 13 卷第
　　　　113 頁，人民文學出版社 1963 年出版。

引入藝術裡去了。〔註93〕

魯迅這一段論述的深刻之處，在於揭示了人們的審美判斷的普遍規律：一、由功利觀點移到審美觀點。人們認定：美的東西之所以美，是於他們有用。倘若一事物於人無功利可言，它就不見得美。二、由理性而被認識的功用，往往是潛伏在憑直感能力而被認識的「美底愉樂」的根柢裡的。人們憑直覺享受美的時候，其實也在藉助理性認識而感受它的功用。當人們一旦發現憑直覺感到美、感到愉悅，而憑理性發覺對象沒有功用（或者不僅無功用而且有害），就會從理智出發對對象進行排斥和抵拒。因此，審美判斷是直覺和理性交織而成的複雜的心理過程（這就又同克羅齊的「美感經驗就是形象的直覺」的說法區別開來了）。三、人類是在求生存和求發展的過程中發現美的。因此，美和人類社會關係密切。也因此，美的根柢和審美判斷的立足點在於功用。魯迅卓爾不群，在美學方面達到了很高的理論境界。

綜上所述，茅盾早期十年間一貫堅持「美須有用」的觀點，反對「無用之美」，其思想軌跡無多大曲折；魯迅早期十年及後來與茅盾的那十年大體重合的十年，都曾一度受到過「超功利」和「無關心」美學觀的影響，但這並不影響他從總體上堅持功利主義美學觀。將「超功利」和「無關心」的影響摒除掉以後，他就理論與實踐一致地、更加堅定地走向了功利主義的美學觀。接受普列漢諾夫的功利主義美學觀，是他美學思想發展的必然歸宿。

由強調美和藝術的功利性，很容易滑向極端功利主義，導致對藝術和美本身特性的忽視。在這個問題上，茅盾和魯迅都有著一定的警惕。茅盾曾經明確宣布：他反對「把藝術當作全然為某種目的而設」。可以想見，這種藝術的功利性是足夠強，足夠鮮明，然而這種藝術必定不會具有多大的美的魅力。茅盾反對得有理。隨著在藝術目的論方面由人生功利觀到階級功利觀的轉化，茅盾的不足是沒有在強調美的階級功利性的同時，強調美對於藝術作品安身立命的極端重要性。用史的眼光看可謂不無遺憾。當然，就茅盾早期的總體情況而言，他對構成美的原素的探求，並沒有放鬆。他的探索，涉及廣闊的領域和豐富的內容。我們在前文中已經作過論述。那樣一種概括，未必盡善盡美，但我們卻可以從中感受到茅盾對藝術美本體的思考之深。魯迅對於藝術美本體，也是極端注重的。他後期論及批評家時說過：

我們曾經在文藝批評史上見過沒有一定圈子的批評家嗎？都有

〔註93〕見《魯迅全集》第4卷第253頁，人民文學出版社1981年出版。

的，或者是美的圈，或者是眞實的圈，或者是前進的圈。沒有一定
圈子的批評家，那才是怪漢子呢。〔註94〕

魯迅本人，其實就是一位有一定圈子的作家兼批評家。「美的圈」，是他用於
指導自身創作的圈，又是用來批評別人的作品的圈。「圈」論雖是後期才明
確提出的，其思想卻是在與茅盾早期大體重合的十年中就有所體現的。這使
我們不由想起了茅盾的一段論述：「文學作品雖然不同於純藝術品，然而藝
術的要素一定是很具備的。」〔註95〕在重視作品的藝術要素方面，茅盾、魯
迅是完全相通的。在對藝術美本體進行探索的時候，魯迅強調藝術的情感因
素。他曾說：「創作須情感，至少總得發點熱。」〔註96〕這可說是涵括了一
切文體的文學創作。他又特別以詩爲例：「詩歌是本以發抒自己的熱情的，
發訖即罷；但也願意有共鳴的心弦」。〔註97〕與讀者產生共鳴的效果，關鍵
在於作品要發抒眞情，熱情，詩歌是如此，其他文體的作品又何嘗不是如此
呢？魯迅還致力於藝術典型的創造和理論探索。他不僅在新文學的藝術畫廊
中增添了一個個不可取代的藝術典型，而且又通過自己的理性思考豐富了關
於典型的美學理論。他以自己的創造性勞動，使小說的結構異彩紛呈，精妙
絕倫，令人嘆爲觀止。他又以極省儉的白描手法，在人物形象塑造方面獨樹
一幟。我們完全可以這樣說：魯迅的小說作品，是完美地體現了藝術美的典
範之作。尤爲可貴的是，魯迅在強調藝術的功利性的時候，始終沒有放鬆過
藝術作品從美的方面提出的要求。他說過：

> 我以爲當先求內容的充實和技巧的上達。……一說「技巧」，革
命文學家是又要討厭的。但我以爲一切文藝固是宣傳，而一切宣傳
卻並非全是文藝，這正如一切花均有色（我將白也算作色），而凡顏
色未必都是花一樣。革命之所以于口號、標語、電報、教科書……
之外，要用文藝者，就因爲它是文藝。〔註98〕

〔註94〕魯迅：《花邊文學・批評家的批評家》，《魯迅全集》第 5 卷第 428 頁，人民文
　　　　學出版社 1981 年出版。
〔註95〕見《新文學研究者的責任與努力》，《小說月報》第 12 卷第 2 號。
〔註96〕魯迅：《而已集・讀書雜談》，《魯迅全集》第 3 卷第 438 頁，人民文學出版社
　　　　1981 年出版。
〔註97〕魯迅：《集外集拾遺・詩歌之敵》，《魯迅全集》第 7 卷第 235 頁，人民文學出
　　　　版社 1981 年出版。
〔註98〕魯迅：《三閒集・文藝與革命》，《魯迅全集》第 4 卷第 77 頁，人民文學出版
　　　　社 1981 年出版。

可見，魯迅對文學之所以爲文學的基本特質的方面，是異常看重的。這是魯迅比茅盾清醒的地方。茅盾的藝術功利觀一以貫之，在由爲人生的功利觀轉向階級的功利觀後，對藝術的審美特性的強調有所放鬆。魯迅對藝術的審美特徵的注重則是始終一貫的。在藝術的功利問題上，實踐上始終注重，言論上兩度重視不夠。在由爲人生的功利觀趨於階級的功利觀的過程中，無論是理論上還是實踐上，他對文學作品的藝術美始終沒有放鬆過。這就使得他的作品具有永恆的魅力，從而保證了他的成功。

以上比較，使我們看到了早期茅盾和早期或同時期魯迅美學思想方面的諸多相同或相通之處。然而，這僅僅是問題的一個方面。問題的另一方面是，他們在美學趣味、美學理想和美學風格方面，又存在著很大差異。

首先，在對美的本質的理解上，茅盾以「各得其序」爲美，而魯迅則以「俾其得宜」爲美。

茅盾在《論無產階級藝術》一文中寫道：

> 新而活的意象，在吾人的意識裡是不斷的在創造，然而隨時受著自己的合理觀念與審美觀念的取締或約束，只把那些美的和諧的高貴的保存下來，然後或藉文字或藉線條或藉音浪以表現之；……

他在《告有志研究文學者》一文中說：

> 當這些意象在吾人意識界裡方生方滅，忽起忽落的時候，我們意識界裡卻有一位「審美」先生便將它們（意象）捉住了，要整理它們，要使它們互相和諧；於是那些可以整理可以和諧的意象便被留起來編製好了，那些不受整理無法和諧的，便被擯斥了。將編製好的和諧的意象用文字表現出來，就成了文學；那些集團的意象的和諧程度愈高，便是那「文學」愈好。和諧是極重要的條件……

在同一篇文章中，茅盾又寫道：

> 以我看來，文學之必須具有美的條件是當然的事；因爲美無非是整齊（或換言之，是各得其序）和調諧，而整齊和調諧正是宇宙間的必然律，人類活動的終極鵠的。文學是人類活動的一面，故亦以整齊與調諧爲終極的鵠的。

上面所引的三段論述，標誌著茅盾對藝術美本質的探討，已經遠遠高出當時的一般水平。「美無非就是整齊和調諧」，此論述包含著關於美的定義或准定義的性質。「整齊」，是指事物的各部分的組合遵循一定的次序。「調諧」，是

說事物各局部及各事物之間的關係趨於平衡和協調。「整齊」和「調諧」這兩重意思融合起來，恐怕也就是「和諧」了。「美是和諧」，這是一個古老的命題。盛行於公元前六世紀的畢達歌拉斯學派如是說。他們用自然科學觀點去研究音樂，得出了如下結論：「音樂是對立因素的和諧統一，把雜多導致統一，把不協調導致協調。」〔註99〕畢達哥拉斯學派還應用這個原則去研究建築、雕刻等藝術，並試圖尋找物體的最美的形式。「整齊與調諧」說的理論淵源顯然是畢達哥拉斯學派的「美在和諧」說。一般說來，從形式上看，美的事物大抵總是和諧的。因而，古典美學十分重視「和諧」這一美學範疇。當然，現代美學也不絕然排斥它。茅盾的「整齊與調諧」說，包含了三個層面：一是宇宙間的必然律，二是人類活動，三是文學。三個層面涵括了從宏觀到微觀、從自然到社會、從物質到精神的方方面面。總之，一切都要以「整齊與調諧」爲終極鵠的。茅盾圍繞「整齊與調諧」所作的思考和表述，無疑是值得我們重視的。但其中有待推搞的問題有三：一、宇宙間是否確實存在「整齊與調諧」這樣一條必然律？這使我們不由得聯想起前蘇聯美學史家阿斯木斯在《古代思想家論述》一書的序論中，對畢達哥拉斯學派的批評：「音樂和諧的概念原只是對一種藝術領域研究的結果，畢達哥拉斯學派把它推廣到全體宇宙中去……因此，連天文學即宇宙學在這派看來，也具有美學的性質」。〔註100〕在將美學命題不恰當地漫無邊際地加以延伸方面，茅盾與畢達哥拉斯學派似乎是一脈相承的。二、整齊和調諧作爲人類活動的終極鵠的，存在於何種社會形態之中？實際上，這種境界不可能存在於具體的哪一種社會形態之中，不可能存在於現實之中，而只可能存在於可望而不可即的理想國中。在任何一個實在的社會形態中，整齊與不整齊、調諧與不調諧總是同時並存的。三、如果我們對「整齊與調諧」或「和諧」的概念不作非常寬泛的解釋，嚴格意義上的「和諧」，是不是美的事物必須具備的品格呢？說得具體一點，事物各部或各個事物的組合，如果不合通常所說的「序」（這就應當稱作不整齊），那麼，有無可能出現美的景觀呢？我以爲，這種情況是存在的，這就是參差之美，這就是突破了常規範式的藝術美。這種藝術美在當時茅盾熱心評介的西洋文學作品中已經屢見不鮮。其中有些作品，即使用嚴格的無產階級眼光來審視，也是不乏審美價值的。

〔註99〕轉引自朱光潛《西方美學史》下卷第 657 頁，人民出版社 1979 年第 2 版。
〔註100〕轉引自《西方美學史》上卷第 33 頁。

　　我們談論茅盾，取的是他早期的最後階段的論述。但茅盾早期這一並不多見的關於美的定義性論斷，又應當是茅盾此前長期思考美的本質問題所形成的總結性論述。從這個意義上，似乎可以說，茅盾的這一論述，是涵蓋了他早期的很長時間的。

　　研究魯迅在藝術美本質問題上的見解，我們也需從他的早年入手。這裡必須提到魯迅早期的一個著名的美學觀點：「所見天物，非必圓滿，華或槁謝，林或荒穢，再現之際，當加改造，俾其得宜，是曰美化。」〔註101〕在魯迅看來，美化的過程是對「天物」進行加工改造的過程，是化非圓滿為圓滿、化非美為美的過程。美化所遵循的規律是「俾其得宜」。魯迅沒有進而對「宜」作出具體的解釋。按詞義理解，「宜」應為「適當」、「恰當」之義。「天物」只要被改造到「恰當」的境界，就是美的事物。魯迅的「俾其得宜」的見解，似乎也是有所本的。人們不禁會想起賀拉斯。詩所必不可少的品質是什麼？賀拉斯的回答是「合式」（decorum）或「妥貼得體」。從表面上看，魯迅與賀拉斯的觀點如出一轍，然而，實際上，兩種見解又並不完全相同。賀拉斯所說的「合式」，是詩乃至文學所應具備的品質。他是從詩或者文學的形式方面立論的。而魯迅所說的「俾其得宜」，則是對「美化」也就是藝術加工過程所提出的要求，所規定的目標，既可以是指藝術形式上的「宜」，也可以是指形式與內容之間的相宜、契合。這就避免了賀拉斯那樣的將內容與形式割裂開來所造成的弊病，從而大大提高了命題的科學性。

　　「俾其得宜」的藝術美本質觀，使魯迅在審美接受方面表現出開放的態度，使他甚至認可並讚賞許多越出「和諧律」規範要求的作家和作品。在1907年撰寫的《摩羅詩力說》中，魯迅探討了什麼是天地間的「真美」這樣一個命題：

> 蓋詩人者，攖人心者也。凡人之心，無不有詩，如詩人作詩，詩不為詩人獨有，凡一讀其詩，心即會解者，即無不自有詩人之詩。無之何以能解？惟有而未能言，詩人為之語，則握撥一彈，心弦立應，其聲激於靈府，令有情者皆舉其首，如睹曉日，益為之美偉強力高尚發揚，而污濁之平和，以之將破。平和之破，人道蒸也。
>
> 顧瞻人間，新聲爭起，無不以殊特雄麗之言，自振其精神而紹

〔註101〕見《擬播布美術意見書》，《魯迅全集》第8卷第45頁，人民文學出版社1981年出版。

　　介其偉美於世界……〔註102〕

文章進而指出：惟有那「立意在反抗，指歸在動作」的詩人，他們的詩歌才迸發了「偉美之聲」。魯迅尤其稱道拜倫和雪萊。他讚譽反抗強權惡政的拜倫的詩篇方稱得上「雄美偉大」，稱頌「求索而無止期，猛進而不退轉」、「改進人生」、奮鬥不息的雪萊，其思想更稟有「美的本體」。詩人所發出的「偉美之聲」，「美善吾人之理想，崇大吾人之思理」。以拜倫、雪萊爲代表的「摩羅詩」派，在與現實的尖銳對立中，表現出了不羈的叛逆精神。他們「如狂濤如厲風。舉一切僞飾陋習，悉與蕩滌，瞻顧前後，素所不知；精神鬱勃，莫可制抑，力戰而斃，亦必自救其精神；不克厥敵，戰則不止」。〔註103〕這段話，大體也就是對「偉美之聲」的描述。這種「偉美之聲」，帶有濃厚的浪漫主義色彩。「偉美之聲」中的美，源於變革現實、扭轉乾坤、打破舊秩序的鬥爭。「偉美之聲」，並不是那種順世和樂之聲，而是爭天拒俗之音，是不和諧的樂音。在藝術表現上，摩羅詩人往往無拘無束地突破固有的規範與程式，一任情感狂潮的傾瀉而把美的和諧法則遠遠拋到一邊。他們在形式上對固有規範與程式的突破，又是和表現放蕩不羈的叛逆精神相宜的，因而是達到了內容與形式的完美統一的。魯迅對摩羅派詩人的讚譽固然與其當時所具有的浪漫氣質有關，同是也是與他「俾其得宜」的美學思想密切相聯的。

　　「俾其得宜」，有時又成爲魯迅所取的審美標準。他對於被鑒賞的對象，往往不求形式上的和諧。那些特殊形態的美，往往得到他的好感，被他納入「俾其得宜」的範疇。魯迅崇尙過「力之美」。他認爲藝術應該有「力之美」。這種「力」，體現了「放筆直幹」的風格，令人奮發，鼓動人們「掙扎和戰鬥」。這種「力之美」，應當有一種憾人心魄的魅力。藝術美可以有不同的表現形態：或是滲透型的，就像「潤物細無聲」那樣地發生作用；或是穿透型的，讓人看後感到心靈顫抖，撕肝裂肺。魯迅所欣賞的，顯然是後者。他鄙視「月白風清，如此良夜何」一類的風雅詞句，相反偏愛體現了對黑暗社會的叛逆精神的「月黑殺人夜，風高放火天」那一類古詩，就是明顯的例證。魯迅喜愛「無常」。他認爲，那「鬼而人，理而情，可怖又可愛」的「無常」，乃是活潑、詼諧而又公正的。魯迅讚賞過某種恐怖美。陶元慶的水彩畫《大

〔註102〕見《魯迅全集》第 1 卷第 63 頁，人民文學出版社 1981 年出版。
〔註103〕魯迅：《摩羅詩力說》，《魯迅全集》第 1 卷第 63 頁，人民文學出版社 1981
　　　　年出版。

紅袍》描繪了一個「女吊」形象。她身穿藍衫紅袍，手執利劍向下擊刺。魯迅看後讚道：「有力量，對照強烈，仍然調和，鮮明。握劍的姿態很醒目！」魯迅所賞識的，就是那種祛除了淒苦的病態的「恐怖美」。魯迅對「無常」予以青睞，因為「無常」在「有常」之外找到了一種穿透力；讚美「恐怖美」，因為「恐怖美」具有通常的美所不具備的力量。而「無常」和「恐怖美」，並不受「和諧為美」的法則的規範。

相比較而言，茅盾談藝術美的本質，強調的是一般的規範和法則；而魯迅則從親身感受出發，觸及了美的某些特殊形態。他們的觀點都很有道理，然而似乎是魯迅的見解更全面、更科學。茅盾講藝術美，講到底是「各得其序」；魯迅講藝術美，講到底是「俾其得宜」。「各得其序」強調規整，強調次序。「俾其得宜」強調恰當，強調合適。不合某種範式，不能叫作「得其序」。不合某種範式，但只要「其得宜」，卻同樣能產生藝術美的效果。因此，「得其序」和「其得宜」，雖只一字之差，但表達的意思卻大不一樣。我以為，「得其序」本身，也就包含在「其得宜」的範圍之中。說「其得宜」比說「得其序」更好。這裡我想順便提一下茅盾 1946 年所提出的一個重要觀點：「關於『美』有兩種觀點：第一，它勻稱，調和，覺得美；相反，不勻稱，不調合，也有美感。」〔註104〕茅盾對兩種類型的藝術美都予以認可：一類是「調和的」美，另一類是「不調和的」美。前一類美，與「和諧為美」的命題相通；後一類美，則越出了二十年前茅盾美學觀念的規範，偏離了「得其序」的軌道，而融入了魯迅當年所提出的「其得宜」的美學命題之中。審美對象雖然表現得「不勻稱」、「不調合」，但它（們）必須又是「其得宜」的，因而它（們）才具有美感。茅盾 1946 年對藝術美的認識臻於完善。相比較而言，1925 年時只認和諧為美，則顯得尚未避免片面性。我認為，早年茅盾與早年魯迅美學思想上的一個差別，在於魯迅用「得其宜」的命題涵了和諧的和非和諧的美，而且實際上對那些非和諧的美表現出更為濃厚的興趣。而茅盾則將那些非和諧美的對象排除在美學理論的研究範圍之外，而且也排除在自己的審美視野之外。等他發現這個問題，並進行彌補，已過了二十一年時間。

其次，茅盾早期探討藝術美的生成過程，並無強烈的「典型化」的意識，而魯迅則從理論到實踐都十分注重典型化。

茅盾早期，曾異常熱心於提倡自然主義，其旨在強調文學在反映生活時

〔註104〕茅盾：《中學生怎樣學習文藝》，1946 年 7 月 12 日《文匯報》。

的客觀眞實性，甚至作過「文學者表現的人生應該是全人類的生活，用藝術的手段表現出來，沒有一毫私心不存一些主觀」〔註105〕這樣一種帶有極端傾向的表述。自然主義文學在表現生活時，強調逼眞地記錄，排斥在生活眞實的基礎上的集中、加工和典型化。茅盾早期也還提倡過新浪漫主義和表象主義（象徵主義）。這兩個文學派別在創作中也並不講究典型的原則。1925年發表的長文《人物的研究》，標誌著茅盾的藝術美學理論達到了較高的水準。其中的很多意見都相當精闢。

　　然而很可惜，茅盾對塑造人物的藝術法則的理解，尚未達到或接近馬克思主義藝術典型理論的高度。他把人物分爲寫實的和理想的兩種：

　　　　理想的人物是作者主觀的理想之產物，寫實的人物是作者客觀的摹寫之產物。理想人物的作者不問社會上實在有的人是何等樣的人，而惟逞一己的理想，把男子都說成聖賢豪傑、把女子都說成靜女才媛，快意是快意了，可惜和實際隔離得太遠，令人生虛空之感。寫實人物的作者便不是這麼辦。他們只知老老實實把社會上實有的人摹寫出來，不問他們的美醜好歹；如果社會上所有的人全是些僞君子眞小人，寫實主義的作家還是要照樣的寫出來，不管讀者看了要短氣，要失望，要悲歡。

其實，茅盾這裡所說的「理想的人物」，其弊端在於缺乏堅實的現實基礎。「寫實的人物」，是按自然主義的套路刻劃人物所致。實際上，完全可以在現實所提供的「模特兒」的基礎上，使之更加典型化。茅盾固然也注意到了這樣幾點：「不可拘泥著這個『模特兒』的身世際遇以至聲音笑貌」；「應當攝取這個『模特兒』的思想性格，去裝拍在別一個軀殼（可以是創造的）裡，使讀者雖覺得此人物十分面熟，而不能指實是誰」；使有「模特兒」的實寫的人物成爲大社會中的眾相之一。可以說，茅盾的論述中包含了典型化的某些因素（不拘泥於某個模特兒，運用藝術手法進行移植，使人物形象顯得面熟而陌生）；但是，「模特兒」的眾相化注重的是人物的普遍性、共性，典型化所追求的寓共性於個性之中並沒有得到充分的注意。茅盾在談到典型人物的地方當然也談到了寫人物的個性——「如果作家只描寫了他（筆者注：指作品中的人物）的類性，而不於類性之外再描寫他的個性，

<hr>

〔註105〕沈雁冰：《文學和人的關係及中國古來對於文學者身份的誤認》，《小說月報》
　　　　第12卷第1號。

那麼我們就得了個典型人物。」茅盾將典型人物理解成了沒有自己鮮明個性的人物。既然如此，在藝術的典型化過程中，他尚缺乏理論的自覺，也就不難理解了。

茅盾並沒有談到過他早期典型觀的理論來源。但是，經過審慎的考察，我們也還是可以看到西方古典美學對他的影響。正如朱光潛先生所說：「總的說來，十八世紀以前西方學者都把典型的重點擺在普遍性（一般）上面，十八世紀以後典型的重點逐漸移到個性特徵（特殊）上面。」〔註106〕在十八世紀之前的西方，「典型」幾乎就是「普遍性」的同義語。在曾經產生過很大影響的「類型說」和「定型說」理論的擁護者心目中，共性、一般是與個性、特殊絕對對立的，為了顯出共性和一般，就不得不犧牲個性與特殊。茅盾並不摒棄個性和特殊，但他在認定典型和個性對立這一點上，與「類型說」的擁護者有著相通之處。

與茅盾不同，魯迅在藝術的典型化過程中，較早進入了自覺的境界。早年寫就的《儗播布美術意見書》一文初露了這方面的跡象。「美術云者，即用思理以美化天物之謂。」值得注意的是魯迅所說的「美化」和「思理」。「美化」是在「領會感動」的基礎上對「天物」進行「改造」的過程。「改造」的目的是化醜為美，或使美的「天物」變得更美。「改造」的方法是使「天物」「俾其得宜」。「改造」必須憑藉「思理」。魯迅說：「倘其無思，即無美術。」「思理」，既是審美判斷等理性方面的東西，又包括了對美的規律的駕馭等兼有理性和感性雙重意義的因素。「用思理以美化天物」，這種「美化」是有著明確的藝術目標的「美化」，又是自覺地調動了各種藝術手段的美化。雖然不能說魯迅早期已經完全走上了藝術典型化的軌道，但至少可以說他的上述論述，已包含了後來他所遵循的典型化原則的某些因子。魯迅後來在自己的創作實踐中，貫徹了具有自身特點的典型論思想。他塑造人物，常常「雜取種種人，合成一個」。直接寫的是「一個」，概括進去的是「一群」。也就是說，通過「一個」可見出「一群」的眾生相。這和茅盾所要求的人物塑造的眾相化是相通的。但魯迅筆下的概括了「一群」的「一個」，同時又是不可取代的「這一個」，具有鮮明獨特的個性。這恐怕又是茅盾在論述中有所忽視的地方。魯迅以他所精心塑造的人物形象阿Q、祥林嫂、孔乙己等，在文學畫廊中留下了不朽的典型。

〔註106〕朱光潛：《西方美學史》下卷第 701 頁，人民文學出版社 1979 年第 2 版。

　　再次，早期茅盾和早期或同時期的魯迅都喜愛悲劇作品，這是他們相同的地方；但是，同中有異，茅盾所偏好的是純正的悲劇，而魯迅所喜歡的往往是悲喜劇。

　　茅盾早期並沒有正式地從事過文學創作。我們無法從他本身的創作實踐中去把握他的悲劇意識。茅盾早期又未對悲劇進行過深入的研究。他對悲劇美的理解以及他的悲劇意識，只是在有關論述和譯著中零散地體現出來的。茅盾 1922 年 5 月 10 日在《致黃祖訢》的信中說：

　　　　讀尊信第二段與第三段，想見「現代人的悲哀」已經打進了先
　　生的心坎了！我的淺見，以為這就是現代文學最重要的一副精神，
　　感覺這悲哀的，應該努力把它寫出來，讓別人也來同感，你先生何
　　不試為創作呢？悲哀刺戟人，起的反應卻是愉快；國內現在的創作
　　壇太少活氣，使人垂淚的東西太少了呵！〔註107〕

　　應該說，茅盾在這裡所說的「悲哀」，同作為美學範疇的嚴格意義上的悲劇相去甚遠。即使如此，這段論述依然有值得我們注意的地方。第一，「現代人的悲哀」——「現代文學最重要的一副精神」，這是否就是指流貫於現代文學中的悲劇精神，我不敢妄斷。但看得出來，茅盾在此特別強調時代的區別。這是現代人所具有的悲哀，是現代社會生活內容和現代人審美情趣的曲折反映，同古代人的悲哀、古代文學的精神是不同的。第二，悲的因素經過藝術處理後，能產生讓人愉悅的效應，使人垂淚的東西多了創作壇就有活氣。茅盾發現了由悲哀到愉悅之間的轉化，倒是正好道出了悲劇作品產生美感的實質。經過藝術處理後的悲、悲哀，有助於淨化接受主體的心靈，引起某種深刻的道德思考，從而使接受主體心靈獲得一種特殊的快感。第三，茅盾慨嘆當時的文壇「使人垂淚的東西太少」，實際上是希冀作家們多寫能「刺激」人的悲劇作品，意思已到，只是沒有使用悲劇這個概念而已。

　　而早期或同期的魯迅，則從美學理論上和創作實踐上對悲劇進行了卓有成效的探索。1925 年 2 月，魯迅在《再論雷峰塔的倒掉》一文中，提出了關於悲劇的一個著名的定義：「悲劇將人生的有價值的東西毀滅給人看」。這是魯迅對自身創作實踐的理論昇華，也是對悲劇本身所作的高度概括。按魯迅的理解，悲劇是一個過程，是人生有價值的東西毀滅的過程。惟其有價值而又遭毀滅，觀者才能獲得一種撕心裂肝的痛感，而又由痛感轉而獲得特殊的

────────────────

〔註107〕見《小說月報》第 13 卷第 5 號。

美感。這就是悲劇美的效應。魯迅所創作的小說作品，完全實踐了他自己的悲劇美學理論。他所塑造的狂人、阿Q、祥林嫂、孔乙己、潤土等等人物形象，哪一個沒有一點人生有價值的東西呢？又有哪一個所具有的這種人生有價值的東西最後不被毀滅呢？魯迅將自己對那個世界的全部憤懑都傾注到了自己筆下的悲劇人物身上了！

初步的比較，使我們看到了早期茅盾和魯迅對悲劇的大體相同的喜愛態度。這種比較同時也使我們感到：茅盾早期對悲劇尚缺乏系統的、深入的思考，而魯迅則較早形成了自己的悲劇美學理論。

再從茅盾早期的譯作和同時期魯迅的創作來比較。根據美籍學者陳蘇珊女士提供的材料，茅盾早期翻譯中最為龐大和獨立的部分是關於婦女和兩性關係的。例如，茅盾譯介的奧古斯都·斯特林堡的《強迫的婚姻》和桑陀·約爾斯基的《茄具客》都是寫包辦婚姻使青年男女終被逼瘋的故事，列夫·托爾斯泰的《活屍》敘寫了強迫性的婚姻所造成的主人公費丁最後被迫自殺的結局，等等。〔註108〕這些譯作的共同點是：都有一個悲劇性的結局，從悲劇的類型來看，都屬於純正悲劇。茅盾選譯這樣一些作品，當然是有所考慮的。正如他在《〈路意斯〉譯後記》中所解釋的那樣：「我翻譯此劇是因為它所表現的生活和中國當今青年男女的潮流十分接近。」〔註109〕茅盾是引入西洋的作品來針砭當時中國的現實。這是功利上的考慮。此外，恐怕也有鍾愛這類作品的特殊美感的因素在內。茅盾在《〈心聲〉譯後附記》中稱讚道：

> 愛倫·坡以神秘出名……他的著作尤以短篇小說為甚，大都是
> 幻想的，非人間的，然而卻又是常來我們精神界中撞擊的。他此種
> 短篇，造句用字，處處極力表現這個目的，所以他的文字另有一種
> 美……此篇之意所在描寫「illusion」的力量。〔註110〕

從引文來看，茅盾固然讚揚了愛倫·坡作品的有特殊魅力的文字，然而又何嘗不是讚美了對我們精神界產生了撞擊的純正悲劇的美感力量呢？

魯迅早期創作的小說作品，往往並不局限於純正悲劇的套路。他常常運用喜劇的方式來寫悲劇人物。魯迅筆下的悲劇人物，可以是悲劇因素與喜劇

〔註108〕陳蘇珊：《翻譯家茅盾》，見《茅盾與中外文化》，南京大學出版社1993年出版。

〔註109〕同上。

〔註110〕同上。

因素相交的。阿Q的命運結局是悲的；而阿Q的「精神勝利法」又滲透著喜劇性的因素。魯迅用戲謔的筆法，寫一個地地道道的悲劇故事，讓人看了以後發出含淚的微笑，笑完以後感到更深沉的悲。這種外喜而內悲的悲劇，有別於茅盾選擇的那些西洋文學作品，從而顯示了魯迅在追求悲劇美過程中的特色。孤證不足以服人。魯迅的《孔乙己》」中的孔乙己，不論身世經歷還是最後結局，都帶有濃厚的悲劇色彩。但他又分明體現了悲喜交織的特點。正因爲如此，歷來人們常常慨嘆：魯迅的《阿Q正傳》、《孔乙己》等名作，實難區分是悲劇作品還是喜劇作品。說它們是喜劇，然而卻是實實在在的悲劇；說它們是悲劇，卻分明又是喜劇。或許應該說，它們是悲劇化了的喜劇，又是喜劇化了的悲劇。

如果我們將目光投向茅盾在大革命失敗以後寫的一系列作品，投向在三十年代所寫的長篇鉅著《子夜》，我們就能一再地感受到茅盾在自己作品中所流露的悲劇意識，以及他對純正悲劇的特殊愛好。然而我們可以說，這種後來變得明朗化的悲劇審美取向，其潛在因素是在茅盾的早期十年中早已存在的了。

毫無疑問，早期茅盾對於同時期的魯迅的作品，總是予以高度評價的。這樣做本身，也就包含著欣賞者及評論家對作家美學風格認可的意義在內。但倘讓他選譯外國作家的作品，他就選譯了與魯迅的悲喜劇型的作品迥然不同的悲劇作品；後來他自己執筆從事創作，也一再地推出了純正的悲劇：這就清楚不過地證明，在意識的深層次中，他還是更欣賞純正悲劇那樣一種悲劇。這就形成了早期茅盾和早期或同時期魯迅在美學思想和美學趣味上的又一較大差異。

五

探討三個值得探討的問題。單憑「最新的不就是最美的、最好的」那段話，並不能說明茅盾已經理解了眞善美的辯證關係。《論無產階級藝術》等一組文章在美學方面的遞進和遞退。關於茅盾早期美學思想發展階段劃分的異議。

對於茅盾早期的美學思想，許多論者都進行過頗見功力的研究。這些研究大都是有很大成效的，值得稱道，但又有著有待商榷之處。

第一個問題，單憑「最新的不就是最美的、最好的」那段話，能否說茅

盾早期已經理解了真善美之間的辯證關係？

對此，不少論者給予肯定的答覆。

有的論者寫道：

> 他（筆者注：指茅盾）雖然開始對「真善美」三者關係表述所
> 用的概念不夠科學，但是其基本看法是可取的。他認為，「最新的不
> 就是最美的、最好的。凡是一個新，都是帶著時代的色彩，適應於
> 某時代的，在某個時代便是新；唯獨『美』『好』不然。『美』『好』
> 是真實。真實的價值不因時代而改變。」這裡，茅盾不僅對新文學
> 的「新」作了精闢的解釋，重要的是提出了「真」「好」「美」三者
> 統一的藝術標準……在「真善美」三者關係的理解上……基本上符
> 合「真善美」之間的辯證關係。〔註111〕

還有的論者將《「小說新潮」欄宣言》的中那段話，同《新舊文學平議之評議》
一文聯繫起來加以分析：

> 前者說：「凡是一個新，都是帶著時代的色彩，適應於其時代的，
> 在某時代便是新，唯獨『美』『好』不然。」後者又說：「新舊云者，
> 不帶時代性質。」這初看起來是十分矛盾的，實際上卻是一致的。
> 他這裡所說的「時代」，實際上只不過是一個時間性概念；而前後所
> 說的兩個「新」的含義卻是有區別的……所謂「新舊在性質」，也就
> 是以真實為標準來看文學的新舊，這樣新就同美、好一致起來了。
> 一年半以後，茅盾在《自然主義與中國現代小說》一文中又說：「我
> 們都知道自然主義者最大的目標是『真』；在他們看來，不真的就不
> 會美，不算善。」顯然，茅盾是要求新文藝具有高度真實的品格，
> 以真作為善和美的基礎，使真、善、美統一起來。〔註112〕

我認為，1920年茅盾對真善美的認識，尚未達到將三者統一起來的高度。
「『美』『好』是真實」，如果理解為「不真的就不會美，不算善」，理解為美
善必須以真實為基礎，那無疑是極為精闢的。在當時虛假之風盛行的情況下，
提出「『美』『好』是真實」這一命題，不言而喻，有著積極意義。然而，這

〔註111〕朱德發、阿岩、翟德耀：《茅盾前期文學思想散論》第17頁，山東人民出版
　　　　社1983年出版。
〔註112〕史瑤、王嘉良、錢誠一、駱寒超：《茅盾文藝美學思想論稿》第72、73頁，
　　　　杭州大學出版社1991年出版。

僅僅是問題的一個方面。從另一方面來考察，說「『美』『好』是眞實」，這是
將美善與眞相統一呢，還是相等同？似乎是打上了等號，因而也就談不上統
一。這不是一個「表述所用的概念不夠科學」的問題，而是說明論者對眞善
美三者的關係還缺乏辯證的把握。「美」「好」無疑必須以眞爲前提，爲基礎。
美的、善的事物必須具有眞實的品格；虛假與美、善無緣。然而，美與善畢
竟都有各自的內容，並不是一個「眞」字就能取代的。反過來說，在社會生
活中，眞的卻未必就「美」「好」；在文學創作中，僅僅眞實地表現出生活，
也未必就能達到「美」的境界。而以「眞實的價值不因時代而改變」推出「舊
文學也會有『美』『好』的，不可一概抹煞」的結論，也還是值得推敲。因爲
在這一思維過程中，茅盾還是未將「美」放到恰當的位置上，而只是將它當
作眞實的附庸。往古的作品得以傳之後世，難道就只是因爲眞實？難道就不
必強調審美價值？因此，我認爲，茅盾的《「小說新潮」欄宣言》，對於部分
改革《小說月報》，對於反對鴛鴦蝴蝶派，對於提倡新文學，都是有著重要意
義的；從美學思想方面來考察，可說是頗有卓見。然而，茅盾這時還只是剛
剛涉足於美學領域。其見解，在精闢之中是存有偏頗的。他並沒有從眞善美
三者辯證統一的角度提出問題。當然，這並不排斥他以後在這個問題上認識
會有所深化和發展。把茅盾在美學思想方面的起點說得過高是不符合實際的。

第二個問題，《論無產階級藝術》、《告有志研究文學者》、《文學者的新使
命》等文在美學方面的得失。

《論無產階級藝術》一文，在茅盾早期思想的發展中佔有極其重要的地
位。該文和上面提到的另外兩篇文章都是用全新的政治觀寫成的，在不少地
方都涉及美學問題，涉及藝術規律問題。在探討過程中，茅盾提出了許多精
闢的見解。

首先，茅盾論述了無產階級藝術產生的條件，這就是：「新而活的意象
＋自己批評（即個人的選擇）＋社會的選擇＝藝術」。〔註113〕「新的活的意
象」，從本質上說是從外在的客觀世界中來的，然而又是和作家的內在的意
識有關的：「只要我們的意識鏡是對著外物，而外物又是不息的在流轉在變
動，則我們意識界內的意象亦必不斷的生出來」。〔註114〕這種意象受到作者

<hr>

〔註113〕見《文學》週報第 172、173、175、196 期（1925 年 5 月 2 日、17 日、31 日
　　　　10 月 24 日）。
〔註114〕沈雁冰：《告有志研究文學者》，《學生雜誌》第 12 卷第 7 號。

本人的社會觀念與審美觀念的約束。社會的選擇是一種鼓勵或抵拒的力量，它將適合於當時社會生活的保存下來，而將不適合的消滅於無形。個人的選擇也就是文藝批評、文藝批評論所發生的選擇作用。無產階級藝術就正是在以上三項條件齊備的情況下產生的。應當說這種概括是大體正確的，雖然對無產階級藝術產生條件的說明尚嫌籠統。

其次，在文學的功能觀方面，完成了由「爲人生」到「爲無產階級」的轉變。他以毋庸置疑的口氣寫道：「文學實是一階級的人生的反映，並非是整個的人生。」〔註 115〕正因爲如此，他認爲文學並不超然。就是這樣，他隨著無產階級思想意識的增強，將原先的帶有濃厚人道主義色彩的「爲人生」的文學觀念完全糾正過來了，並將自己的文學觀念、美學觀念安放到了堅實、正確的基石上。此舉的意義非同尋常。

再次，從美學的角度，探討了文學的構成。茅盾從過程上將文學的生成劃分成兩個段落：先由外物投射於人們的意識鏡形成意象；再由人們意識界裡的「審美先生」對意象加以編製、整理，使之和諧。「外物」意即客觀世界。它是意象的來源。「意識鏡」則是人的主觀世界。它是「外物」的接受器。但這種接受並不是被動的。「審美先生」的出現就說明了這一點。「審美先生」其實也就是審美觀念。它的能動作用表現在：不是有什麼意象就保存和推出什麼意象，而是要按照一定的法則，對意象進行選擇、編製、整理、加工。這一定的法則概括地說就是「和諧」。這也就是美的某種法則。加工而成的精神產品，就是文學。茅盾論述文學生成過程所涉及的諸多原素都是十分重要的：外物，這是本源，離開它就不能產生意象；意象，這是美的原素，「沒有意象」就「無從產生文學」；〔註 116〕「審美先生」，這是美學法則和美學理想的體現，「沒有審美觀念，亦不能有文學」。〔註 117〕可以說，這是茅盾整個早期用美學觀解釋文學的最精彩的一段文字。要說高峰，這也就是茅盾早期在美學方面所達到的又一個高峰。

最後，對藝術的內容與形式的關係問題，作了富於啓發性的探討。茅盾論及無產階級藝術，既強調藝術所表現的內容，又注重藝術所採用的表現形式。他認爲在這方面努力的方針是「形式與內容必相和諧」。毛澤東後來提出

〔註 115〕沈雁冰：《告有志研究文學者》，《學生雜誌》第 12 卷第 7 號。
〔註 116〕同上。
〔註 117〕同上。

了「革命的內容和盡可能完美的藝術形式相統一」的口號。茅盾的意見和毛澤東對革命文藝的要求，應當說，兩者的基本精神是一致的。茅盾的上述見解無疑是值得稱許的。

但是，茅盾的《論無產階級藝術》等文，在論及美學或與美學有關的問題時，也有不少值得探討、值得推敲的地方。這個話題，人們還很少談起。

比如說，茅盾在闡述文學功能問題時，有的說法說並不準確。當談到「文學為人類做了什麼事？」這個問題的時候，茅盾嚴肅地批評道：「以『創造美』來解答『文學為人類做了什麼事』實等於未嘗作答。」當時，階級矛盾異常尖銳，無產階級和勞苦大眾處在水深火熱之中。在這樣的情況下，如果有人鼓吹「文學存在的唯一目的就是為人類創造美」這樣一種論調，那麼，毫無疑問，這些人、這類論調應當遭到痛斥。但在痛斥的同時，我們又必須承認：「創造美」，也完全可以而且應當是文學的宗旨之一。不錯，文學應當具有認識和教育作用。在反動階級黑暗統治的背景下，文學應當幫助人民認識現實，激勵他們為變革現實所進行的鬥爭。但毋庸諱言，文學確實應當為人們創造美。文學的認識作用和教育作用，是憑藉審美才得以實現的。文學只有創造了美，才會有它的存在價值；而且也只有提供了美的作品，才能更好地鼓舞人們為反對社會醜惡現象所進行的鬥爭。因此，「以『創造美』」來解答「文學為人類做了什麼事」這樣的問題，並不是毫無意義的。完全否定文學「創造美」的功能，就有可能導致藝術上低劣的單純時代精神的傳聲筒和宣傳品的出現。這正是強調美的功利性時應防止的。茅盾的另一段論述也表明他並沒有將美放到應有的高度上。這段論述是這樣的：「給我們以美的欣賞啊……這都是文學題中應有之義，似乎談不到什麼對於人類的貢獻吧？」這段論述也是有缺陷的。我們並不能因為是「題中應有之義」，就否定提供「美的欣賞」是文學對人類的貢獻之一，也不能因此而不作必要的強調。當然，「美的欣賞」並不是超功利，也不應當是「醉罷美呀」那樣一種美。總而言之，茅盾在《論無產階級藝術》等一組文章中，對美的重要性是強調不力的，表現出一種簡單化傾向。強調藝術的無產階級功利目的，這在當時堪稱空谷足音，但對美未曾放到應有高度來強調，這不能不是一個缺憾。這樣說，並不意味著階級意識必定會妨礙藝術意識。茅盾所留下的缺憾，是世界觀和藝術觀、美學觀調整期難以避免的缺憾，當然也與馬克思主義美學理論的尚未系統傳入有關。

又比如，茅盾雖然提出了「形式與內容必相和諧」的正確命題，然而他對形式的發展問題的闡述，卻基本上陷落到了進化論的泥坑裡去了。由此產生的後果是：一棵樹一個分叉是枯死的，大樹的生命力受到了極大的影響；一個命題中的一個重要的局部性命題是錯的，整個命題的價值大大受損。

再比如，茅盾以相當寬闊的胸懷提出：無產階級在創造新的藝術的過程中，繼承和利用前人的遺產，在此基礎上，按照無產階級的要求加以創造。他的胸懷、眼光、氣度都是令人欽佩的。然而，也就是在這個問題上，茅盾也留下了讓人終感遺憾的論述。有人曾經認為：未來派、意象派、表現派等新派，「他們有極新的形式，也有鮮明的破壞舊制度的思想」，是「無產階級作家所應留用的遺產」。茅盾說：不對！「近代的所謂『新派』不足為無產階級所應承受的文藝的遺產」。〔註 118〕他甚至斷言：「無產階級如果要利用前人的成績，極不該到近代的所謂『新派』中間去尋找」。〔註 119〕茅盾認為未來派、意象派、表現派等新派「只是舊的社會階級在衰落時產生的變態心理的反映」。而「凡一個社會階級在已經完成它的歷史的前進的使命而到了末期並且漸趨衰落的時候，它的藝術的內容一定也要漸趨衰落」；「跟著內容的衰落的，便是藝術的形式了」。〔註 120〕誠然，內容和形式之間的關係，是前者決定後者。但「決定」的含義多指內容選擇形式，形式為表現內容服務。而不是說藝術所表現的內容衰落了，藝術的形式也就跟著衰落。事實上，形式有著相對獨立性，此其一。其二，既然未來派等新派「有極新的形式」，而形式又具有相對的獨立性，那末，借鑒它們的藝術形式以增強無產階級文學的藝術表現力，又有何不可呢？其三，未來派等新派確實表現了資本主義衰落時期人們普遍的變態心理，從思想內容上看，既有一定的深刻性，又表現了沒落、頹廢的心理特徵和情緒特徵，因而具有一定的認識價值，就是從內容方面進行某些借鑒，也不是絕對不可以。我以為，對未來派等新派進行某種批評、批判是必要的，然而全盤否定它們，把它們說得一無是處，又並不就是明智的做法。

正是因為以上原因，我認為《論無產階級藝術》等文，以無產階級的文藝思想為主旋律，但主旋律之外，我們又每每可以聽到一個和無產階級文藝

〔註 118〕見《論無產階級藝術》，載《文學》週報第 172、173、175、196 期（1925 年 5 月 2 日、17 日、31 日、10 月 24 日）。
〔註 119〕同上。
〔註 120〕同上。

思想並不完全合拍的聲音。《論無產階級藝術》等文，就存在著這樣的「複調現象」。

第三個問題，茅盾早期對藝術美本質的理解，是否經歷了「美在主觀」、「美在客觀」和「美在主客觀統一」三個階段？

曹萬生的專著《理性・社會・客體——茅盾藝術美學論稿》，系統地研究了茅盾的美學思想，做了一項極有價值的開拓性工作，且書中新意迭出，富有啓發性。但細想起來，該書對茅盾（主要是早期）藝術美本質論所作的「三段式衍進」的概括，也還是有可商榷之處。他是這樣概括的：「美在主觀：提倡新浪漫主義——誕生期（1919～1920）」；「美在客觀：提倡自然主義——發展期（1921～1924）」；「美在主客觀統一：提倡革命現實主義——成熟期（1925～1981）」。〔註121〕

茅盾早期的美學思想，茅盾早期對藝術美本質的認識確實不是一成不變的。但我以爲「三段式衍進」的階段劃分過於簡單，也過於機械了，況且和實際情況也不甚符合。

事實是：茅盾所推崇的新浪漫主義，是以法國大作家羅曼・羅蘭爲代表的一個文學流派。正像茅盾所說的那樣，羅蘭的作品「表現過去，表現現在，並開示將來給我們看」。〔註122〕因此，他後來乾脆將新浪漫主義叫作新理想主義。茅盾 1920 年曾一度提倡過新浪漫主義。之所以提倡，原因之一是讚賞它對自然主義（寫實主義）只批評而不指引，看不見惡中有善等等弊病所作的補救，用新理想指引人們「進於新光明之『黎明』」。當然，從本質上說，新浪漫主義是偏重於主觀的；茅盾在提倡新浪漫主義的時候，也向主觀的方面傾斜過。同樣可以說，茅盾在短期提倡過新浪漫主義後所提倡的自然主義、寫實主義，是偏重於客觀方面的，他在提倡自然主義、寫實主義的時候，也向客觀的方面傾斜過。問題是：他在提倡新浪漫主義的過程中（據曹萬生說是 1919～1920 年），幾乎是同時，他也提倡寫實主義。在 1920 年 1 月 1 日《時事新報・學燈》上發表的《我對於介紹西洋文學意見》一文中，茅盾就明確地指出：「爲將來自己創造先做系統的研究打算」，「該盡量把寫實派自然派的文藝先行介紹」。茅盾在《「小說新潮」欄宣言》中，暢敘了他對於

〔註121〕見《理性・社會・客體》一書的目錄部分。該書由四川省社會科學院出版社 1988 年出版。

〔註122〕沈雁冰：《爲新文學研究者進一解》，《改造》第 3 卷第 1 號。

介紹西洋文學意見和計劃。從所列篇目來看，擬介紹的第一部共十二家三十三部作品，其中以「純粹的寫實派自然派居多」。不言而喻，介紹中的這樣明顯的傾斜，也就包含了提倡的意思在內。這一點，在稍後的《我們現在可以提倡表象主義的文學麼？》一文中得到了印證，他在回答標題中所提出的問題時，自擬了問答體：

> 問：寫實主義對於惡社會的腐敗根極力抨擊，是一種有實力的革命文學，表象主義辦不到這層，所以應該提倡寫實，不是表象。
>
> 答：這些話我通通承認，但我們提倡寫實一年多了，社會的惡根發露盡了，有什麼反應呢？可知現在的社會人心的迷溺，不是一味藥所可醫好。我們該並時走幾條路，所以表象該提倡了。〔註123〕

很明顯，茅盾的觀點是藉助作答的文字表達出來的。在這段文字中有兩處應特別引起我們的注意。一是「我們提倡寫實一年多了」。這和《我對於介紹西洋文學的意見》、《「小說新潮」欄宣言》中的說法是一致的。可見茅盾在1921～1924年前就曾經提倡過自然主義、寫實主義，只是到了1922年前後再度提倡，而再度提倡的影響更大罷了。二是「我們該並時走幾條路」。這恐怕也就是可以同時提倡文學上的幾種主義的意思。只要能醫好「現在的社會人心的迷溺」的病，不管什麼藥都可以用。因此，一忽兒提倡自然主義、寫實主義，一忽兒提倡表象主義，也就不難理解了。我們再把話題收回到茅盾對藝術美本質的認識上來。1919～1920年間，茅盾提倡過新浪漫主義和表象主義，這可算是「美在主觀」，而他又提倡過自然主義、寫實主義，這又應當算「美在客觀」。應當說：茅盾其時的藝術美本質論思想，既有著「美在主觀」的因素，也有著「美在客觀」的因素。兩者是同時並存的。

曹萬生注意到了茅盾這一段時間中在藝術美本質論方面所存在的二元傾向。認為二元論引起了現實主義因素同新浪漫主義主張的矛盾。茅盾「在功利觀（善）方面，新浪漫主義基本上與『寫實派、自然派』是一致的，但在真實觀（真）方面，他卻又明確地反對了『寫實派、自然派』」。〔註124〕曹萬生列舉《托爾斯泰與今日之俄羅斯》等六篇文章，證明茅盾其時曾大力提倡「文學是為表現人生而作的」現實主義觀點。〔註125〕而我們又發現：茅盾當

〔註123〕見《小說月報》第11卷第2號。

〔註124〕見《理性‧社會‧客體》第24、25頁，四川省社會科學院出版社1988年出版。

〔註125〕同上。

時只是在《爲新文學研究者進一解》等極少數文章中，明確地、正式地表示
過提倡新浪漫主義的意見。既然如此，爲什麼在描述茅盾這一段時間的藝術
美本質論思想時，要將提倡新浪漫主義提到主導地位上呢？爲什麼要用「美
在主觀：提倡新浪漫主義」來概括他本期的主張呢？「爲人生」的思想是茅
盾早期（至 1925 年之前）的文學和美學的總體思想，如果它體現的是現實主
義的觀點的話，那末說茅盾本期的藝術美本質論思想，不是「美在主觀」，而
是「美在客觀」，這或許是較爲恰當的。至於說茅盾在提倡新浪漫主義的時候，
究竟反對了「寫實派」、「自然派」的什麼東西，也還值得推敲。是從眞實觀
（眞）方面來反對的嗎？其實，茅盾並不是從眞的方面來反對「寫實派」、「自
然派」的。他反對的是：「自然派只用分析的方法去觀察人生表現人生，以致
見的都是罪惡，其結果是使人失望，悲悶」。〔註126〕可見，他並不否認「寫實
派」、「自然派」的眞，而是責怪它們看不到善，看不到社會生活中隱伏在罪
惡下面的眞善美，因而不能引導人們建立起健全的人生觀。我的結論又和曹
萬生相異。

　　至於說 1921～1924 年茅盾的藝術美本質論思想，用「美在客觀」來概括
是大體恰當的。茅盾由對新浪漫主義的「冷烈的主觀主義」的短期的讚賞，
轉而要求文學者「沒有一毫私心不存一些主觀」〔註127〕地表現全人類的生活
（當然應是「用藝術的手段表現出來」）。對於自然主義的大力提倡，更是將
「美在客觀」的思想安放到了堅實的基礎之上。但我以爲，「美在客觀」也應
當是 1921 年前茅盾對於藝術美本質的認識。至於說在提倡新浪漫主義時所體
現的對主觀方面的注重，則是在「文學爲人生」的主旋律中所出現的一個短
暫的聲部。

　　1925 年，茅盾在美學思想方面發展到了一個新的階段。說出現了飛躍，
產生了昇華，這都符合當時的實際情況。《論無產階級藝術》和《告有志研究
文學者》在談到藝術美的本質時，既注意讓人們的意識鏡對著外物，又注意
到意識鏡對外物的接受（結果是形成意象），以及「審美先生」對意象的選擇
和加工。外物，便是美生成的客觀依據；意識鏡的作用，「審美先生」（即審
美觀念）的參與，則是美生成的主觀依據。茅盾確確實實是將主客觀統一了

〔註126〕沈雁冰：《爲新文學研究者進一解》，《改造》第 3 卷第 1 號。
〔註127〕沈雁冰：《文學和人的關係及中國古來對於文學者身份的誤認》，《小說月報》
　　　　第 12 卷第 1 號。

起來。茅盾在這一方面所達到的高度，令人嘆服。但是，也應當看到，茅盾
這一段時間在美學思想方面，也依然存在著不協調處，不盡如人意處。關於
這一點，前文已有涉及，恕不贅述。基於此，我認為，與其說茅盾對於藝術
美本質的認識達到了成熟期，不如說正處於突變期。

下卷・卷首語

　　新時期以來，茅盾早期思想研究受到了重視，並取得了突破性的進展。成果令人欣喜。然而，我深深感到，如何通過我們的研究，逼近茅盾早期思想的原貌，勾劃一個實實在在的早期茅盾，這始終是一個有待解決的問題。「勾劃」，只是一種形象的說法。實際是說，將我們的研究對象早期茅盾，又放回到當時的歷史條件之中去，從而去把握這一時期的茅盾所確有的思想特點。按照這一思路，茅盾早期思想研究中的一些結論不無商榷的餘地。茅盾早期的批判精神是否果真體現在一切方面？茅盾早期思想的主要特徵究竟應當如何概括？茅盾早期文藝思想的核心倒底是什麼？就茅盾早期對自然主義的態度問題究竟應當作何評價？這些問題，在茅盾早期思想研究中至關重要。如果我們對此作出了準確的、科學的回答，那末，毫無疑問，我們也就更深刻地理解了早期茅盾，更深刻地揭示了研究對象的底蘊。

第七章　勾劃一個實實在在的早期茅盾
——茅盾早期思想研究中若干問題商兌

一

　　茅盾早期思想的研究成就卓然。樂黛雲的《茅盾早期思想研究》
是新時期以來這方面最早的專題研究文章。發軔之功不可沒。但
某些觀點也有值得商榷之處。本章將對偏頗處作出分析。同時還
將涉及茅盾早期思想中其他一些有爭議的問題。

　　新時期以來，關於茅盾早期思想的研究有了長足的進步。許多研究者的
論著，在對茅盾的整個創作生涯和人生道路進行總體觀照的時候，也在茅盾
早期思想方面投放了相當多的筆墨，使茅盾早期極為複雜的思想線索顯得十
分清晰，使茅盾早期思想中一些難解的「結」被解開，使研究對象茅盾具有
歷史真實性的品格。孫中田的《論茅盾的生活與創作》（百花文藝出版社 1980
年 5 月出版）、莊鍾慶的《茅盾的創作歷程》（人民文學出版社 1982 年 7 月出
版）和邵伯周的《茅盾評傳》（四川文藝出版社 1987 年 1 月出版）等等，在
論及茅盾早期思想的時候，都體現出了上述特點。然而以上論著畢竟並不是
研究茅盾早期思想的專門性著作，我們不應該苛求它們解釋清楚茅盾早期思
想中的一切問題。朱德發、阿岩、翟德耀合著的《茅盾前期文學思想散論》（山
東人民出版社 1983 年 8 月出版）應當算是研究茅盾早期思想的第一部專題論

文集。它彌補了在茅盾早期思想方面無人作專門研究的不足。楊健民的《論茅盾早期文學思想》（湖南文藝出版社 1987 年 7 月出版），具有專著的構架。兩本書的共同特點是從各個不同的角度，考察了茅盾的早期文學思想和與茅盾早期文學思想有關的其他思想，論述富於啓發性。但它們都未能正面回答茅盾早期思想的發展衍變這一難解的問題，都未能對茅盾早期思想的發展作出縱向的勾勒，都未能揭示出茅盾早期思想中多種思想因素所形成的矛盾運動狀態。而楊著未觸及茅盾早期受到馬克思主義影響這一點，更是讓人感到遺憾。無論如何，這部分內容是不應當被忽視的。

再說論文。

早在 1979 年，樂黛雲就發表了《茅盾早期思想研究》〔註 1〕一文。這是我所見到的新時期以來最早發表的關於茅盾早期思想的研究論文。樂文將我們帶到了一塊尚未開墾的處女地上。而她自己，則在這塊土地上灑下了汗水，默默地耕耘，付出了艱辛的勞動。人們不會忘記樂黛雲所作出的貢獻。平心而論，樂文也確實是一篇論點明確、材料翔實和富有見地的論文。但文章中的許多結論又是欠妥的，有提出來加以商榷的必要。樂文發表以後，研究茅盾早期思想的論文漸漸多了起來。我除感到欣慰和興奮外，也常感到有些論文的提法值得推敲。為此，我想主要對樂黛雲的某些結論提出商榷，同時兼及其他一些有爭議的問題。

二

> 關於茅盾早期的批判精神。早期茅盾富於批判精神。但茅盾的批判精神並沒有體現在早期生活的一切方面。他的批判精神既有高出於旁人的地方，但也難免存在著自身的不足方面。看不到其高出旁人的方面固然是不對的；但不能指出其不足方面畢竟是學術研究中的憾事。

早期茅盾所處的時代，是「五四」新文化運動醞釀爆發、形成滾滾潮流並日益顯示其影響的時代。這是一個封建禮教、封建道德、封建文化受到猛烈衝擊的時代，是一個外國形形色色的學說、思潮紛至沓來的時代，是一個充滿著批判精神的時代。茅盾置身於這樣一個時代，深受時代精神

〔註 1〕 見《中國現代文學研究叢刊》1979 年第 1 輯。以下引用的樂黛雲的論述均見此文。

的薰染。由於較早接觸馬克思主義，較早參加共產黨組織，受到革命理論和實際鬥爭兩個方面的影響，早期茅盾的批判精神，比同時代的許多進步作家要強得多。具有以下三個特點：一、「紮硬寨，打死仗」，充分體現了對封建專制主義制度和封建主義文化的不妥協的鬥爭精神。二、當他進行社會批判的時候，時時表現出運用馬克思主義對於中國社會問題所作的深入思考；當他進行文化批判的時候，卻常常夾雜著從人道主義立場出發對封建文化所作的批判。三、在批判中較多地體現了辯證法思想。一般說來，他總是力圖將精華和糟粕區分開來，在此基礎上，汲取精華，擯棄糟粕。最好的例子，莫過於茅盾對尼采學說所取的態度了。他在《尼采的學說》中寫道：

> 我們無論對於哪種學說，該有公平的眼光去看他；而且更要明白，這不過是一種學說，一種工具，幫助我們改良生活，求得真理的。所以介紹儘管介紹，卻不可當他是神聖不可動的；我們儘管挑了些合用的來用，把不合用的丟了，甚至於忘卻，也不妨。〔註2〕

既有所批判，又有所吸收，這就避免了絕對肯定或絕對否定的弊病。就總體情況而言，茅盾早期批判過程中的片面性和絕對化比他的同時代人要少一些。如果看不到這樣一些特點，就會抹煞茅盾與當時尚未接觸馬克思主義的一般進步作家之間，在某些思想立足點上的差別。但我認為，「茅盾對一切外國和古代的思想學說都採取了一種批判的，為我所用的態度」和「他對外國傳入的種種『新』思潮總是採取批判改造的態度，從來不認為是絕對的好，一切都好」（著重號為筆者所加），樂黛雲所作的這種「概莫能外」式的論斷，恐怕是欠妥的。

實際情況是——

其一，在多數場合，對眾多的事物，早期茅盾表現出極為突出的批判精神；但由於種種原因，他對於某些外來的思想學說，也還缺乏嚴格意義上的批判改造。

早期茅盾批判的矛頭，觸及到了社會生活的諸多方面。他不滿於當時「不良之社會」，希冀通過革新思想來改造社會，批判現存社會的心志十分強烈。他對認為自己國家前途無望者痛下針砭：「謂我國之前途，遂無一線之希望，是衛言也。吾人以前之歲月，雖已擲諸虛牝，而以後之歲月，尚堪大有作為。」

〔註2〕見《學生雜誌》第7卷第1～4號。

〔註3〕他力主創造,以摹擬西人、步西人後塵爲恥:「我謂今後之學生,當以摹擬西人爲愧恥,當具有自行創造之宏願。」〔註4〕他猛烈抨擊傳統的陳舊的文學觀,大事張揚「進化的文學」的「三件要素」(即普遍的性質,表現和指導人生的能力,爲平民的文學宗旨),〔註5〕從而反對了那種「將文藝當作高興時的遊戲或失意時的消遣」的文學觀。他改革了《小說月報》。這一舉動,後來惹得封建保守勢力如芒在背,如鯁在喉。這就從反面證明了它的不可低估的批判意義。

早期茅盾對封建主義的一套東西,批判是異常尖銳有力的。對於從外國傳入的某些資產階級的思想學說,也不乏批判改造;但說「對一切外國⋯⋯的思想學說」「總是採取批判改造的態度」,怕是言過其實了。在「五四」時期以至「五四」後的一段時間裡,茅盾對於資產階級人道主義和人性論、克魯泡特金的「互助論」這些外來的新思潮,基本上沒有進行什麼嚴格意義上的批判改造。資產階級人道主義所具備的一般特徵,在茅盾的早期思想中都是具備的。這種情況,是與當時時代的特點相吻合的。在批判封建禮教、爭取個性解放的時代浪潮中,人道主義思想普遍存在於新派人們的頭腦之中。這種情況,也是與茅盾當時批判的出發點緊緊相聯的。在 1925 年思想發生質變前,茅盾基本上是從革命民主主義者的立場出發,去批判封建主義的。他從鬥爭需要出發,對外來的新思潮進行了挑選和取捨。他對於在他看來有著明顯謬誤的東西,例如尼采的學說,進行了較多的批判,但在揚棄之中也仍然有所吸取;而對於和自己的思想合拍的思想學說,則較少批判,就直接當作批判封建主義的利器運用了。這並不能簡單化地指責爲短處。事實上,在當時情況下,完全符合上述「概莫能外」式論斷的人,恐怕是不多的。

又比如,茅盾早期,是在並沒有經過嚴格意義上的加工、改造、批判的基礎上,大力提倡左拉的自然主義的。有的論者更願意單純強調茅盾此舉對於存在於當時文壇的種種不良現狀的針砭作用和批判意義。然而這並不能改變茅盾對左拉自然主義未加嚴格批判的事實。左拉強調尊重客觀事實,對人生進行「直接的觀察」和「精確的解剖」,「按照原來的樣子加以分析」,作一個「單純的事實記錄者」。他的這些主張確實有其不可低估的價值。但排斥作

〔註3〕茅盾:《一九一八年之學生》,《學生雜誌》第 6 卷第 1 號。
〔註4〕同上。
〔註5〕沈雁冰:《新舊文學平議之評議》,《小說月報》第 11 卷第 1 號。

者主觀情感和主觀傾向的介入，卻是無論如何不可取的。茅盾對此表示了過多的贊賞。左拉的自然主義理論是建立在孔德的實證主義和達爾文的生物進化論的基礎上的。作爲左拉自然主義理論根基之一的進化論，完全能夠在茅盾思想的深層引起強烈的共鳴。左拉自然主義對實證主義和生物進化論的依賴，更主要的是以泰納的「種族、環境、時代」三要素的理論作爲中間環節。而茅盾則又通過接受泰納的「三要素」論與左拉的自然主義溝通。如此看來，茅盾如果能對左拉的自然主義表現出批判的徹底性，那倒反而是不正常的。當然，幾乎是在推崇、倡導左拉的自然主義的同時，茅盾也對它有過微詞；隨著時間的推移，他後來就不再提倡自然主義了。這只能說明他在提倡時略有保留，思想發展體現的是上昇的趨向。但並不能勾銷他對自然主義一度尚缺乏嚴格意義上的批判的歷史陳跡。

在當時文壇上，有個叫黃厚生的人，表示很贊成「注重自然派寫實派的文字，以挽回小說的價值」。但同時也流露出對介紹域外自然派寫實派作品的疑惑：「人家所是的不必盡是於我家。人家所非的。不必全非於我家。何況乎寫實派自然派的小說啦。人家所謂寫實的自然的。是寫的人家的實。說的他家的自然。張冠李戴。恐怕有點不妥。」〔註6〕黃厚生的疑惑和憂慮並不是沒有道理的。從介紹異域的寫實派、自然派作品，到創作出新文學運動所需要的寫實主義作品，這中間遠非一步之遙。黃厚生強調道：「介紹人家小說，不如寫自家的實，說自家的事。」〔註7〕他注重自身創造，這具有積極的、建設的意義；但他似乎忽視了借鑒別國的藝術經驗。茅盾肯定了黃君對創造的注重，又特別強調了介紹、借鑒西洋寫實自然的重要，要求作家們「取西洋寫實自然的往規，做個榜樣，然後自己著手創造」。〔註8〕這似乎也無可厚非。可是茅盾底下這一段話就值得深思了：「寫實、自然云云是西洋文藝思潮已過的一段，也可說是西洋文學學術一種：凡是思潮等等只有時間上的關係，沒有空間上的分別，難道黃君不明白麼？」〔註9〕茅盾正是在這樣一種思維定勢之下來思考問題的。「中西文學程度相差之遠，足有一世紀光景」。〔註10〕這就是存在於中西文學之間的「時間上的關係」。由於「沒有空間上的分別」，

〔註6〕見《讀〈小說新潮宣言〉的感想》，《小說月報》第11卷第4號。
〔註7〕同上。
〔註8〕冰：《答黃君厚生〈讀小說新潮宣言的感想〉》，《小說月報》第11卷第4號。
〔註9〕同上。
〔註10〕同上。

因此要從介紹寫實派自然派的作品入手。在茅盾心目中，介紹和提倡寫實主義和自然主義，具有一種補課的性質，是縮短中國文學與西洋文學時間距離的一項措施。因此茅盾提倡自然主義過程中褒多於貶也就是十分正常的事情了。然而茅盾忽視了很重要的一點：對於思潮來說，空間上的分別是客觀存在的。空間上的分別指的是：國度的不同，社會土壤的不同。某種思潮總是在特定的社會土壤上產生出來的。所謂社會土壤，是特定的社會政治、經濟、文化、社會制度、社會心理、社會時尚等等因素的複雜的綜合。左拉的自然主義的出現和存在，就離不開十九世紀法國的社會土壤。而在同一時間不同空間的中國，卻產生不了左拉那樣的自然主義。怎麼能說凡是思潮沒有空間上的分別呢？

有的論者認為：茅盾在理性的制約下，從異域的營養中取精用宏，其獨特的著眼點似乎比同代人更加明晰。如，他取之於尼采的，是「掃蕩一切古來傳習的信條，把自來所認為絕對真理的根本動搖」，用以「做摧毀歷史傳統的畸形的桎梏的舊道德的利器」，而不是「強者求到超人，須待犧牲愚者弱者」的社會達爾文主義；他取之於托爾斯泰的，是用「撕下了一切假面具」（列寧語）來探索人生的真諦和並不是簡單地複製現實生活中醜惡現象的典型化手法，而不是「托爾斯泰主義」所包含的皈依宗教、追求道德上的自我完善、「不以暴力抗惡」的極端的「人生的藝術」；他取之於泰納的，是用人種、環境、時代三種要素來探討文學的發展規律，而不是他的末流——對生理、遺傳的注意；他取之於左拉的，是實地觀察和客觀描寫，而不是專看人間的醜惡和對現實只是「相」的記錄以及對人的自然屬性的渲染。總之，茅盾對外來的學說、思潮，總是用「時代空氣」過濾過，然後才讓它們植根於民族的土壤。而外來的思潮、學說一經和民族的文化交融在一起，就無法和本來的概念等量齊觀了。

這種觀點對當時茅盾在外來思潮、學說面前的態度尚缺乏具體分析，對外來思潮、學說的認識也不免有些簡單化。應當說，茅盾早期對外來思潮、學說的取捨程度是各不一樣的。對尼采的學說，取棄都比較恰當，在複雜的對象面前所體現的目力和睿智令人嘆服，代表了批判、借鑒過程中的最高水準。說早期茅盾以清醒的理性重新估量了尼采的學說，這一點也不過分。但對於托氏、泰氏和左氏的理論學說，茅盾卻並沒有完全做到以清醒的理性加以審視，加以估量。因而，在取捨過程中，茅盾並沒有做到恰當和精當。他

沿用泰納的「三要素」論的思路來探討文學的發展規律，固然可以解釋文學發展中的某些問題、某些現象；然而文學的本質和發展的根本規律，卻不是泰氏的「三要素」論所能揭示和解釋的。況且，「三要素」論中的人種這一要素，與泰氏對生理、遺傳的注意之間，存在著天然的聯繫。茅盾當時的論述也表明，他對遺傳的因素是關注的。怎麼能說早期茅盾接受了泰氏的「三要素」論而又擯棄了其注重生理、遺傳因素這一思想成分呢？再說對早期茅盾發生影響的外來思潮、學說，往往是比較複雜的。以托爾斯泰爲例。我們似乎很難論定他的思想只有兩個對立的側面：正面和負面；似乎更不能說早期茅盾所取的是托氏思想上正面的東西，而排斥的是負面的東西。論者常常將「托爾斯泰主義」當作負面的東西，認爲茅盾對此是擯棄的。其實「托爾斯泰主義」並不就是屬於負面的東西，至少說當時的茅盾並沒有將它一概認作負面的東西。他從「托爾斯泰主義」中廣爲吸收了資產階級人道主義思想，以至托氏成了早期茅盾形成系統的人道主義的重要思想源之一。綜上所述，我認爲，由於早期茅盾思想上存在著與托氏、泰氏、左氏一拍即合的某些內在因素，因此，他雖然也作過一定程度的批判，然而不可否認，他在批判中和批判後常常對他們的思想學說流露出偏愛的傾向。過濾是有的，但過濾後遠未達到純而又純的境界。

其二，早期茅盾，在批判的過程中，既體現了富於批判精神和批判能力的方面，但也存在著批判不夠徹底的不足方面。

樂黛雲還以茅盾對泰納的態度爲例，闡述道：「就拿茅盾很爲推重並從他受到很大影響的法國文藝評論家泰納來說，茅盾也從來沒有全盤接受過他的論點。」然而，從茅盾當時的基本態度來看，他接受的正是泰納學說的主要論點。對於其主體部分，即藝術的「三要素」（人種、環境、時代）論，他是贊同的。他在《被損害民族的文學背景的縮圖》中，要求人們特別注意「屬於何人種（民族遺傳的特性）」，這便是受「三要素」論影響所致。在《文學與人生》一文中，他更是肯定並應用了「三要素」論。當然，除「人種」、「環境」、「時代」外，他還提出了第四個要素：「作家的人格」。但這只是對「三要素」論的局部的補正，而並不是根本性的改造。不可否認，茅盾在此文中曾提出「革命的人，一定做革命的文學」的著名命題。然而由於「三要素」論的限制和束縛，這一命題沒能發射出更多的光澤。這個例子可以證明兩點：其一，茅盾藉助泰納的學說，用來反對中國古代純粹主觀的文藝批評方法，

表現出他對於封建主義文藝的批判精神，而這，正是當時的許多人所不具備的；其二，他對泰納的文藝理論，雖然也有過批評，作過補正，但由於未從根本上加以批判改造，因此，他早期的批判精神又是並不徹底的。這兩個方面中的任何一個方面都不應當忽視。

不僅是對於外來的文藝思想的批判存在不夠徹底的狀況，對於外來的社會思想的批判也是如此。茅盾曾經熱衷於研究婦女問題。譯介過西方許多論者的論著，自己也寫過不少有關文章。他曾特別地介紹過愛倫凱其人其作。他認為，愛倫凱「從唯心哲學接過火把，照到女子世界」；〔註11〕其「對於婦女解放的意見，是以一個愛字做中心」，〔註12〕「對於婦女運動的主張，是以人格兩字做目標」。〔註13〕她「承認男女天賦氣質的不同，承認男女分工的必要，承認女子沒有謀經濟獨立的必要，但先須要爭到一個和男子一樣的人格，和男子已有的人權（right）相等的人格」。〔註14〕很顯然，愛倫凱的婦女解放觀是立不住腳的。和馬克思主義婦女觀之間的差別更是判若鴻溝。誰能設想，離開了政治上的解放、經濟上的自立，婦女能先「爭到一個和男子一樣的人格」，和與男子已有的人權「相等的人權」？然而，茅盾對愛倫凱過於厚愛了，對於她的帶有明顯局限性的婦女解放觀，不僅基本上未加批判，而且還讚賞說：「愛女史的婦女運動眞是最徹底的了。」〔註15〕看來，說茅盾早期對愛倫凱的觀點缺乏徹底的批判，這樣的斷語大概不會有錯。

其三，一方面，茅盾在批判中表現出一定的辯證法思想；但另一方面，他也並沒有完全避免片面性和絕對化。

茅盾對於尼采學說的分析批判，確確實實是極為精到的。他的《尼采的學說》一文，體現了一系列重要的思想原則：一是「不把古人——尼采——當偶像，不把古人的話當天經地義」，應該「用批判的眼光」去讀尼采的著作，表現出對於先哲的批判精神。二是要能辨別，要「分別得出」尼采學說中的是非黑白，「果然有優點呀，在何處？果然有缺點呀，又在何處？」三是吸取合理內核並進行加工改造的原則。尼采認為，人類生活中最強的意志是向權力，不是求生。茅盾把其中的合理內核抽取出來，注進了自己的內容，闡發

〔註11〕沈雁冰：《愛倫凱的母性論》，《東方雜誌》第17卷第17號。
〔註12〕同上。
〔註13〕同上。
〔註14〕同上。
〔註15〕同上。

道：「惟其人類是有這『向權力的意志』，所以不願作奴隸來苟活，要不怕強
權去奮鬥，要求解放，要求自決，都是從這裡出發。」經過這一番改造，茅
盾所肯定的「向權力的意志」，已經被揚棄了「超人的強權」的本意。總而言
之，茅盾早期在批判中所體現的辯證法思想，達到了相當的水準，在同時代
的進步作家之中是出類拔萃的。

　　但茅盾早期的辯證法思想，並沒有在同一篇文章裡貫徹到底。他批判了
尼采的「超人」說，卻把克魯泡特金的「人生是互助，因互助而得進化」的
學說抬到了很高的地位。克氏的「互助論」，是其無政府主義的理論支柱。茅
盾，還有其他一些同時代的思想家、文藝家，接受「互助論」，旨在針砭當時
充滿互害的社會現實。在當時的中國，「互助論」無疑有著一定的批判意義。
然而，茅盾對於克氏的理論未免過獎了，顯示出了當時思想方法的某種片面
性。其實，克氏學說存在著明顯的局限性：一不能解釋人類社會的發展，二
不能說明階級尖銳對立的現狀，三不能引導人們走向順應社會發展的正確方
向。它不僅稱不上「最不錯」，而且存在著很大的理論缺陷。

　　在當時的歷史條件下，茅盾尚不能看到克魯泡特金理論中的弊病，這是
無可厚非的。相反，他如果能夠洞察一切，那倒是令人不可理解的了。對茅
盾早期的批判精神作兩個觀，這並不是以今天的眼光苛求前人；按照歷史的
面貌，同時指出一件事情的兩個側面，恐怕不能算是對文學巨匠的不敬吧？

　　讓我們再舉一例。

　　早期茅盾對中國以往的文學，每每採取批判審視的眼光。他的基本思路
是：為人生的文學，方是好的文學、值得肯定的文學；不為人生的文學，根
本就不是文學。基於這樣一種觀點，他認為：「中國古代有文學，而且也不
被誤解，中古簡直沒有不被誤解的文學；從他們性質上說，簡直可以說中古
沒有文學──人的文學。」〔註16〕他繼續引申道：「我們現在講文學，正是
開闢草萊的時代，我們欲跨過中古的兩三千年時間去和上古接緒。真的文學
的產生的希望，完全在將來。」〔註17〕以上兩段文字，毫不客氣地將長達兩
三千年的整個「中古」文學全部排除在文學的行列之外了，哪裡還有一點辯
證法思想的影子！姑且不論茅盾用來衡量屬不屬於文學的標準是否科學。就

〔註16〕玄珠：《中國文學不發達的原因》，《時事新報・文學旬刊》第 1 期（1921 年 5
　　　　月 10 日）。
〔註17〕同上。

是採用他所立的標準（即人的文學）吧，依我看，在茅盾所說的「中古」時期（其實，這一概念也還值得商榷），文學也還是存在的。不僅如此，還數度出現興旺的局面。屈原的《離騷》這樣的千古絕唱算不算文學？李杜的光耀千古的詩篇算不算文學？宋詞、元曲中的寫出了人世真相、人間真情的許多佳作算不算文學？《紅樓夢》、《水滸傳》等那麼多牽動人心的長篇力作算不算文學？……以上這些「中古」的優秀作品，以不同的方式，從不同的角度，寫出了現實中的人生或歷史上的人生，抒寫了作者的真情實感。完全可以這樣說：它們就是當時條件下的「為人生的文學」（當然作家、詩人本身並無這種自覺意識）。茅盾對「中古」的文學，不免否定過甚。誠然，在「中古」時期，那種遠離人生、消極避世、毫無價值的文學也是存在的，而且不在少數。但這無論如何也只能算是整個「中古」文學中的一個局部。怎麼能因為局部而否定整個全局呢？如果按照茅盾的說法，從當時到「上古」，兩三千年的時間中文學上是一片空白。「上古」則是個文學發達時期，「上古」的文學則是「人的文學」、「真的文學」。這無論如何也是說不通的。再說，用「人的文學」、「真的文學」來作為判定文學的依據也是欠妥的。可以說「中古」的那些與人生無關的作品不是屬於「人的文學」、「真的文學」的範疇，因而不是上乘之作，但不能否定它們是文學。論述上的極端化、片面性，將茅盾導向失誤。

其四，早期茅盾，受並不十分正確的思想的驅使，對某些問題的判斷和批判，也難免會有失當之處。

茅盾早期在提倡新文學的時候，往往較多地以西方人的眼光來打量中國的文學，要求中國文學踩著西洋文學的腳印一步一步地往前走，要求中國的文學向西洋文學靠攏。因為他心裡有一張西洋文學進化的圖譜。請看，他在《語體文歐化問題和文學主義問題的討論》一文中，是這樣提出問題的：「若以西洋『識別』文學的主義來評定中國文學，則中國文學現居何等？」〔註18〕西洋文學中的主義，層層推進，浪浪相逐，之所以如此發展，有其內在依據。何以見得生成於東方土壤上的中國文學一定要踩著西洋文學的腳印走呢？更成問題的是：茅盾沿著自己的思路繼續往前走——本來中國應該先掀起一個小小的浪漫主義的浪頭，然後再提倡自然主義；可惜時代太晚了些，科學方法已是我們的新金科玉律；浪漫主義文學裡的別的原素，絕對不適宜於今日，

〔註18〕見《小說月報》第 13 卷第 4 號。

只好讓自然主義先來了。在這裡，起作用的似乎不是文學自身的發展規律，倒像是少數人的運籌在起決定性的作用。這姑且不論。茅盾對浪漫主義的否定或曰批判也有令人擔憂之處。茅盾所說的浪漫主義，當是一種文學運動。茅盾在談到文學發展時所說的浪漫主義，往往取的就是這個意思。問題在於，浪漫主義文學中往往也就包含與作為文學運動的浪漫主義大體對應的創作方法、藝術表現手法。比如說，偏重於抒寫理想和幻想，偏重於抒發主觀感情，偏重於表現，等等。浪漫主義文學所運用的這些方法，在茅盾早期那樣一個時代，還是合用的，就是到了以後，也並不會過時。科學方法成了新金科玉律，這符合二十年代初期的時代特點。在這種情況下，要人為地造成一個浪漫主義文學運動，這是不現實的。但浪漫主義的創作方法，或者也可以說，十八世紀末、十九世紀初歐洲出現的浪漫主義文學所提供的某些藝術經驗，也仍然有用武之地。科學方法自有它適用的天地，浪漫主義的藝術經驗也完全可以用來澆灌出現於各個時代的藝術之花。兩者完全可以在不同空間中平行不悖地存在。茅盾早期對浪漫主義的批判和否定，難道不是一個小小的失誤嗎？

　　總而言之，早期的茅盾不具備樂黛雲所說的那種高度自覺的批判精神和批判意識，他所把握的批判尺度，也未必就是十分準確、分毫不差的。茅盾當時並不是站在成熟的無產階級革命家的高度，來接納、審視、批判和借鑒由外國傳入的種種新思潮；而只是從民主主義的角度來面對這種種新思潮。他的出發點，他所取的視角，他所要達到的目標，都決定了他對外國傳入的種種新思潮的批判，不可能是無可挑剔的，而總會留下這樣那樣的令人遺憾之處。作為後人，我們可以清楚地意識到這一點。道理很簡單：身處於彼時彼地的茅盾，與任何在特定歷史條件中生活的人們一樣，不能超越歷史生活的限制；而「時間距離」在我們審視和判斷問題時，助了我們一臂之力。

三

　　關於茅盾早期思想的主要特徵。說茅盾早期思想的主要特徵是「批判的，發展的，不斷趨近於馬克思主義」，這種概括未免籠統，也不足以體現茅盾早期思想的獨特性、豐富性和複雜性。關於茅盾早期思想主要特徵的較為準確的概括是：首先，茅盾早期思想有一個比較高的但又並不是非常高的起點。其次，茅盾早期

思想具有豐富性、複雜性和深刻的內在矛盾。最後，茅盾的早期
思想發展中，存在著自我否定。

什麼是茅盾早期思想的主要特徵？樂黛云是這樣概括的：「批判的，發展
的，不斷趨近於馬克思主義，這就是五四時期茅盾思想的主要特徵。」

粗略地看，這種概括可以說是大體準確的。茅盾早期批判矛頭所向，既
有從外國傳入的種種新思潮，又有封建主義的思想文化；既涉及到政治、經
濟，又涉及到文學藝術。像茅盾那樣具有強烈的批判精神的人，在當時的中
國究竟能有多少？難道不能說茅盾早期的思想特徵之一是「批判」嗎？再說，
茅盾早期思想也確確實實是處於運動發展之中。其時，茅盾的思想又何嘗凝
固和靜止過呢？說茅盾早期思想的又一特徵是「發展」，這難道不是非常恰當
的嗎？「不斷趨近於馬克思主義」，可謂道出了茅盾早期思想發展的方向。既
然如此，將這一點說成是茅盾早期思想的再一特徵，不也是挺好的嗎？

我以為，樂黛雲的概括確實有其合理之處，也有精闢之處。然而，毫無
疑問，也存在著某些弊病。而這一點，可能是她沒有料到的。

樂黛雲的論斷的弊病之一，在於它所概括的內容，是籠統的，含糊的。「批
判的」，相對說來，意思還比較確定。然而即使如此，其內涵仍有不甚明瞭之
處。茅盾早期「對一切外國和古代的思想學說」的批判，基於何種基礎？是
運用何種思想武器所作的批判？達到的是一種什麼樣的高度？這些問題，都
包含在「批判的」這一命題之中，可是樂黛雲並沒有對此作出具體的闡述。
這就難免籠統和含糊。「發展的」，需要說明而未加說明的問題就更多了：茅
盾的早期思想，是從怎樣的起點上起步和發展的？起點和過程包含有哪些不
可忽視的思想因素？他的思想是怎樣在各種思想因素的交互作用中逐步發展
的？發展過程中出現過曲折沒有？最後，「逐步趨近於馬克思主義」，又是怎
樣趨近的？路是怎樣一步步走過來的？樂黛雲給我們留下了太多的值得深思
的問題。

更其重要的問題在於：把「批判的」、「發展的」、「逐步趨近於馬克思主
義」這三層意思加到一起，也還不足以說明茅盾早期思想的獨特性，不足以
將他和同時代的其他進步作家相區別。魯迅 1927 年「四‧一二」之前的思想
的主要特徵，用此斷語來概括，可不可以呢？似乎也未嘗不可。魯迅對封建
禮教和封建家族制度的吃人本質的批判，其尖銳性和深刻性，都是無與倫比

的。魯迅的早期思想，也是變化的，發展的。他由封建階級的逆子貳臣，發展成爲共產主義戰士。在時代浪潮的推動下，在日漸增長的自身革命因素的作用下，他最終實現了由激進的民主主義到共產主義的思想轉變。因此，樂黛雲對茅盾早期主要特徵的概括，同樣適用於魯迅。而在郭沫若的早期思想中，上述主要特徵似乎也是同樣具備的。

上述論斷的弊病之二，是忽視了茅盾早期思想豐富而複雜的內容。「批判的」，意思似乎是說，茅盾面對中西方的思想文化，總是處於主動的批判者的地位。中西方思想文化對他的消極影響，在他身上是很少的甚至是不存在的。「發展的」由於和「逐步趨近於馬克思主義」緊密相關，也容易讓人誤解爲始終向上發展，其間不曾有過倒退和曲折。

說到茅盾早期思想的豐富性、複雜性，我想著重強調兩點。

第一點，多種思想因素的一度同時並存。

總括第一章、第二章和第三章的論述，我們可以看到：在 1917～1922 這五年間，至少有這樣一些主要的思想因素在茅盾的思想中同時並存：

一是人性論和人道主義。

在這裡，我不想再進行用材料證明茅盾早期具有人道主義思想這樣一種重複勞動。我只想指出：如果說茅盾早期思想是由多條河流匯成的大江的話，那末，人道主義思想則是其中的一條奔騰不息的大河。假若我們不識此河，我們就將識不了茅盾早期思想的大江。

二是進化論思想。

茅盾早期的進化論思想，與達爾文的進化說，與社會達爾文主義，與辯證法思想，有這樣那樣的聯繫，然而又有所區別。既顯得頗爲龐雜，然而又有自己的東西。否定茅盾早期思想中進化論的存在，同將茅盾早期思想中的進化論，與達爾文的進化說、社會達爾文主義、辯證法思想相等同，都是於事無補的。

三是無政府主義思想。

我無意判定早期茅盾是一位無政府主義者。但本時期茅盾關注過無政府主義思潮，並對此表現出不小的熱情，這是事實。他煞費苦心地翻譯了英國哲學家羅塞爾（通譯羅素）的專著《走向自由之路》（茅盾譯爲《到自由的幾條擬徑》）。這是一本在當時的中國被看作對無政府主義抱有好意的書。茅盾曾發表題爲《羅塞爾〈到自由的幾條擬徑〉》的文章，對該書加以介紹和評論。

羅氏的專著將社會主義、無政府主義（茅盾譯作無強權主義）和工團主義與基爾特社會主義作比較，以論證實行基爾特社會主義之必要。誠如茅盾在翻譯該書第二章《巴苦寧和無強權主義》時加的譯者按中所說的：「我譯出這篇來，也無非想把無強權主義的真相介紹給大家看看，曉得這是什麼東西；主張的人所持的理由是什麼？他的缺點是什麼？當然不是替無強權主義打邊鼓，這是希望大家明白的。」〔註19〕然而我們在細細閱讀之後將可以看到：儘管羅素對無政府主義批評較多（當然這種批評還是比較溫和的），茅盾只是如實地轉述；輪到茅盾自己對無政府主義加以評論的時候，他是謹慎而留有餘地的。談及無政府主義所說國家之罪惡時，茅盾表示認可，說：「自然也有許多是實在的」。〔註20〕日本學者白水紀子，將茅盾的《俄國近代文學雜談》（下）中關於無政府黨崇拜托爾斯泰及其主義的論述，與他的《托爾斯泰與今日之俄羅斯》一文聯繫起來考察，得出了如下結論：「在沈（筆者注：指茅盾）對托爾斯泰的傾倒中就可窺見沈描繪的由無政府主義構成的未來世界的一端。」〔註21〕可以用來支撐結論的材料似乎少了一些。但無政府主義對茅盾的思想影響是客觀存在的。更不必說茅盾事後也曾自道過，自己早期確實為無政府主義吸引過。茅盾受到無政府主義的影響，大概是在 1919～1921 之間。此後，「無政府主義」、「安那其主義」、「無強權主義」一類字眼，就從他的文章中消失了。

四是馬克思主義。

馬克思主義是對早期茅盾的思想發展產生過重大影響的一種思想。它逐步地在早期茅盾的頭腦中取得了支配地位、統治地位。經過反覆交鋒，馬克思主義最終戰勝了與它同時並存於早期茅盾意識中的各種錯誤的或不甚科學的思想，促成了早期思想發展中的根本性轉變。因此，離開馬克思主義，就無法解釋茅盾的早期思想。

作為一位偉大的文學家，茅盾接觸馬克思主義，比別的進步文學家要早。這是他的特點和長處之一。茅盾還一度置身於文學與政治的交錯之中，置身於尖銳的階級鬥爭的第一線。在思想發展的經歷方面，他與那些較晚接觸馬

〔註19〕沈雁冰：《〈巴苦寧和無強權主義〉譯者按》，《東方雜誌》第 17 卷第 1 號。
〔註20〕沈雁冰：《羅塞爾〈到自由的幾條擬徑〉》，《解放與改造》第 1 卷第 7 號。
〔註21〕白水紀子：《沈雁冰在「五四」時期的社會思想》，《湖州師專學報》1991 年第 3 期。

克思主義的進步作家，與那些沒有以較多的精力投入激烈的實際鬥爭的作家，當是有一定的差別的。這就構成了他的又一特點和長處。這種差別就是：馬克思主義較早和較多地對茅盾的早期思想發生了影響。

五是自然主義的美學觀。

在早期，在一段比較長的時間中，茅盾信奉和倡導左拉的自然主義。他要求文學像自然主義那樣求真，文學家像自然主義作家那樣熟悉自然科學，將自然科學中的種種發現應用於文學創作。就其美學觀而言，與魯迅、郭沫若等同時代的大家相比，也顯示出明顯的差異。

總之，茅盾早期程度不同地存在著上述五種思想因素。其中，前四種屬於社會思想的範疇，後一種則屬於藝術思想的範疇。它們之間，互相影響，互相參透，形成了一個實實在在的混合體。

有的論者認為，早期茅盾還存在另一些社會思想，例如超人思想、平等主義，等等。白水紀子認為，「中國的危機在於國民自身的奴隸性，『向權力的意志』才是中國再生的開端，這種看法是當時言論的主流。因此，很多人被尼采的『超人思想』所吸引，沈雁冰也不例外」。〔註22〕那末，她有什麼依據呢？她向人們引述了茅盾在《尼采的學說》中的幾段話：

> 他（筆者注：指尼采）的超人哲學就大體看去，不去討論細節目，是不錯的；……他讚美創造的、主動的道德，毀謗卑怯自殺保守的道德，有什麼錯呢？

> 倘若細論他的節目，便見尼采是崇拜強權，慘酷無人道，所以我們要分別了去看，我們只取他的長處，不要看他的短處。

白水紀子據此進行了一番分析推理，最後得出了如下結論：「總之他為尼采的諸價值作了徹底的再評價，又表示了對『超人思想』的共鳴」。因為對茅盾來說，其對象始終是「平民」大眾，所以，與其說「超人思想」是僅僅在這一框架中被接受的，還不如說這是「超人思想」的脫胎換骨。茅盾之所以對尼采思想產生共鳴和進行批判，是由於平等思想起了很大作用。茅盾的平等思想不僅體現在《尼采的學說》中，也還體現在此前撰寫的《履人傳》、《縫工傳》、《蕭伯納》、《托爾斯泰與今日之俄羅斯》等等文章中。〔註23〕

〔註22〕白水紀子：《沈雁冰在「五四」時期的社會思想》，《湖州師專學報》1991 年第 3 期。

〔註23〕參見白水紀子文。

從白水紀子所引的茅盾的論述來看，茅盾對尼采的超人思想持有明確的否定態度。粗略地看，尼采的超人思想沒錯；具體地看，仔細地看，茅盾看出了「崇拜強權，慘酷無人道」的方面，他僅僅是將超人看作是「進步的人」。打個比方說：「超人和現在人比，猶之現在人和猿比。」〔註24〕在茅盾看來，超人又是具有主者道德的人。「主者所認爲善的道德，都是從強，權力，健康，整齊，幸福，偉大……發出的行爲。……『主者道德』視爲惡的，便是屬於『怯』的，屬於起自弱的一切行爲，屬於和平的——便只是求生活的——一切行爲。」茅盾只是在讚美創造的主動的道德、毀謗卑怯自殺保守的道德的意義上，在超人是進步的人這一點上，局部地肯定了尼采的超人思想。而他對尼采的超人思想所包含的崇拜強權的重要內容，又是斷然否定的。按照茅盾當時的理解，「『超人』主義，便可算是尼采的進化論」。〔註25〕他對於這種以特殊面目出現的進化論並不贊同：「尼采過分稱揚強權，以爲強權是人類進化的階段，未免錯了」。〔註26〕但他又認爲，尼采「說人類生活中最強的意志是『向權力』不是求生，實在有些意思」。〔註27〕而其實，「向權力的意志」又通向了主者道德。與認爲「強權是人類進化的階段」的尼采相反，茅盾傾心於克魯泡特金的「互助進化論」。

由此看來，在茅盾寫《尼采的學說》一文時，他就已經對尼采的超人思想作了分析和改造。他談及超人思想總是既看到它的長處，又看到它的短處。他予以肯定的僅僅是與超人思想相聯繫的那種創造的、主動的道德，而之所以褒揚這種道德，是因爲它可以用來貶抑卑怯的、保守的道德；茅盾所否定的是尼采所主張的通向超人的途徑：利用、傷害、征服、壓迫異己者。確實，茅盾對超人思想的取棄，其思想脈絡異常清晰。實際上，我們很難說茅盾已經接受了超人思想，至多只能說他十分謹慎地肯定了超人思想中的某種合理內核。如果要說茅盾產生過共鳴的話，他並不是與整個超人思想共鳴，而只是與其中的某種合理內核共鳴。

白水紀子說茅盾所理解的超人思想，其對象始終是平民大眾。如果這一論斷成立的話，那就更加可以用來說明：茅盾借用尼采超人思想中的某種合

〔註24〕見《學生雜誌》第 7 卷第 1～4 號。
〔註25〕同上。
〔註26〕同上。
〔註27〕同上。

理內核，目的在於促使平民大眾提高自己的水平，而不是造就有限的幾個超人。從根本上說，這和尼采的本意又是相背離的。

促成茅盾對尼采超人思想的共鳴和批判的，重要的思想因素之一，按白水紀子的說法是平等思想。平等思想與「互助進化」說有著較多的聯繫，在早期茅盾那裡，它們參與了對尼采超人思想的批判。即使茅盾早期存在著平等的思想因素，照我看，也僅僅只是思想因素而已，而並沒然發展成相對孤立、相對完整的思想，完全可以將它歸入人道主義思想範疇。

正因為如此，我不主張在以上五種思想之外，再列出超人思想和平等主義。

我想指出的第二點，是茅盾早期思想中各種思想因素之間的相互作用及深刻矛盾。

茅盾早期思想中的上述主要思想因素，並不是各自封閉地存在於不同的閾限之中。相反，它們是共存於當時茅盾的思想深處，互相滲透，互相作用，互相影響。人們經常看到的，往往是各種思想因素交互作用後最後形成的合力，或者是在合力的驅使下形成的思想演變、發展留下的明顯的外在軌跡；而對於「合力是怎樣形成的」、「軌跡背後的思想驅動力」等等問題，往往未予以深究。而依我之見，既然是研究茅盾的早期思想，對於上述問題就有加以深究的必要。

在分析茅盾早期思想中各種思想因素之間的相互作用和深刻矛盾的時候，我們必須同時看到兩個方面。

一方面，是這些思想因素之間存在著某種一致性。在當時的歷史條件下，批判封建主義，實行新民主主義革命，這是頭等重大的任務。我們知道，人道主義提倡自由、平等、博愛，提倡人性的自由發展。它與摧殘人性、扼殺個性的封建主義是勢不兩立的。進化論反對「上帝造人」說，封建主義秩序永恆不變的神話受到了它的強有力的挑戰。自然主義的美學觀，所抨擊的是那種「替古哲聖賢宣傳大道」、「替聖君賢相歌功頌德」的虛假的封建文學，和在遊戲消閒的觀念支配下、以不忠實的描寫炮製而成的文學作品。茅盾的這些思想因素，對於新民主主義革命，無疑是有利的。而馬克思主義所主張的共產主義革命，在中國，是要以推翻封建主義統治的新民主主義革命的勝利為基礎的。因此，馬克思主義與人道主義和進化論，在反對封建主義這一樂章，可以有某些共同的音符。以提倡自然主義來反對封建主義文學，與新

民主主義革命的階段性目標，也並不牴觸。

　　問題的另一個方面是：馬克思主義與資產階級人道主義，與進化論（特別是社會進化論），畢竟分屬於不同的思想範疇。而自然主義美學觀與馬克思主義美學觀也相去甚遠。要是依馬克思主義的理論去認識世界，就得承認人類在進入階級社會以後是分爲階級的；人性必然受階級、社會、時代的制約，不能把人性的共同部分無限地擴大；改造當時的黑暗社會不能指望社會的進化，而必須依靠一個階級推翻另一個階級的社會政治革命。要是依了馬克思主義的文藝理論和美學理論去認識文藝、指導創作，就必定否定自然主義的所謂純客觀的傾向，而強調典型和典型化原則。我們看到，在茅盾的早期思想中，馬克思主義的思想因素是逐漸增長的。人道主義和進化論思想因素以及自然主義美學觀是逐漸消減的。直至 1925 年，這後幾種思想因素最終解體了。在這過程中，馬克思主義影響和作用於人道主義和進化論思想，則促成了它們的解體。馬克思主義文藝思想及美學觀作用於自然主義美學觀，前者最終取代了後者而居於統治地位。但反過來說，茅盾早期的人道主義和進化論思想，卻也起了阻礙馬克思主義因素增長的作用。要消除它們的消極影響，並不像摧枯拉朽那般容易。面對同一個問題，茅盾往往會按照馬克思主義和人道主義或進化論的不同思路進行考慮，從而發出不同的聲音。而自然主義美學觀阻礙馬克思主義文藝思想和美學觀因素增長的負面作用，也是十分明顯的。這就使得茅盾早期思想的真正轉折，比他自認爲確信馬克思主義的時間要遲好幾年。

　　看來，樂黛雲對茅盾早期思想主要特徵的概括確實不盡如人意。那末，究竟應當如何概括，才較爲準確，較爲符合茅盾當時的思想實際呢？我認爲，我們所作的概括至少必須包括以下幾點：

　　首先，茅盾早期的思想有一個比較高的但又並不是非常高的起點。之所以說「比較高」，是因爲他較早參加了共產黨的組織。這是其他進步作家所無法企及的。依據這一點，說茅盾早期思想的起點，比魯迅高，比郭沫若高，這並不爲過。最初接觸馬克思主義的時間，茅盾既早於魯迅，也早於郭沫若。當然我並不是說，茅盾參加了共產黨，茅盾早期思想的起點就高；魯迅沒有參加共產黨，魯迅早期思想的起點就低。茅盾較早參加了共產黨組織，這僅僅是我作出茅盾早期思想起點較高這一判斷的一個參考性依據。之所以又說茅盾早期思想的起點「不是非常高」，這是因爲茅盾一開始也還只是一名有著

激進的民主主義思想和愛國主義思想的小資產階級知識分子。他並不是在馬克思主義的思想高度起步的，或者也可以說，馬克思主義在他的早期思想中並不是一開始就居於主導地位的。其實，從根本上說，激進的民主主義思想和愛國主義思想，不也是文學巨匠魯迅早期思想的起點嗎？不同樣也是中國共產黨的創始人之一李大釗早期思想的起點嗎？把茅盾早期思想的起點說得過低，這無疑是不合事實的，因而是不能容許的；與此相反，把茅盾早期思想的起點說得過高，把當時並沒有馬克思主義化的茅盾說成已經具有相當的馬克思主義理論水平，這與事實似有出入。我認為，將茅盾早期思想的起點說得過高或過低都是立不住腳的。

應當說，在茅盾早期思想研究中，對象的思想起點是一個至關重要的問題。如果我們不能把起點找準，那就勢必影響對對象思想發展過程的解析，影響對對象的整個早期思想的分析判斷。對象的思想起點，不是研究者隨心所欲確定的，也不是論者離開當時的具體材料臆斷的，更不能用今天的眼光和標準去加以「追認」。「起點」是一種客觀的、歷史的存在。它是由茅盾用彼時彼地的全部有案可查的文字材料鑄成的，不是當事人事後所能更改的，也不是後人所能更改的。

其次，茅盾的早期思想豐富、複雜，以至龐雜，具有令人驚訝的包容性。往好的方面說，是博大，是用宏，是開放；但另一方面，是不夠精深，是「拿來」的過程中尚缺乏取精的功夫。應當說，大家都有兼收並蓄的膽魄和氣度，都有敢於將古人、洋人、時人所創造的文化瑰寶和精神財富「拿來」並為「我」所用的眼光和勇氣。魯迅是如此，茅盾亦是如此。他們都具備大家所必須具備的良好素質。如果我們將早期茅盾與同期的魯迅作比較，我們將會發現：魯迅在「拿來」的過程中，或者說在批判的過程中，目光比茅盾更銳利，批判所達到的層次比茅盾更高。他對封建禮教和封建家族制度的本質的揭示，只用了兩個字，那就是：「吃人」。魯迅對問題的認識何其深刻！魯迅和茅盾都談到過國民性問題。魯迅更注意的是國民的劣根性這一滲入了國人骨髓的東西。他棄醫從文的初衷就是要改造國民性。無論是對阿Q精神勝利法的剖露，對《示眾》中的看客們的鞭撻，還是對子君、魏連殳們的針砭，無一不體現了魯迅對國民劣根性的批判，無一不顯示這種批判的尖銳性和深刻性。茅盾論及國民性，注意的是其善和美的特點。說國民性中有著美善之點，需將它發揮光大，這或許是正確的。問題在於：茅盾對國民性中的劣點方面注

意得不夠。他僅僅將國民性界定爲「這一國國民共有的美的特性」。對於魯迅痛心疾首地指出過的國民的劣根性，茅盾並沒有經常地將它作爲批判的目標而痛下針砭。經過這樣的比較，魯迅思想的更深刻的方面就突現出來了。

　　我認爲，說茅盾早期思相複雜，這本身並不是貶詞。實際情況是，思想不複雜的人是成不了大家的。誰能說魯迅早期的思想不複雜？思想複雜往往是與博聞強記、勤於思考、學貫中西等等特色相聯繫的。然而思想龐雜和思想複雜似乎又有著某種區別。思想複雜往往是指包含的思想因素雜多，經過吐納、消化、交融而形成了自己的內涵豐富的思想體系。思想龐雜多指各種思想因素雜陳於一處，多而雜亂，由於缺乏吐納、消化、交融的過程，尚未形成自己獨特的思想體系。魯迅早期的思想，雖然具有豐富性、複雜性，但是較少表現爲深層次的、難解的內在矛盾，他的思想的諸因素之間，很少出現打架打得不可開交的現象。在一種或諸種新的思想因素滲入以後，魯迅很快就又調整了自己原先的思想體系，從而避免了明顯的似乎難於擺脫的深刻的內在矛盾。或許可以說，在致力於形成自己的獨特的思想體系方面，魯迅具有較高的自覺性。相比較而言，茅盾就顯得稍遜一籌。他極善於吸收來自西方的新思潮、新學說。這體現了他「拿來主義」的膽識和敏而好學的精神。接受西學的宗旨、目的，是一點也不含糊的。遺憾的是，茅盾將某些完全是植根於異域的政治、經濟、文化土壤上的新學說、新思潮，不分青紅皂白地移植到了東方的土地上了。他從西方接受了資產階級人道主義和進化論思想，幾乎是同時，他又接受了與西方人道主義和進化論思想有著很大差別的馬克思主義。至少是在開初的好幾年中，他並沒有自覺地意識到馬克思主義與人道主義、進化論的本質區別；並沒有自覺地意識到以馬克思主義思想爲主導，形成自己的獨特的思想體系；並沒有意識到通過調整自身思想，來克服和消除事實上已經存在的內在的思想矛盾。因此，我們從早期茅盾的思想屏幕上，看到的是這樣一種景觀：對於同一件事，茅盾按西方人道主義或進化論，從一個側面作出了這樣的解釋；掉過頭來，按馬克思主義，從另一個側面又作出了那樣的解釋。而兩種解釋則又是互相對立的。不是說魯迅在早期思想的發展過程中從來沒有出現過深刻的內在矛盾，而只是說茅盾早期思想中的內在矛盾要比魯迅多得多，而魯迅在消解自身內在矛盾方面比茅盾更多一點自覺。如此看來，在早期思想發展所具有的豐富性、複雜性方面，茅盾與同時代的其他進步作家之間是可以區分的。茅盾與魯迅之間同樣也是可

以區分的。

最後，在茅盾的早期思想發展中，存在著自我否定。茅盾早期思想的發展，並不是在單純漸變之中實現的。當然單純的漸變也是存在的。比如，對於表象主義（筆者注：即象徵主義），由提倡到很快偃旗息鼓，就可以理解爲是單純漸變的結果，似乎並不包含著質變。從本質上說，對茅盾早期思想起關鍵作用的是質變，是自我否定。因爲存在著資產階級人道主義和進化論思想，單靠漸變不能將它們的思路轟毀。因爲存在著自然主義的美學觀，循著原有的方向發展，也決計不可能從內部萌生出馬克思主義的文藝理論和美學觀來。樂黛雲忽視了茅盾早期思想發展中的自我否定，忽視了質變，其原因之一，是她並不認爲茅盾當時思想上還存在著那麼多資產階級的東西。然而事實上，在茅盾早期思想的發展過程中，確實出現過世界觀的根本性的轉變。這個時間，大致是在 1925 年。這是他人生道路上的一次巨大的歷史性的轉變。經過這一番質變，他由進化論和人道主義轉向了階級論和社會革命論，由激進的民主主義轉向了共產主義。或者也可以說，他的由激進的民主主義到共產主義的思想轉變，是對進化論和人道主義思想進行了深刻的、徹底的自我否定的必然結果。這是激進的民主主義者順應時代需要所作出的正確抉擇，是他們的必然歸宿。茅盾出現思想突變的時間略早於魯迅。請原諒，我無意於以時間早遲論優劣高下，而只是順帶陳述了一個事實。茅盾政治思想上的深刻變化促成了文藝思想的深刻變化。兩種深刻變化幾乎是在同一時間完成的，雖然早幾年對馬克思主義文藝觀的接受常常要比對馬克思主義政治觀的接受慢一拍。這或許是因爲，到了 1925 年，茅盾對馬克思主義的認識和理解已經進入了一種融匯貫通的境界。

質變出現於 1925 年，但這並不是說質變是突然自天而降的。如果我們由 1925 年向上追溯，就不難發現：質變的醞釀是早幾年就開始的。茅盾 1924 年號召無產階級爲自己而戰，1923 年呼喚「大轉變時期」的到來，1922 年宣稱自己「確信了馬克思底社會主義」。這些，都是邁向突變和質變的腳印。沒有這些平時的積累，最終的質變是不可思議的。

四

關於茅盾早期的文藝思想。茅盾早期的文藝思想，不能用「處處體現著文藝服務於人民革命這一時代要求」來評價。其主流也並

不是用「革命現實主義」所能概括的。對茅盾早期文藝思想的主流，較為恰當的概括只能是「現實主義」。茅盾早期文藝思想的理論核心並不是凝固不變的。先是「人的文學——真的文學」。再是階級的藝術論。論及茅盾早期的文藝理論，必須如實指出其核心的轉換。

樂黛雲認為：「茅盾的文藝思想則處處體現著文藝服務於人民革命這一時代要求。他所倡導的文藝理論的核心，就是文學『應擔當喚醒民眾而給他們力量的重大責任』。」又說：「他這一時期文藝思想的主流不是自然主義，也不是西方批判現實主義所能概括的。它和魯迅的文藝思想相一致，是中國社會和時代的產物，如果一定要加上一個名目，那麼，革命現實主義也許與實際情況較為切近。」

「五四」時期的茅盾，是時代激流中的勇進者。他的文藝思想，是隨著時代潮流一起前進的。這是沒有疑義的。然而，說「茅盾的文藝思想則處處體現著文藝服務於人民革命這一時代要求」，則不盡然。作上面這樣的評價，就等於說，茅盾具備了以文藝這一特殊工具，為人民革命服務的高度自覺性。應當說，這是一種很高的思想境界。處於非自覺的狀態，是不能稱之為「處處體現」的。茅盾早期，在 1925 年確立無產階級的藝術觀之後，將文藝服務於人民革命的時代要求，從思想上到行動上都非常自覺。因此，對他這一段時間中的文藝思想，作「處處體現」的評價是符合實際情況的。再追溯到 1923、1924 年間。我們可以看到：茅盾在黨組織的影響下，以文藝服務於人民革命，也曾作過很好的努力。他接受黨中央的指示，就印度詩哲泰戈爾訪華一事發表了正確的意見。以此對人們進行了正面的引導，這就是一個很好的例證。但再往前，在他叩文學之門的時候，剛剛在文學道路上邁步的時候，我們卻很難說他已經進入了自覺的境地。他在改革《小說月報》的開初階段，在潛心提倡「為人生的文學」的階段，雖然客觀上順應了人民革命的時代潮流的需要，但主觀上是否就已經在「處處體現」「文藝服務於人民革命」這一時代要求了，也還值得琢磨。「五四」時期茅盾的以人道主義為基礎的文學主張，他的批判封建舊文學、提倡新文學的理論和實踐，與以「五四」為起點的新民主主義革命，在總的方向上是一致的。然而，隨著人民革命的逐步深入，他原有的文藝觀與無產階級的鬥爭需要之間的矛盾，也

就愈益表露出來了。無產階級領導的人民革命，迫切地期待著爲無產階級利益而戰的新文藝的誕生。從茅盾主觀上來分析，他在 1922 年 5 月就表示過「確信了一個馬克思底社會主義」，但由於他的文藝思想尙未離開人道主義的軌道，因此，他仍然還在強調文學作品「須含有永久的人性」。他的這一主張，與新民主主義革命的要求並不違背；但嚴格說來，與無產階級的鬥爭需要卻並不完全合拍。不突破原有的思想框框，即使他想要「處處體現」文藝服務於人民革命這一時代要求，也未必能完全如願。他的帶有明顯的思想局限性的文藝觀限制了他，使他不經過思想上的質變，就不能到達「處處體現」的境地。

再讓我們來看樂黛雲對於茅盾早期文藝思想主流的論述。

說茅盾整個早期文藝思想的主流不是自然主義，我是完全贊同的。茅盾在某些場合所說的「自然主義」，同今天人們所理解的「自然主義」，是有不同之處的。他有時談及自然主義，往往取的是寫實主義的意思。再從茅盾倡導自然主義的宗旨來看。他提倡自然主義，是要中國的新文學取法自然主義的長處：精細地觀察，眞實地描繪，從而克服中國舊文學觀察不深入、描寫不眞實的弊端。此外，茅盾對於自然主義的人生觀與自然主義的創作方法，也作了嚴格的區分。但是，在眾多的場合，茅盾所說的自然主義，又確實是左拉的自然主義。對此，茅盾一度表現出非同一般的推崇。誠然，就茅盾的整個早期文藝思想而言，提倡自然主義並不是其始終一貫的主流。然而我們又不可否認這樣一個事實：左拉式的自然主義，曾經一度主宰過茅盾早期的文藝思想。即使考慮到上面這些情況，用「自然主義」來概括茅盾整個早期文藝思想的主流，也仍然是不甚恰當的。

那末，茅盾早期文藝思想的主流，能否用批判現實主義或革命現實主義來概括呢？同樣不能。我們知道，革命現實主義與批判現實主義，是兩個既有聯繫又有區別的概念。前者是對後者的批判繼承，又是在更高階段上的發展。它是受無產階級世界觀指導的一種創作方法；常常著力塑造無產階級英雄人物或群眾英雄；不僅有著對於現實關係的深刻揭示，而且有著對於社會發展趨勢的科學瞭解，它在如實描寫現實關係的過程中，總是向人們透露出未來社會的理想之光。由此看來，假如我們試圖將茅盾整個早期文藝思想的主流，都概括到「西方批判現實主義」這一範疇中去，未免失之偏頗。1925年以後，茅盾確立了無產階級藝術觀。在文學與現實的關係問題上，他的認

識由原先的「譬如人生是個杯子，文學就是杯子在鏡子裡的影子」〔註28〕的「鏡子」說，昇華爲「指示」說：「指示人生向更美善的將來」。〔註29〕「鏡子」說殘留著左拉自然主義的印痕，強調的是直錄。「指示」說則要求文藝用高出於現實之上的、與社會發展趨勢相一致的理想之光來燭照現實。從「鏡子」說到「指示」說是一次否定，是一次昇華，是一次飛躍，體現了由自然主義到革命現實主義的轉變。對於現實與理想的關係，茅盾是這樣理解的：「我們心中不可不有一個將來社會的理想，而我們的題材卻離不了現實人生。我們不能拋開現代化的痛苦與需要，不爲呼號，而只誇縹緲的空中樓閣，成了空想的浪漫主義者。」〔註30〕「將來社會的理想」又是怎樣的呢？這個問題也由他自己作了回答：「中產階級快要走完了他的歷史的路程，新鮮的無產階級精神將開闢一新時代。」〔註31〕這些論述，雖然並沒有充分展開，但它表明，茅盾對於人類社會發展的必然趨勢，已經有了比較深入的瞭解。由此觀之，茅盾 1925 年以後的文藝思想的主流，不能用「西方批判現實主義」而必須用「革命現實主義」才能概括。

可是，茅盾 1925 年以前的文藝思想，不應也不能用「革命現實主義」來概括。1925 年之前，茅盾對於馬克思主義是有一定的認識和瞭解的，但由於他的世界觀還沒有發生根本性的變化，人性論和人道主義思想佔統治地位的局面尚未徹底打破。他對於第四階級還只能是同情。當然，茅盾這時的世界觀正在醞釀著質變，文藝觀也在醞釀著質變；但從實際情況來看，較之政治觀的轉變，文藝觀的轉變要略略遲緩一些。因此，茅盾這一時期的文藝思想，就總體而言，還缺乏一種無產階級的社會理想的色彩，也還缺乏革命現實主義所必須具備的其他一些素質。不錯，他也強調過：「文學是描寫人生，猶不能無理想做了骨子」，〔註32〕文學「或隱或顯必然含有對於當代罪惡反抗的意思和對於未來光明的信仰」，〔註33〕但理想究竟是怎樣的，光明的未來又是什麼樣子，當時的茅盾，思想上恐怕還比較朦朧。這樣，我們又怎麼能用「革

〔註28〕 沈雁冰：《文學與人生》，載松江暑期演講會《學術演講錄》第 1 期（1923 年出版）。

〔註29〕 沈雁冰：《文學者的新使命》，《文學》週報第 190 期（1925 年 9 月 13 日）。

〔註30〕 同上。

〔註31〕 同上。

〔註32〕 沈雁冰：《文學上的古典主義浪漫主義和寫實主義》，《學生雜誌》第 7 卷第 9 號。

〔註33〕 沈雁冰：《創作的前途》，《小說月報》第 12 卷第 7 號。

命現實主義」來概括這一時期茅盾的文藝思想的主流呢？

　　綜上所述，我覺得對茅盾早期文藝思想的主流，較爲恰當的概括應當是「現實主義」。他對於現實和人生的注重，對於與人生隔絕的、憑「想當然」描寫的舊文學的抨擊，對於「自然主義」（寫實主義）的提倡，都說明了這一點。這中間，不排斥包含著某些批判現實主義的因素，也不排斥革命現實主義因素的萌生和滋長，並最終成爲佔主導地位的因素。而如果在「現實主義」前標上「革命」兩字，則使概括的內容略嫌狹窄。

　　最後要提出的問題是，茅盾早期文藝思想的理論核心究竟是什麼？

　　茅盾早期文藝思想的理論核心，並不是凝固不變的。在比較長的時間裡，這個核心，如果藉用他自己的話來概括，那就是：「人的文學——眞的文學」。這種文學具有兩個顯著特點：一、它「是於人類有關係的文學」，〔註34〕以人生爲表現的對象，而且「表現的人生應該是全人類的生活」；〔註35〕二、它是眞實地反映社會生活的文學。茅盾在《什麼是文學》一文中曾說：「據我個人的觀察，這幾年來的新文學運動，都是向這個假上攻擊，而努力於求眞的方面。」〔註36〕既然是「人的文學——眞的文學」，那就必須同時具備上述兩個特點。如果這文學不是於人類有關係的文學，那它就不是有價值的文學。「人的文學」規定了文學的內容。文學不僅應當表現人生，而且應當眞實地表現人生。「眞的文學」又從表現方面提出了要求。因此可以說：「人的文學」和「眞的文學」是茅盾早期較長時間中文學思想的兩大支柱。在茅盾看來，封建文學有兩大痼疾：一、將文學與社會人生相隔絕，只是把文學當作消遣或遊戲（其實這樣說並不準確。把文學當作消遣或遊戲，並不一定就是與社會人生的絕然隔絕，也可以是人生的一種方式。再則，封建文學也並不總是表現爲與社會人生的隔絕。相反，它總是以自己的觀念，通過文學影響民眾的人生，使民眾甘於被宰割，使封建統治者的統治得以加強，得以鞏固）；二、不求實地觀察，但憑想當然地描寫。」「人的文學——眞的文學」的文學主張，就正是針對封建文學的這兩個痼疾提出來的。因此，這一文學主張，對於封建文學是具有批判意義的，然而也還留著資產階級人道主義和自然主義美學

〔註34〕郎損：《社會背景與創作》，《小說月報》第 12 卷第 7 號。

〔註35〕沈雁冰：《文學和人的關係及中國古來對於文學者身份的誤認》，《小說月報》第 12 卷第 1 號。

〔註36〕見松江暑期演講會《學術演講錄》第 2 期（1924 年出版）。

觀的明顯的思想痕跡。如此看來，我們還很難說，這一時期茅盾所倡導的文藝理論的核心，就已經是從文藝服務於人民革命這一時代要求出發，而要求文學「應擔當喚醒民眾而給他們力量的重大責任」。

　　1922 年至 1924 年，是茅盾早期文藝思想理論核心的轉換期。馬克思主義思想對茅盾的影響，由政治觀而及於文藝觀。1923 年 12 月發表的《「大轉變時期」何時來呢？》一文，透露了這樣一個信息：茅盾的文藝思想，正在醞釀著一個大的轉變。1924 年 8 月茅盾發表了《歐戰十年紀念》一文。該文開始顯出了新的文藝思想的曙色（號召文學者聯合起來，「一致鼓吹無產階級為自己而戰」）。1925 年，在革命的高潮之中，茅盾的文藝思想進入了一個新的發展階段。從這時起，茅盾的文藝思想的理論核心，便轉為階級的藝術論了。茅盾對自己一度推崇過的羅曼‧羅蘭的「民眾藝術」的口號的批判，以及「站在一階級的立點上，為本階級的利益而立論」〔註 37〕這樣的理論倡導，都清楚地說明了這一點。能用來作為佐證的，除了著名論文《論無產階級藝術》以外，還可以舉出《告有志研究文學者》一文。在文章中，茅盾異常直率地指出，文學的實質「只是一時代的治者階級用以自保其特權的一種工具」。茅盾的論述，把階級的藝術的意思，發揮得再清楚不過了。茅盾這一時期所倡導的文藝理論的核心，顯然已大大超越了前一時期，從而達到了一個新的高度。

　　樂黛雲將茅盾早期所倡導的文藝理論的核心說成是文學「應擔當喚醒民眾而給他們力量的重大責任」。我以為這樣說未必有當。茅盾的這一表述，見於 1923 年 12 月發表的《「大轉變時期」何時來呢？》一文。茅盾寫這篇文章時，原先的文藝理論的基礎已經動搖，但新的理論核心尚未形成。文藝理論的核心正醞釀著質變。在質變前和質變後，他固然都強調文藝的「喚醒民眾」的社會作用和社會責任，但細細體味起來，他賦予「喚醒民眾」這一概念的實質性內容是有著極大差別的。轉換前，他從人性論出發，「喚醒民眾」是為了「修補人生的缺陷」，「療救靈魂的貧乏」；〔註 38〕而轉換後，他站在無產階級的立場上，要求文學者「抓住了被壓迫民族與階級的革命運動的精神，用深刻偉大的文學表現出來，使這種精神普遍到民間，深印入被壓迫者的腦筋，

〔註37〕沈雁冰：《論無產階級藝術》，《文學》週報第 172、173、175、196 期（1925 年 5 月 2 日、17 日、31 日、10 月 24 日）。
〔註38〕見《一年來的感想與明年的計劃》，《小說月報》第 12 卷第 12 號，署名記者。

用以保持他們的自求解放運動的高潮，並且感召起更偉大更熱烈的革命運動來！」〔註 39〕前後相對照，可見他賦予文藝的神聖使命和社會責任，雖然在「喚醒民眾」這一點上是前後承續的，但終究有著迥然不同的內涵。因此，我們論及茅盾早期的文藝理論，其核心的轉換是必須如實地指出的。

五

關於茅盾對自然主義的態度問題。眾說紛紜的話題。三種代表性的意見。「我們現在所理解的那樣的自然主義從來沒有成為茅盾文藝思想的主流」乎？茅盾心目中「自然主義」與「寫實主義」兩概念區別得很清楚乎？客觀存在的兩概念混用現象。茅盾宣傳寫實主義、自然主義文學「兩階段」說質疑。茅盾在介紹和提倡自然主義的過程中，有所取捨。捨，體現了敏銳的眼光；取，卻未必完全精當，也取了自然主義的固有特質。「信念堅定」乎？否。實際情況是：介紹和提倡中發生過動搖。不僅前後不一，而且同一時間的論述也常有牴牾之處。人們常常可以聽到他關於自然主義的兩種不同的聲音。而這，不能用辯證邏輯來說明，而只能用理論上的模糊和混亂來解釋。這是茅盾早期留下的令人困惑的問題之一。

早期茅盾對自然主義的態度問題，是一個難以說清和令人困惑的問題。不少研究者，沒有在這個棘手的問題面前畏而卻步。他們知難而進，試圖解開這個謎，試圖探得問題的真諦。論者們仁者見仁，智者見智。對茅盾介紹、提倡自然主義的舉動，既有褒者，也有貶者，還有既褒又貶者。本節不可能對所有各種見解一一加以評說。我以為，一味褒和一味貶，未必有當。既褒又貶，也未必就穩妥。我也是既褒又貶的，但我所褒的是茅盾敢於從西方引進活水以衝擊中國封建文學的勇氣，我貶的是茅盾態度上的搖擺，表述上的矛盾和混亂。

在茅盾早期倡導自然主義這一問題上，論者中有三種代表性意見。

樂黛雲認為：

> 茅盾確實提倡過自然主義，但這時（筆者注：指早期）在他的

〔註 39〕沈雁冰：《文學者的新使命》，《文學》週報第 190 期（1925 年 9 月 13 日）。

思想中，自然主義與現實主義並沒有很明確的界限。有時他甚至是在同一個概念上來運用這兩個詞的。……茅盾提倡自然主義常是「三心二意」，動搖不定的。

呂效平、武鎖寧認為：

「自然主義」與「寫實主義」這兩個概念在茅盾心目中是有區別的。在他看來，「寫實主義」是一個大於「自然主義」的概念，這個概念包括俄國的現實主義作家托爾斯泰、屠格涅夫、高爾基和法國「自然主義的先驅」巴爾扎克、福樓拜，也包括以左拉為代表的自然主義作家。而「自然主義」一詞，反被用來指以左拉、龔古爾兄弟為代表的一派，包括莫泊桑和契訶夫（茅盾稱他「是自然派在俄國的孤種」）。……茅盾宣傳「寫實主義」、自然主義文學可分為兩個階段。第一階段從 1920 年 1 月《「小說新潮」欄宣言》發表起，這是研究、介紹寫實主義的階段；第二階段可以以 1921 年 12 月發表的《一年來的感想與明年的計劃》為標誌，這是提倡自然主義某些方面的階段。〔註40〕

楊健民認為：

茅盾對寫實主義自然主義的介紹，並不率爾從事。他既不全盤接受，又不簡單否定，而是有所批判，有所取捨。用他自己的話說，就是抱著一種「極誠懇而不誇大的態度」。也應該承認，茅盾介紹寫實主義自然主義是下了決心的，信念是堅定的，他並不因為指出寫實主義自然主義的缺點而對它們產生動搖。實際上，他指出寫實主義自然主義的缺點，旨在隨時克服那些不利於文學向新浪漫主義進化的因素，從而更加堅定地實行寫實主義自然主義的「洗禮」，使新文學能夠健康發展。〔註41〕

應當說，上述三種代表性意見，都各有其深刻之處，但也都有我所不敢苟同的地方。

樂黛雲的論述，意在說明「茅盾在介紹自然主義時十分小心謹慎」。由於

〔註40〕呂效平、武鎖寧：《茅盾與自然主義》，《中國現代文學研究叢刊》1983 年第 2 輯。

〔註41〕楊健民：《論茅盾早期介紹寫實主義自然主義問題》，《茅盾研究》第 2 輯，文化藝術出版社 1984 年出版。

在茅盾心目中「自然主義與現實主義並沒有很明確的界限」，因此，茅盾有時提倡自然主義，實際上卻是在提倡現實主義；茅盾對嚴格意義上的自然主義並未專力提倡過，他並不是「自然主義的無條件的鼓吹者」。茅盾早期確實並非「自然主義的無條件的鼓吹者」。我完全贊同樂黛雲的這一見解。因為，茅盾對於自然主義的弊病是時有指謫的。然而，倘若由此得出結論，說「我們現在所理解的那樣的自然主義從來沒有成為茅盾文藝思想的主流」，這就值得推敲了。個中原委，前文已有詳細說明。

呂效平、武鎮寧對樂黛雲的「在茅盾早期思想中自然主義與現實主義並沒有明確的界限」的說法，提出了質疑，而且這質疑還有否定茅盾早期所提出的「文學上的寫實主義與自然主義實為一物」的論斷之意。我堅持認為，在早期茅盾那裡，存在著「寫實主義」和「自然主義」兩概念混用現象。「文學上的寫實主義與自然主義實為一物」這一句話，見於茅盾致廣東新會讀者呂蒂南的覆信，且是在《小說月報》上正式發表的，當經過深入的理性思考，是一種負責任的答覆。從茅盾寫作時「寫實主義」、「自然主義」兩個概念的使用情況來看，有的場合，該用「寫實主義」，他卻用了「自然主義」；也有的場合，該用自然主義，他卻又用了「寫實主義」；也有的場合，「寫實主義」、「自然主義」的概念都用得頗為準確。

在《「小說新潮」欄宣言》中，茅盾寫道：

> 西洋古典主義的文學到盧梭方才打破，浪漫主義到易卜生告終，自然主義從左拉起，表象主義是梅特林克開起頭來，一直到現在的新浪漫派。〔註42〕

在這一段文字中，茅盾並沒有含糊地寫成「寫實主義從左拉起」，卻是將「自然主義」與左拉緊緊聯繫在一起，對於「自然主義」這一概念的使用，可謂相當確切。

而在《俄國近代文學雜譚》〔註43〕中，茅盾將托爾斯泰、屠格涅夫的作品稱作「寫實小說」，而將乞呵甫（筆者注：今譯契訶夫）則稱為「自然派」作家；在《紀念佛羅貝爾的百年生日》一文中，茅盾稱：「佛羅貝爾（筆者注：今譯福樓拜）即使不能算是自然主義之母，至少也該算他是個先驅者」。〔註44〕在這裡，

〔註42〕見《小說月報》第 11 卷第 1 號。
〔註43〕見《小說月報》第 11 卷第 1、2 號。
〔註44〕見《小說月報》第 12 卷第 12 號。

茅盾顯然是用「自然主義」取代了「寫實主義」。在此情況下，說茅盾所理解的「自然主義」比今天的「自然主義」概念來得寬泛，是廣義的寫實主義，似乎未嘗不可。當然，在早期茅盾那裡，也有「寫實主義」大於「自然主義」的時候。找不找例子證實這一點，已經無關大局了。因為我們已經確證：早期茅盾確是常常將「自然主義」、「寫實主義」相混用的。

接下來的問題是：茅盾宣傳「寫實主義」、「自然主義」文學，是否確實可分為「研究、介紹」和「提倡」這兩個階段？從呂、武文章的引文來看，第一階段是「研究、介紹寫實主義」的階段，而「自然主義」與「寫實主義」這兩個概念在茅盾心目中又是有區別的，茅盾只是將自然主義當作寫實主義的一個支脈來研究、介紹。實際情況恐怕並非如此。就在呂、武所說的 1920 年 1 月至 1921 年 12 月這屬於第一階段的兩年中，茅盾在致力於系統介紹西洋寫實派、自然派作品的同時（其實系統地介紹本身也是一種提倡），又針對黃厚生提出的「應當『寫自己之實』」的觀點，明確地指出：

> 黃君以為應當「寫自己之實」，是注重創造的了，我豈有不同意；但中西文學程度相差之遠，足有一世紀光景（那是大家的公言，不是我一人的私見），所以現在中國研究文學的人，都想從介紹入手，取西洋寫實自然的往規，做個榜樣，然後自己著手創造；與黃君所說「寫自己之實」，目的同，不過步驟有異罷了。〔註45〕

十分明顯，茅盾主編的《小說月報》，興師動眾地介紹西洋寫實派自然派的作品，其意並不是一般地介紹和研究，目的是取西洋寫實自然的往規，以此為榜樣，在此基礎上創造。這難道不是明明白白的「提倡」之意嗎？看來，在第一個階段上，茅盾在研究、介紹寫實主義的時候，他是將寫實主義、自然主義並提的；而在研究、介紹的同時，他又對寫實主義、自然主義加以提倡，或者說，研究、介紹的最後歸宿，即是提倡寫實主義和自然主義。進而言之，茅盾在呂、武所說的兩段時間中都提倡自然主義，據此，再人為地將茅盾宣傳「寫實主義」、自然主義文學區分為兩個階段，那就大可不必了。

楊健民的觀點中，值得商榷之處有二：一是茅盾對自然主義「既不全盤接受，又不簡單否定，而是有所批判，有所取捨」，那末，他究竟取了什麼，捨了什麼，取捨的眼光如何？二是茅盾在介紹自然主義的過程中，是否果真

〔註45〕沈雁冰：《答黃君厚生〈讀小說新潮宣言的感想〉》，《小說月報》第 11 卷第 4 號。

「信心是堅定的」，從沒有產生過動搖？

先來看第一個問題。

對於自然主義，茅盾確實可說是「既不全盤接受，又不簡單否定」。他在有所「捨」的時候，態度很明確，也很堅決。他在《爲新文學研究者進一解》一文中，曾經尖銳地批評自然主義：

凡人失望到極點，容易悲觀，容易頹喪，悲觀頹喪到極點，而
生之執著又極強，便容易流入唯我。頹喪和唯我便是自然文學在灰
色的人群中盛行後產生的惡果！〔註46〕

他還批評說：「自然主義專一揭破醜相而不開個希望之門給青年，在理論中誠然難免有意外之惡果」。〔註47〕可見，茅盾對自然主義的消極方面有著足夠的估計。這種估計與實際情況是相符的。自然主義確實會產生出茅盾所說的那種惡果。

然而，茅盾從自然主義中所「取」的，就很難說是非常正確的了。究竟應當從自然主義中「取」什麼？茅盾前後的說法並不一致。給人以特別深刻的印象的論述有這麼幾處──

《自然主義與中國現代小說》一文，以肯定的口吻說：「我們都知道自然主義者最大的目標是『眞』；在他們看來，不眞的就不會美，不算善。他們以爲文學的作用，一方面表現全體人生的眞的普遍性，一方也要表現各個人生的眞的特殊性。」〔註48〕茅盾稱道左拉的用純客觀的態度把觀察到人、事照實描寫出來的方法，「最大的好處是眞實與細緻」。〔註49〕茅盾用再清晰不過的語言，表明他從自然主義中所取的，首先是自然主義的眞實觀，其次是自然主義的純客觀的描寫法。曾經有人對自然主義本身很不滿意，也有人對於中國當時提倡自然主義有疑慮。但這兩種意見都遭到了茅盾的斷然否定。

在同一篇文章中，茅盾呼籲道，爲了免去內容單薄與用意淺顯兩個毛病，「應該學自然派作家，把科學上發現的原理應用到小說裡，並該研究社會問題，男女問題，進化論種種學說」。〔註50〕他並且舉出了實例：「左拉的巨著《盧貢·瑪卡爾》，就是描寫盧貢·瑪卡爾一家的遺傳，是以進化論爲目的。」

〔註46〕見《改造》第3卷第1號。
〔註47〕沈雁冰：《自然主義的論戰──覆周贊襄》，《小說月報》第13卷第5號。
〔註48〕見《小說月報》第13卷第7號。
〔註49〕同上。
〔註50〕同上。

〔註 51〕看來，茅盾對自然主義以科學上發現的原理指導文學創作的做法，頗為賞識。他是將自然主義作為取法的榜樣的。

在《「左拉主義」的危險性》中，茅盾將上面所提到意思糅和到了一起：

> 自然主義的真精神是科學的描寫法。見什麼寫什麼，不想在醜惡的東西上面加套子，這是他們共通的精神。我覺得這一點不但毫無可厭，並且有恆久的價值；不論將來藝術界裡要有多少新說出來，這一點終該被敬視的。〔註 52〕

茅盾對自然主義的科學描寫法的評價，已到了高得不能再高的地步。他從西方自然主義中取來科學描寫法，目的在於醫治中國文學界的痼疾：

> 從來國人對於文學的觀念，描寫創作的方法，不用諱言，與現代的世界文學，相差甚遠。以文學為遊戲為消遣，這是國人歷來對於文學的觀念；但憑想當然，不求實地觀察，這是國人歷來相傳的描寫方法；這兩者實是中國文學不能進步的主要原因。而要校正這兩個毛病，自然主義文學的輸進似乎是對症藥。〔註 53〕

以自然主義文學作為對症藥，治療中國文學弊病，目的很為明確，在局部範圍內也能奏效（例如提倡「見什麼寫什麼」，可以避免描寫的虛假性，避免粉飾現實）；然而，如果完全取用了茅盾所認可的自然主義的可取部分，文學作品將失之膚淺，失之瑣碎，將成為生活現象的簡單記錄，而同生活真實與藝術真實的和諧統一相隔很遠，同藝術的典型化的要求有很大差距。因此，我認為，茅盾從自然主義中所取的，未必就是十分恰當的東西。

當然，茅盾也批評過寫實主義「太重客觀描寫」、「太重批評而不加主觀的見解」。〔註 54〕這兩種缺點中，是有自然主義的份。茅盾對寫實主義的批評中，實際上也就包含了對自然主義的批評。但也許是因為他對自然主義的純客觀描寫法、科學描寫法的推崇過甚，因而批評的音符不免顯得微弱了，總也不能將推崇、肯定的強音抹去。

再來看第二個問題。

茅盾在提倡自然主義的過程中，是否有過動搖？當時，茅盾曾經談及自

〔註51〕見《小說月報》第 13 卷第 7 號。
〔註52〕見《時事新報‧文學旬刊》第 50 期（1922 年 9 月 21 日）。
〔註53〕《一年來的感想與明年的計劃》，《小說月報》第 12 卷第 12 號，署名記者。
〔註54〕見《文學上古典主義浪漫主義和寫實主義》，《學生雜誌》第 7 卷第 9 號。

己對自然主義的態度：「嘗懷疑，幾乎不敢自信」。〔註 55〕這恐怕是他這時的心態的眞實自白。實際情況也確實是如此。他在介紹和提倡自然主義的過程中，曾經有過動搖，論述上時有矛盾。不僅前後不一，而且同一時間的論述也常常互相牴牾。他在寫實主義和自然主義問題上，常常發出兩種不同的聲音。這種現象，並不屬於辯證邏輯的範疇，而只能看作是理論上的模糊和混亂。

下面，就讓我們來看看具體的材料和事實，來聽聽茅盾所發出的聲音。

在 1920 年 2 月 25 日發表的《我們現在可以提倡表象主義的文學麼？》一文中，茅盾認爲：寫實自然文學的缺點是「使人心灰，使人失望，而且太刺戟人的感情，精神上太無調劑」，〔註 56〕因此，不是應提倡自然主義，而應提倡表象主義。但是，兩個月後，當黃厚生對介紹西洋的自然主義這一做法提出異議（他認爲「介紹人家小說，不如寫自家的實」）時，茅盾解釋說：介紹西洋寫實自然文學的目的在於，取其往規，以作榜樣，與黃君所求，殊途同歸。〔註 57〕據此，我們可以說茅盾就不是一般的介紹和提倡自然主義了。當時，在他看來，自然主義是中國文學的榜樣。介紹西洋寫實自然的往規，是爲了在中國實行自然主義。這一年的 8 月 5 日發表的《藝術的人生觀》一文，談到寫實派的觀念時似乎較爲辯證：「其實過分的浪漫，固然是藝術上所不許，過分的寫實，也是失之『不及』，因爲藝術作品絕不能完全不帶一些理想，沒有一些意匠的。」〔註 58〕這看起來也是對寫實的批評。實際上不盡然。茅盾在這裡所說的是「過分的寫實」，而不是「寫實」本身。任何堪稱好的事物，一旦過了頭，都會走向反面。發表於同月的《文學上的古典主義浪漫主義和寫實主義》一文，立論也頗爲辯證、中肯。講到寫實主義文學的毛病，可謂一針見血：描寫，「太重客觀」；批評，「不出主觀的見解」，「使讀者感著沉悶煩憂的痛苦，終至失望」。〔註 59〕但茅盾同時又充分肯定了寫實主義的長處：包含了平民化的精神，注重人生，注重觀察。茅盾寫作此文時，宗旨是提倡新浪漫主義，因此對寫實主義的分析、把握較爲冷靜和準確。或許可以

〔註 55〕沈雁冰：《自然主義的懷疑與解答——覆周志伊》，《小說月報》第 13 卷第 6 號。
〔註 56〕見《小說月報》第 11 卷第 2 號。
〔註 57〕參見沈雁冰：《答黃君厚生〈讀小說新潮宣言的感想〉》，《小說月報》第 11 卷第 4 號。
〔註 58〕見《學生雜誌》第 7 卷第 8 號。
〔註 59〕見《學生雜誌》第 7 卷第 9 號。

說，此文中所表明的對於寫實主義、自然主義的態度，在認識論方面達到了最高點。可是再往後，他就從已有的高度上跌落下去了。而且不是小小的起伏，而是大起大落。他在《爲新文學研究者進一解》一文中，對自然主義文學盛行後所產生的兩大惡果——頹喪和唯我——的抨擊變得極爲激烈。自然主義簡直成了面目可憎、十惡不赦的東西。該文發表於 1920 年 9 月 15 日，與 4 月 25 日發表的文章的觀點大相逕庭。可是，在同一天發表的《〈歐美新文學最近之趨勢〉書後》一文，卻又爲寫實文學辯護起來。當時，胡先驌撰文批評寫實主義，把它說得一無是處。茅盾反駁道：「然無論寫實主義有千萬之缺點，其有功於文藝之進化，實不可磨滅。」〔註 60〕這與《爲新文學研究者進一解》中的觀點頗有出入，但倘理解爲是從不同的角度立論，尙可說通。1921 年 1 月 10 日面世的《〈小說月報〉改革宣言》（由茅盾撰寫）再次明確地表明了對寫實主義（自然主義）的態度：

> 寫實主義的文學，最近已見衰歇之象，就世界觀之立點言之，似已不應多爲介紹；然就國內文學界情形言之，則寫實主義之眞精神與寫實主義之眞傑作未嘗有其一二，故同人以爲寫實主義在今日尙有切實介紹之必要……〔註 61〕

話說到這份上，恐怕至少可以說明，自然主義寫實主義在茅盾心目中，不像此前所說那樣消極得嚇人。不是弊大於利，而是利大於弊。否則，還有「切實介紹之必要」嗎？發表於 1921 年 5 月 10 日的《落花生小說〈換巢鸞鳳〉附注》一文，繼續高揚了寫實的旗幟。茅盾就當時文壇的現狀批評道：「中國現在小說界的大毛病，就在於沒有『寫實』的精神；上海有一班人自命爲寫實派，可是他們所做的小說的敘述，都是臆造的。只有《新青年》上的魯迅先生的幾篇創作確是『眞』氣撲鼻。」〔註 62〕在此，茅盾認爲，寫實精神不可或缺；眞正的寫實派，其作品就應「眞氣撲鼻」。他把魯迅的作品列入了體現寫實主義之眞精神的寫實主義之眞傑作的行列。可是，就在三個月前，他還在批評自然派文學「到底算不得完滿無缺，忠實表現（以往茅盾也批評過自然主義文學的弊端，但沒有批評過它不眞實或不忠實）」。〔註 63〕這兩段緊

〔註 60〕見《東方雜誌》第 17 卷第 18 號。
〔註 61〕見《小說月報》第 12 卷第 1 號。
〔註 62〕見《小說月報》第 12 卷第 5 號。
〔註 63〕郎損：《新文學研究者的責任與努力》，《小說月報》第 12 卷第 2 號。

挨在一起的論述，又是不那麼和諧的兩種聲音。是年 8 月 10 日，茅盾發表了《評四、五、六月的創作》一文。他按捺不住激動的心情，讚揚道：「過去的三個月中的創作我最佩服的是魯迅的《故鄉》(《新青年》9 卷 1 號)」。〔註64〕在該文最後，茅盾還解釋了他不滿意於當時的戀愛小說的原因，那就是：「這些戀愛小說也都不是自然主義的文學作品」。〔註65〕有感當時的文壇狀況和魯迅的創作實績，茅盾要求「先造出中國的自然主義文學來」。〔註66〕這就再次證明：茅盾早期確是將寫實主義與自然主義混爲一談的。在他的心目中，魯迅也就是自然主義的作家，魯迅所取得的成就也就是中國的自然主義文學的成就。如果是這樣，就出現了一個始料不及的問題：魯迅的小說作品，也有茅盾措辭尖銳地批評過的那些自然主義的固有弊病嗎？茅盾此時可能並沒有意識到，他實際上始終處在一個讓他很難說清的理論怪圈之中。

　　大約到了 1921 年年底，茅盾對於自然主義問題，思路變得清晰起來了。此時，他發表了《一年來的感想與明年的計劃》一文。茅盾明確指出：

　　　　以文學爲遊戲爲消遣，這是國人歷來對於文學的觀念；但憑想當然，不求實地觀察，這是國人歷來相傳的描寫方法；這兩者實是中國文學不能進步的主要原因，而要校正這兩個毛病，自然主義文學的輸進似乎是對症藥。……不論自然主義的文學有多少缺點，單就校正國人的兩大病而言，實是利多害少。〔註67〕

　　這是茅盾對自然主義作出的正確的價值判斷，所進行的辯證分析。自此以後，茅盾在自然主義問題上，是不是只有一種聲音了呢？並不。兩種聲音是依然存在的。

　　依然像以往那樣，只要有人說自然主義的什麼不是，茅盾就會挺身而出，加以辯駁。周贊襄給《小說月報》寫信，批評自然主義作品給人的感受是「只有黑色的悲哀」，「僅僅抉露人生醜惡而不開個希望之門」。茅盾大不以爲然：「生當『世紀末』的已覺悟的青年，一雙眼睛本是明亮的，人間的醜惡，他自己總會看見，就沒有自然主義文學，難道他真能不知人間有醜惡麼？」〔註68〕茅盾又將讓人看了興奮的浪漫派小說和讓人看了頹唐的自然派

〔註64〕見《小說月報》第 12 卷第 8 號。
〔註65〕同上。
〔註66〕同上。
〔註67〕見《小說月報》第 12 卷第 12 號。
〔註68〕沈雁冰：《自然主義的論戰──覆周贊襄》，《小說月報》第 13 卷第 5 號。

文學相比，指出：應當「歸咎於浪漫派小說的太誇張，太會說謊，不能埋怨自然派文學的如實描寫醜惡為不應當」。〔註 69〕這話聽起來頗為理直氣壯。可是，僅僅是一個月以後，茅盾在《自然主義的懷疑和解答——覆周志伊》中，卻又談到了自己的隱憂：「自然派文學大都描寫個人被環境壓迫無力抵抗而至於悲慘結果，這誠然常能生出許多不良的影響，自然派最近在西方受人詬病，即在此點。我於此亦嘗懷疑，幾乎不敢自信（著重號為筆者所加）。」〔註 70〕可見在研究者們公認的茅盾提倡自然主義的這段時間中，他又常常感到惴惴不安，在內心深處表現出讓人難以覺察的把握不定。為了擺脫既要提倡而又不敢自信的尷尬境地，茅盾試圖找到一種能夠自圓其說的解釋：「我自己目前的見解，以為我們要自然主義來，並不一定就是處處照他；從自然派文學所含的人生觀而言，誠或不宜於中國青年人，但我們現在所注意的，並不是人生觀的自然主義，而是文學的自然主義。我們要探取的是自然派技術上的長處。」〔註 71〕表面上看起來，對自然主義從層面上作了區分，取文學的自然主義，與取人生觀的自然主義是兩碼事；取自然派技術上的長處，可以永遠立於不敗之地。然而，文學的自然主義，難道是可以和人生觀的自然主義截然分開的嗎？自然主義作家比如左拉，主張作家作一個「單純的事實記錄者」，反對作品的傾向性，反對作家進行評判和評價。這應該算是文學的自然主義吧？可它分明又是受茅盾所說的「人生觀的自然主義」支配的。再說「自然派技術上的長處」，用茅盾的話來說，無非是觀察的細緻和描寫的精確，它們也受到人生觀的自然主義的制約和影響。此外還有一個問題：對於自然主義，究竟能否像茅盾所說的那樣，從人生觀和文學上加以區分？如果可以作這種區分，那麼，「人生觀的自然主義」指什麼？「文學的自然主義」又是指什麼？從茅盾的行文來看，「文學的自然主義」似乎是指「自然派技術上的長處」。我認為，自然主義本身是一個藝術和美學範疇內的概念。「人生觀的自然主義」，這個命題似乎無從談起。在藝術和美學領域津津樂道於自然主義，這體現了在藝術地把握世界的方式上的一種傾向，與廣義的人生觀有著這樣那樣的聯繫。茅盾為了突出借鑒「自然派技術上的長處」之意，卻杜撰了一個「人生觀的自然主義」的概念，以強調取此棄彼，

〔註 69〕沈雁冰：《自然主義的論戰——覆周贊襄》，《小說月報》第 13 卷第 5 號。
〔註 70〕見《小說月報》第 13 卷第 6 號。
〔註 71〕同上。

結果，自己的論述卻失去了科學性。鑒於上述原因，我認為茅盾的這一重要表述並不能讓人滿意。

《自然主義與中國現代小說》，發表於 1922 年 7 月 10 日。這是茅盾闡述對自然主義問題的見解的扛鼎之作。茅盾逐一分述了中國現代新舊兩派的小說，指出了它們在思想和藝術方面所存在的種種問題。文章總的基調是：為免去內容單薄與用意淺顯這兩個毛病，應該學自然派作家，把科學上發現的原理應用到小說裡。實際上，科學上發現的原理不僅僅進入了自然派作家創作文學作品的技術和操作的層面，而且也進入了他們的人生觀、世界觀的層面（在進入這一層面的時候，往往暴露出用自然科學原理穿鑿附會地解釋社會問題和社會發展進程這樣的弊病）。既然如此，「學自然派作家，把科學上發現的原理應用到小說裡」，就違背了前面表示過的「取自然派技術上的長處」，而不與「人生觀的自然主義」發生關係的初衷。

稍後發表的《「左拉主義」的危險性》，有一個嚇人的題目，其實並未批評「左拉主義」。相反倒是對它大加讚揚，讚揚體現了自然主義真精神的科學描寫法，讚揚「見什麼寫什麼」，不迴避現實、不粉飾現實的創作精神，並肯定了它所具有的永恆的價值。對自然主義文學的評價如此之高，在茅盾早期的十年中似乎是不多見的。

對於自然主義，茅盾一貫所取的基本態度，是有保留地提倡（總是批評自然主義文學讓人看了以後感到頹喪和絕望）。上面那段論述卻又超出了他對於自然主義的一貫評價，從而又成為在提倡自然主義階段的另一種聲音。

在茅盾早期思想研究領域，可以商榷的問題並不止這些。我的想法是：應當致力於勾勒一個實實在在的早期茅盾。但願我的想法最終能得到認可。

參考書目

1. 《論茅盾文學道路四十年》，葉子銘著，上海文藝出版社 1978 年修訂本。

2. 《論茅盾的生活與創作》，孫中田著，百花文藝出版社版 1980 年出版。

3. 《茅盾的創作歷程》，莊鍾慶著，人民文學出版社 1982 年出版。

4. 《茅盾評傳》，邵伯周著，四川文藝出版社 1987 年出版。

5. 《論茅盾的早期文學思想》，楊健民著，湖南文藝出版社 1987 年出版。

6. 《茅盾前期文學思想散論》，朱德發、阿岩、翟德耀著，山東人民出版社 1983 年出版。

7. 《茅盾與故鄉》，鍾桂松著，四川文藝出版社 1991 年出版。

8. 《茅盾與外國文學》，黎舟、闞國虬著，廈門大學出版社 1991 年出版。

9. 《茅盾傳》，李標晶著，團結出版社 1990 年出版。

10. 《茅盾文藝美學思想論稿》，史瑤、王嘉良、錢誠一、駱寒超著，杭州大學出版社 1991 年出版。

11. 《理性・社會・客體——茅盾藝術美學論稿》，曹萬生著，四川省社會科學院出版社 1988 年出版。

12. 《一個批評家的心路歷程》，丁亞平著，上海文藝出版社 1990 年出版。

13. 《茅盾全集》第 11、14、15、18 卷，人民文學出版社出版。

14. 《我走過的道路》（上），茅盾著，人民文學出版社 1981 年出版。

15. 《茅盾文藝雜論集》（上集），葉子銘編，上海文藝出版社 1981 年出版。

16. 《茅盾書信集》，孫中田、周明編，文化藝術出版社 1988 年出版。

17. 《中國當代文學研究資料茅盾專集》（第 2 卷上冊），唐金海、孔海珠編，福建人民出版社 1985 年出版。

18. 《茅盾研究》第 1、2、3、4、5 輯，文化藝術出版社出版。

19. 《茅盾研究論集》，莊鍾慶編，天津人民出版社 1984 年出版。

20. 《中國新文學大系・建設理論集》，胡適編選，上海文藝出版社 1980 年影印出版。

21. 《中國新文學大系・文學論爭集》，鄭振鐸編選，上海文藝出版社 1980 年影印出版。

22. 《五・四：人的文學》，許志英、倪婷婷著，南京大學出版社 1992 年出版。

23. 《科學與繆斯》，汪應果著，上海文藝出版社 1991 年出版。

24. 《魯迅的思想和藝術新論》，包忠文著，南京出版社 1990 年出版。

25. 《魯迅美學思想論稿》，劉再復著，中國社會科學出版社 1981 年出版。

26. 《魯迅的美學思想》，唐弢著，人民文學出版社 1984 年出版。

27. 《近二十年中國文藝思潮論（1917～1937）》，李何林著，陝西人民出版社 1981 年再版。

28. 《文學研究會資料》（中），賈植芳、蘇興良、劉裕蓮、周春東、李玉珍編，河南人民出版社 1985 年出版。

29. 《五四運動回憶錄》，中國社會科學院近代史研究所編，中國社會科學出版社 1979 年出版。

30. 《五四運動簡史》，汪士漢著，中國社會科學出版社 1979 年出版。

31. 《中國現代政治思想史簡編》，嚴懷儒、高年、劉家賓主編，北京出版社 1985 年出版。

32. 《中國現代史》（上冊），北京師範大學歷史系中國現代史教研室編，北京師範大學出版社 1983 年出版。

33. 《中國新民主主義革命史・偉大的開端》，李新、陳鐵健主編，中國社會科學出版社 1983 年出版。

34. 《馬克思、恩格斯論文學與藝術》（一），陸梅林輯注，人民文學出版社 1982 年出版。

35. 《美學概論》，王朝聞主編，人民出版社 1981 年出版。

36. 《西方美學史》（上、下卷），朱光潛著，人民文學出版社 1964 年出版。

37. 《在東西古今的碰撞中——對「五四」新文學的文化反思》，中國現代文學研究會編，中國城市經濟社會出版社 1989 年出版。

38. 《瞿秋白文集》（第 1 卷），人民文學出版社 1953 年出版。

39. 《論魯迅前期思想》，武漢大學中文系現代文學教研室著，天津人民出版社 1980 年出版。

40. 《魯迅全集》第 1、8、11、13 卷，人民文學出版社 1981 年出版。

後　記

　　在我大學期間的選修課中，有好幾門都是我所十分喜歡的。這當中有葉子銘老師主講的《茅盾研究》。葉老師學問淵博，治學嚴謹，造詣高深，碩果累累。他的講課，不僅傳授了知識，而且激起了我對茅盾研究的興趣。課程將要結束時，葉老師布置了一個作業題：寫一篇論文，只要是與茅盾研究有關，無論從哪個方面落筆，均可，短長不限。我在聽課過程中受到了啓發，對茅盾早期受進化論思想影響的問題有所思考。於是就「泡」了一段時間的圖書館。這一「泡」，受益匪淺。我自己覺得，就像哥倫布發現新大陸那樣，發現了茅盾早期思想研究中的「新大陸」：茅盾早期，他的進化論思想是那麼豐富，然而，對於這個問題的研究，卻又是很不充分的。我自以爲找到了一塊尚未開懇得很充分的「準處女地」。我把自己的想法、自己的心得，整理成一篇讀書筆記交給了葉老師。葉老師仔細閱讀後，大加讚賞。學生的最大樂事，莫過於受到老師的稱讚。由此，我與茅盾早期思想研究結下了不解之緣。一段時間之內，我是相當地投入。即使在後來迷戀上新時期小說研究以後，我也不願離茅盾早期思想研究這一領域而去。這或許就是我樂於在當代文學研究和茅盾研究領域中「兩棲」的原因。

　　在葉子銘老師的悉心指導下，我對那篇談茅盾早期進化論思想的讀書筆記進行了加工，補充了材料，提煉了觀點。後來，這篇定名爲《茅盾「五四」時期的進化論思想及其文藝觀》的文章，在《南京大學學報》上發表了。這一年，是 1983 年。這是我發表的茅盾研究方面的第一篇論文。從此，我就下了「海」。可由於「兩棲」的原因，或其他什麼原因，又總是三天打魚，兩天曬網。十年中，斷斷續續，寫寫停停。先是零星地寫，零星地發。後來忽然

有一天，覺得這麼搞法終也難成氣候。於是冥思苦想，試圖按「茅盾早期思想新探」的研究課題來統率每一單篇論文，確定了課題研究的大體框架和總的思路，從而形成了本書的雛形。如果從發表茅盾早期思想研方面的第一篇論文算起，本書歷經了整整十年；如果從最初的醞釀算起，那麼本書的孕育過程已超過十載。

在本書面世的時候，首先要感謝葉子銘老師，依靠他的指點，我才進了茅盾研究的門：在本書付梓之前，又是葉老師在百忙中抽出寶貴時間，審閱了全部書稿，並爲之作序。此外，還要感謝許志英老師。在此書撰寫的整個過程中，我多次得到過他的關心和幫助。

書中的若干章節，曾經在有關刊物發表過。在此，謹向《南京大學學報》、《茅盾研究》、《文學評論》、《江蘇社會科學》等刊物表示衷心感謝（當然，在最後成書時，已發表的章節按全書的統一體例又作了相應的調整修改）。或許可以這麼說，上述刊物爲書稿胚芽的萌生，提供了良好的條件。

書稿得以面世，離不開南京大學出版社的大力支持。藉此機會，請允許我對社長時惠榮、總編輯任天石、副編審李忠清及責任編輯左健諸先生一併表示感謝。

這篇面面俱到式的後記已經接近尾聲。以後一段時間，按我的原定計劃，又將「棲」到當代文學那一邊了（以前並沒有「棲」出什麼名堂來，以後也未必就會有什麼名堂）。但我對茅盾研究仍然有著深深的留戀。

拙作的出版不應當是一個句號。幾年以後，我還將重返這一片土地。

以上文字，權作後記。

著　者
1992 年 11 月 10 日